岩 波 文 庫
32-538-11

サ ラ ム ボ ー
(上)

フローベール作
中 條 屋 進 訳

JN150407

岩 波 書 店

Gustave Flaubert

SALAMMBÔ

1862

目次

〔下巻目次〕

サラムボー（上）

第一章　饗宴

カルタゴの外れの一郭メガラの、ハミルカル(1)の庭園でのことであった。

シチリア島でハミルカル指揮下にあった兵士たちが、エリックスの戦い(2)の戦勝記念日を祝って大宴会を開いていた。そして館の主《ぬし》たる大将はいまだ留守だしこちらは大人数なので、彼らはなんのはばかりもなく、大いに飲み食いしているのだった。

隊長たちは、青銅の半長靴《コチュルヌ》を履いて庭の中央の道、金色の房飾りのついた緋の天幕の下に陣取り、その天幕は厩舎の壁から邸宅の最初のテラスまで伸びていた。一般の

(1)　ハミルカル・バルカ。カルタゴの二人の統領のひとりで、第一次ポエニ戦争におけるカルタゴ軍司令官。女主人公サラムボー、および後の第二次ポエニ戦争で活躍するハンニバルの父。

(2)　エリックスはシチリア島北西部のフェニキア人の植民市(現エリチェ)。シチリアの領有をめぐってカルタゴとローマが戦った第一次ポエニ戦争(紀元前二六四—二四一年)で、ハミルカル指揮下のカルタゴ軍はここで一時勝利を収めた。小説のこの冒頭場面における時は、この戦争が結局カルタゴの敗北に終り、両国の間で暫定的な和平が結ばれた直後である。

兵士は思い思い木陰に散らばっていたが、その辺りには、葡萄圧搾場、酒蔵、貯蔵庫、パン焼場、武器庫などたくさんの平屋根の建物のほかに、象の囲い地、猛獣の穴、そして奴隷の牢屋が見えた。

無花果《いちじく》の木が料理場を囲んでいた。ひと筋のエジプト無花果の木立がこんもりとした緑の葉むらまで伸び、そこでは柘榴《ざくろ》の実が綿の木の白い花総の間で輝いていた。房なりの葡萄の木のつるは松の枝を這って上へ伸び、プラタナスの下では薔薇が一面咲きほこっていた。芝生のそこここで百合が揺れていた。小道には珊瑚《さんご》の粉を混ぜた黒い砂が敷きつめられ、そして庭園の中央を糸杉の並木が貫いて、それはまるで二列に並んだ緑のオベリスクのようだった。

邸宅は、黄色いまだらのあるヌミディア大理石ででき、広大な土台の上に四層の陸屋根式《テラス》建物となって庭園の奥にそびえていた。真っすぐに最初のテラスに達する黒檀製の大階段は、各段の両端がかつて打ち破った敵ガレー船の舳先《へさき》で飾られ、各層の建物の朱塗りの扉にはすべて黒十字が描かれて塞いでいるかのよう。下は蠍《さそり》の侵入を阻む青銅の柵を巡らし、上層の開口部にはすべて金色の格子を取りつけた、この猛々しくも豪奢な館は、兵士たちには、ハミルカルの顔のように荘厳かつ堅牢、侵入不能なものに思えた。

この日の饗宴のために、議会[3]は傭兵たちにこのハミルカル邸を指定したのだった。エシュムーン神殿[4]で臥せっていた怪我のまだ癒えぬ兵たちは、夜明けとともに歩きだし、松葉杖にすがってようやくたどり着いた。他の兵たちも続々と押し寄せていた。あらゆる小道から、彼らは湖に注ぐ奔流のように湧き出てきた。木々の間を、怯えうろたえた半裸の料理番奴隷たちが走り、ガゼルが鳴きながら芝生の上を逃げまどっている。日が沈んでいった。檸檬《れもん》の木から漂う香りが、この汗まみれの群衆の人いきれをさらに重くしていた。

　ありとあらゆる民族がいた。リグリア人、ルシタニア人、バレアル人[5]、黒人、そし

(3)　コンセーユ。フローベールが一時「序章」とすることも考えて書き、結局は放棄した、カルタゴの地勢・風俗・政治・宗教等を説明する一章がある（以後の注では「説明の章」と呼ぶ）。その記述によると、カルタゴの統治は、すべての富豪（リッシュ）で構成される「大議会（グランド・アサンブレ）」、百四人からなる「最高議会あるいは百人会（コンセーユ）」、そして王とも呼ばれる二人の統領（スュフェット）によってなされていた。

(4)　エシュムーンは（バール・）カーモン、タニットとともにカルタゴの主要な神のひとつであるが、小説『サラムボー』ではモロック神にその地位を奪われている。豊穣と治癒の神として崇められ、豪壮な神殿が市の中心ビルサの丘の上にあった。

(5)　リグリアは北イタリアの一地方名。ルシタニアはイベリア半島西南部の一地方名、ほぼ現ポルトガルに相当する。バレアル人は地中海西部、現スペイン領マリョルカ島を含むバレアレス諸島の住民。

てローマからの逃亡奴隷。重苦しいドーリア訛りのかたわらで、騒々しいこと戦車の群のごときケルト語の音が響き、イオニアの語尾が、ジャッカルの吠え声のように耳にざらつく砂漠の子音とぶつかっていた。ギリシャ人はそのほっそりした体つきで、エジプト人はそのいかり肩で、カンタブリア人⑥は太いふくらはぎで見分けがついた。カリア人⑦は誇らしげに兜《かぶと》の羽根を揺らし、カッパドキアの射手たちの体には大きな花模様が草の汁で描いてあった。リディア人⑧のいく人かは女の服を着て耳輪を垂らし室内履き姿で飲み食いしていたが、ほかに、体に派手に朱を塗りたくった者もいて、まるで珊瑚の彫像のようだった。

彼らはクッションの上に寝そべったり、料理がのった大盆の周りにうずくまったり思い思いの姿勢で食べていたが、なかには腹這いの者もおり、そうして肉の塊を引き寄せ両肘をついて腹を満たすそのさまは、仕留めた獲物の肉を悠然と食いちぎるライオンさながらだった。遅れて着いた者たちは木の幹に寄りかかり、深紅の敷物ごしに見え隠れする低いテーブルの上を見やりながら自分の番を待っていた。

ハミルカルの厨房だけではまかないきれず、議会は奴隷や食器、寝台を送りこんであった。庭の中央では戦場で死体を燃やすときのように大きな火が赤々と燃え、そこで牛《ぎゅう》が焼かれていた。アニスの実をまぶしたパンが、円盤よりも重く大きなチーズと交互に置かれ、葡萄酒を満たした混酒壺《クラテル》と取っ手つきの水差しが、金糸の透かし細工をほどこした花籠と並んでいた。これでようやく、存分に腹を満たすことができるという喜びが、皆の目を晴れやかに見開かせていた。そこここで、もう歌が始まっていた。

　最初に、緑色のソースをかけた鳥肉が、黒い模様のある赤粘土の皿にのって出てきた。ついでカルタゴの浜で採れる貝の数々、小麦やそら豆や大麦の粥《かゆ》、そしてクミン入りエスカルゴが、黄色い琥珀《こはく》の大皿で供された。

　それからテーブルは肉料理で覆われた。わざわざ角《つの》を添えた羚羊《れいよう》の肉、羽根を添えた孔雀の肉、甘口葡萄酒をかけて丸ごと焼いた羊、牝駱駝と水牛のもも肉、ガルム[9]の利いた針鼠、そして蟬のフライと山鼠《やまね》の脂肪漬け《コンフィ》。セイロン木材製の椀の中では、サフラン粉のなかに大きな脂肉が浮いていた。どの皿も、塩汁と松露とアッサフェティダ香料[10]で溢れんばかりだった。果物の山が蜂蜜菓子の上に崩れかかっていた。果ては、

(6)　イベリア半島北東部のケルト系民族。
(7)　小アジア南西沿岸部の古代地方名。
(8)　エーゲ海に面した古代小アジアの国。
(9)　古代人が珍重した、魚の臓物を塩水に漬けて発酵させた薬味。
(10)　樹脂で作った強い香辛料。

他国の人々が忌み嫌うカルタゴ料理、オリーヴの搾りかすで肥育され、膨れた腹とピンクの剛毛のあの小型犬の肉もまた、いく皿か忘れずに出してあった。初めて味わうこうした珍奇な食物が、貪婪な食欲をいやが上にもかき立てた。長い髪をかき上げて頭の上で束ねたガリア人は、西瓜《すいか》や檸檬を奪い合い、皮もろともにかぶりついた。初めて大型の海老を見る黒人たちは、その赤いとげで顔じゅうをひっかいた。きれいに髭を剃り大理石よりも肌の白いギリシャ人は、皿の残りかすを背後に投げ捨て、一方、狼《おおかみ》の毛皮をまとったブルティウム(11)の牧童あがりの男たちは、とり分けた料理に顔をうずめ、黙々と貪っていた。

　日が暮れてきた。糸杉の並木道に張ってあった天幕がとり外され、灯火が運ばれた。斑岩の壺の中で燃える石油の炎が揺らめいた。レバノン杉の頂きで、月に捧げられた猿どもが怯えてきいきいと鳴き、兵士たちはそれを面白がってはやしたてた。

　細長い炎が青銅の鎧《よろい》に映って揺れた。宝石のはめ込まれた皿から、あらゆる色のきらめきがほとばしった。酒壺は注ぎ口が凸面鏡になっていて、映る物をみな幾重にも大きく見せた。兵士たちはその周りにひしめいて、たまげて目を白黒させ、やがてしかめ面をつくって笑い合った。テーブル越しに象牙の床几《しょうぎ》や金の箆《へら》を投げ合った。あらゆる酒をがぶ飲みした。革袋に入ったギリシャワイン、アンフォラ(12)入りのカンパニアワイン、樽詰めのまま運ばれるカンタブリアワイン、そしてなつめ酒、肉桂酒、蓮酒。こぼれた酒で辺りじゅうぬかるみになり、足をとられた。肉の湯気が人の吐く息に混じって木々の葉むらへのぼっていった。顎を嚙みあわせる音、傭兵たちが発する言葉、歌声、盃の音、カンパニア[13]の壺が倒れて粉々に砕ける音、そして銀の大皿がたてる澄んだ音が一度に聞こえた。

酔いがまわるにつれ、傭兵たちはカルタゴの不当な仕打ちを思い出した。

この度の戦争で疲弊した共和国は、次々と帰還してくる傭兵の部隊で市中が膨れあがるに任せてしまったのだった。指揮官ジスコーはしかし、慎重に、彼らを部隊ごと順次帰還させたのだ。それは彼らへの支払いの便を考えてのことだったが、議会のほうでは、傭兵たちにいくらかの減額に応じさせる腹づもりだった。しかし、ことはそううまくは運ばず、今では、支払うことができないがゆえに、彼らを恨むようになっているのだった。カルタゴ市民の頭の中では、その借金はルタティウス[14]が要求する三

(11)　イタリア半島南端部、カラブリア地方の古代名。
(12)　古代の両耳つきの壺。
(13)　カンパニアはイタリア南部ナポリ地方。
(14)　ローマ執政官。紀元前二四一年、シチリア島西岸沖のアエガテス群島の海戦で、ハンノー率いるカルタゴ艦隊を撃破し、これによりカルタゴ軍の敗北のうちに第一次ポエニ戦争は終結した。

千二百タレント[15]と混同され、それで今や傭兵はローマと同じ、カルタゴの敵なのだ。傭兵たちも当然それを感じとり、彼らの憤りは脅しや暴力となって溢れ出た。そしてそのあげくに、この度ローマに対する勝ち戦のひとつを記念して集まりたいと申し出たのだった。カルタゴの和平派がその要求を飲んだのは、主戦派、あれほどローマとの決戦を主張したハミルカルへの意趣返しだった。奮闘むなしく、意に反する和平によって戦争は終り、ハミルカルはカルタゴに絶望して傭兵の指揮を将軍ジスコーに委ねた。傭兵たちのもてなしにそのハミルカルの館を議会が指定したのは、民衆が傭兵に対して抱く憎しみの幾分かをハミルカル個人に向けさせようとの魂胆だった。それに、饗宴の費用は莫大な額に達するに違いなく、それをほぼハミルカルひとりで負うことになるはずだった。

　傭兵たちは共和国に要求を飲ませて大満足、これでやっとわが血と肉で稼いだ給料でマントのフードをいっぱいにして故国へ帰れるものとみな思っていた。しかし、酔眼のもやを通して見、思い起こす戦場の辛酸はけた外れに大きく、そして報われることあまりに少ないと思えるのだった。彼らは体の傷を見せ合い、過去の戦闘、旅、そして故国での狩りの話をし合った。猛獣の咆哮や飛び跳ねるさまをまねる者もいた。それから忌まわしい無謀な賭けが始まった。酒壺に顔をうずめたまま、渇いた駱駝のように酒を飲み続けるのだ。巨大な体軀のルシタニア人が、両腕にひとりずつ男を乗せ、鼻から火を噴きながらテーブルの上を渡り歩いた。鎧をつけたままのスパルタ兵も飛び跳ねるのだが、そのさまはいかにも重かった。ある者は女のように卑猥に腰を振り振り歩き、かと思えば、林立する盃を押しのけ、裸になって剣闘士のように戦う者もいた。ギリシャ人の一隊がニンフの描かれた瓶《かめ》の周りで踊り、それに合わせて黒人がひとり、牛の骨で青銅の楯をたたいていた。

突然、何か悲しげな歌声が聞こえた。力強くしかし穏やかなその歌声は、空中を舞いおりまた飛びたつ、傷ついた鳥の羽音のようだった。

それは地下牢につながれた奴隷たちの声だった。彼らを解放しようと、兵士がいく人かさっと立ち上がって姿を消した。

(15)　古代ギリシャの貨幣単位。フローベールは『サラムボー』の創作にあたりポリュビオスの『歴史』に大筋において準拠した。その記述によると、ルタティウスの要求した賠償金額二千二百タレントが、その後ローマによって一千タレント増額された。なお、ポリュビオス(前二〇〇―一二〇年頃)はギリシャ人歴史家。マケドニア戦争後人質としてローマに送られ、小スキピオ(アエミリアヌス)の家庭教師となり、のちの第三次ポエニ戦争(前一四九―一四六年)でイベリア半島およびアフリカへの出征に同行、カルタゴの滅亡に立ち会った。主著『歴史』四十巻のうち完全な形で残っている最初の五巻、これがポエニ戦争の基本資料となっている。そのうち傭兵戦争についての記述は『サラムボー』のプレイヤッド版補遺でおよそ十六頁。

兵士たちは、舞い上がるほこりと喧騒の中、青白い顔の男たち二十人ほどを追いたてるようにして戻ってきた。剃り上げた頭を黒フェルト地の小さな円錐形縁なし帽で覆ったその男たちは、木のサンダルを履いた足でガチャガチャと鎖を引きずって歩くので、まるで荷車が通るようだった。

糸杉の並木道に着いて彼らは人込みに紛れた。みながあれこれと質問責めにするなかで、ひとり離れて立ちつくす男がいた。上衣の裂け目から、細長い傷跡が縞模様のように走る肩が見えた。顎をひき、男は上目づかいで不信の眼差しを辺りに投げていたが、松明《たいまつ》の光に目を眩ませてやや瞼を閉じた。しかし、この武装した男たちのなかに誰も自分に悪意を抱く者のいないことを見てとると、大きな息を吐き出した。何か口ごもり笑みを浮かべたが、目からは涙が溢れて顔を流れ落ちた。それから、なみなみと満たされた杯[16]の取っ手をつかむと、鎖の切れ端が垂れ下がる両腕を伸ばして高々と突き上げた。そしてそのまま天に目を向けて彼は言った。

「まずあなたを、救いの神よ、わが故国の人々がアスクレピオスと呼ぶあなた、エシュムーン神をたたえます！　ついであなた方、泉と光と森の精霊を！　次にあなた方、山々の下、地中深い洞穴に潜みたもう神々を！　そしてあなた方、つややかな鎧を身につけた強者《つわもの》たち、私を自由の身にしてくれたあなた方に感謝します！」

そして彼は杯を下ろし、自分の身の上を語った。名はスペンディウス。エジヌーズの戦いでカルタゴ軍に捕らわれたのだった。彼は代わる代わるギリシャ語、リグリア語、そしてカルタゴ語で傭兵たちに再び礼を述べ、彼らの手をとって唇を押し当てた。そして最後に、今宵の宴はまことにめでたいが、ここに神聖軍団の盃がひとつも見当たらないのは驚きだと言った。その盃というのは、黄金の六つの面それぞれにエメラルドの葡萄がはめ込まれ、カルタゴでも最も体格の立派な貴族の若者のみからなる軍団の占有物であって、この軍団に属することはほとんど祭司であるに匹敵する特権なのだった。だから傭兵たちにとって、その盃は数ある共和国の財宝のなかでもこの上ない渇望の的となっていた。それゆえに彼らは神聖軍団を憎み、その盃で飲むという想像もつかない悦びを味わおうと、命の危険を冒す者さえいるほどだった。

そこで彼らはその盃を持ってこいと命じた。盃はシシート会[18]が保管しているという。食事を共にする商人の一団である。奴隷たちが戻ってきた。シシート会士はみなもう

(16)　原語はカンタロス。耳状の二つの取っ手がついている。
(17)　おそらくはギリシャ、レスボス島に近い群島名の変形であるが、そこでの戦いはペロポネソス戦争当時のことで時代が合わない。チュニジアのボン岬西方の群島を指すと思われる。ここで紀元前二五五年、ローマ執政官レグルス率いる大陸上陸部隊とカルタゴ軍との戦闘があった。後出、第二章注27。

寝ているとのこと。

「起こせ！」と傭兵たち。

再び奴隷たちが戻ってきて、盃はある神殿に保管されていると言った。

「開けさせろ！」

ようやく奴隷たちが、それは将軍ジスコーの手のうちにあると震えながら打ち明けると、彼らは怒鳴った。

「将軍に持ってこさせろ！」

しばらくして、そのジスコーが神聖軍団を引き連れ庭園の奥に姿を見せた。ゆったりした黒いマントが、頭の上、宝石をちりばめた金の冠に留められて、そこから全身を覆って彼の跨がる馬の蹄《ひづめ》にまで垂れ下がっているのだが、遠くからは宵闇に紛れて見分けがつかず、見えるのはその白い髭と冠のきらめき、そして大きな青い金属板が垂れて胸を打つ三重の首飾りだけだった。

ジスコーが入ってくると、傭兵たちは大喚声で迎え、口々に叫んだ。

「盃だ！　盃だ！」

彼はおもむろに口を開き、その勇気にかんがみれば諸君には充分その資格があると言った。みなは手をたたき歓喜に沸いた。

自分にはそれがよく分かっている、戦場でおまえたちを指揮し、そして最後の一隊とともに最後の船で帰ってきたこの自分には！

「そうだ！　そのとおりだ！」　彼らは言った。

しかしながら、とジスコーは続けた。共和国は、おまえたちを民族別に部隊に配し、おまえたちの風習、おまえたちの信仰を尊重してきたぞ！　このカルタゴでおまえたちは自由だ！　しかし、神聖軍団の盃はカルタゴに固有の、カルタゴだけのものなのだ。突然、スペンディウスのそばにいたひとりのガリア人が立ち上がり、テーブルを飛び越えて真っすぐジスコーの前まで突進し、二本の抜き身の剣を振りかざして彼を脅した。

将軍は、言葉を途切らせることもなく、重い象牙の杖でその男の頭を打ち据えた。男は昏倒した。ガリア人たちは怒号をあげた。その怒りはほかの兵士たちに伝わって、傭兵の群全体を突き動かすばかりとなった。ジスコーは肩をすくめた。自分の勇猛さも、このいきり立った野獣どもに対しては役に立つまい。あとで何か策略を用いてこ

(18)　スパルタ市民の習慣と似た、食事を共にする豪商の団体。削除された「説明の章」(注3参照)の記述によれば、シシート会は法律を練り、また二人の統領を指名する(最高)議会の委員会メンバーを選んだ。

の報復をしてやるほうが得策だ。そこで彼は自分の兵士たちに合図してゆっくり引き返して行った。そして門の下まで来ると傭兵たちのほうを振り返り、今に後悔することになるぞと叫んだ。

饗宴がまた始まった。しかし、ジスコーが戻ってくるかも知れない。そして町の一番外側の城壁と接するこの一帯をとり囲み、自分たちを殲滅《せんめつ》しようとするのではないか。おびただしい人数でありながら、彼らは急に深い寂寥感にとらわれた。眼下の闇に眠るこの大きな都市《まち》、そこに折り重なって続く階段、黒々とした高い家、そして住人たちよりさらに凶暴で得体の知れないこの都市の神々が、突然、彼らに恐怖を催させた。遠く、いくつか船の灯が滑るように港で動き、カーモン神殿にも明かりが見えた。彼らはハミルカルのことを思った。彼は今どこにいるのだろう。和平が結ばれてすぐ、どうして自分たちを見捨てたのか。議会と彼とのあの対立は、おそらく自分たちを陥れるための芝居だったのだ。おさまりがつかないカルタゴへの憎しみはこうして今やハミルカルに向けられ、彼らは互いの怒りでますます激昂し、彼を呪った。その時、プラタナスの木の下に人だかりができた。黒人がひとり手足をばたつかせ、のたうち回っているのだった。うつろに目を見開き、首をねじ曲げ、口から泡をふいている。毒を盛られたんだ！と誰かが叫んだ。自分が口にしたものにも毒が入っていたに違いないと誰もが思った。彼らは奴隷たちに襲いかかった。目くるめく破壊の衝動が、旋風のように、酔いしれた傭兵軍の間に吹き荒れた。彼らは見さかいなく周りのものを襲い、砕き、殺した。燃えさかる松明を葉むらに投げこむ者がいた。ライオンの穴を囲む柵に肘をついて弓を引き絞り、次々と狙い撃ちする者もいた。最も豪胆な者たちは象の囲い地に向かった。鼻を切り落とし牙を食ってやろうというのだった。

その間に、バレアル人の投石部隊は、より存分に略奪を働こうと館の角を曲がって進んでいたが、インド藺草《いぐさ》の高い柵に行く手を阻まれた。錠前の革紐を短剣で切って柵を抜けると、そこはカルタゴの町に向かった館の正面、手入れの行き届いた植物でいっぱいの、ハミルカル邸のもうひとつの庭園だった。白い花の列が途切れることなく続いて、群青《ぐんじょう》色の地面に彗星の尾のような放物線を描いていた。闇に包まれた灌木の茂みは、むっとする甘い匂いを発していた。幹に朱(19)を塗った木立があって、まるで血まみれの円柱に見えた。その真ん中に、十二の青銅の台座が据えられ、各々にひとつずつ大きなガラスの玉が置かれてあった。ぼんやりした赤い光がガラス玉の空洞を満たしていて、それは死してのちもなおまたたく、何ものかの巨大な目のようだった。兵士たちは、深く鋤《す》きかえされた土地の斜面を松明で照らして、つまずきながら進ん

（19）原語は辰砂《しんしゃ》。赤色硫化水銀。朱色の顔料。

でいった。

　そのうち彼らは、青い石の壁がいくつかの水槽に仕切る大きな池を見つけた。水はあくまで澄みきり、白い小石と金粉を敷きつめた池の底で松明の炎が震えていた。と、それがにわかに泡立ち、何かきらきら光る小片のかたまりが水面をかすめたかと思うと、口に宝石をつけた大きな魚たちが姿を現した。

　兵士たちは、げらげら笑いながら、鰓《えら》のあいだに指を突き入れてそれをとらえ、饗宴のテーブルに持ち帰った。

　それはバルカ家に伝わる魚たちで、すべて、女神が潜んでいたあの神秘の卵を孵化させたという原初の鮟鱇《あんこう》の末裔だった[20]。瀆聖を犯しているという思いが傭兵たちの貪婪な食欲をさらにかき立てた。彼らはさっそく青銅の器を火にかけ、その美しい魚たちが煮えたぎる湯の中でもがくさまを見て面白がった。

　兵士の群のうねりはこののち怒濤のようになっていった。怖いものはもう何もなかった。彼らはまた飲み始めた。頭にぶちまけた香油の滴《しずく》が額を流れ落ちてぼろぼろの上衣を濡らすまま、荒波に揺れる船としか思えぬテーブルに両こぶしを突き、手でとることのできないものをせめて目で貪ろうとするかのように、酔眼をぎょろつかせて辺りを見回した。皿が並ぶ緋色の卓布の上を、象牙の床几やチュロス[21]のガラス瓶を蹴ちらしながら歩きまわる者がいた。歌声にまじって、割れた盃が散乱するなかで死にかけている奴隷たちの喘ぎが聞こえた。もっと酒を、肉を、黄金を持ってこい、女をよこせと彼らは怒鳴った。こうした狂気の沙汰を、彼らはそれぞれに異なる自分の国の言葉で一度にわめいているのだった。辺りに立ちこめる湯気のせいで、蒸し風呂に入っているのだと思いこむ者がいた。またある者は、葉むらを見て狩りをしているものと思って、獣に襲いかかるように仲間に飛びかかった。火が次々と庭園じゅうの木に燃え移った。そして、白い煙が長く渦を巻いて立ちのぼるこんもりとしたその緑のかたまりは、噴煙を上げ始めた火山のようだった。いや増す喧騒のさなか、傷ついたライオンが闇の中で吼えていた。

その時、一番上のテラスに明かりが灯り、宮殿が一挙に照らしだされた。中央の扉が開き、黒い衣をまとった女がひとり、ハミルカルの娘その人が、敷居の上に現れた。

(20)　フローベールが依拠した古代宗教に関する文献のひとつに、ウェヌスともタニットーアスタルテとも同一視される、古代シリアの魚にして女神、デルセトの神話を語る次のような記述がある。「ユーフラテス流域の言い伝えによると、昔、天からこの河にひとつ卵が落ちてきた。魚たちがそれを岸辺に運び、鳩がそれを抱いてかえし、そこからウェヌスが生れた」(フラマリオン版の注による)。

(21)　古代フェニキアの町でカルタゴの母市。ガラスはメソポタミア・エジプト起源とされるが、ガラス製品はフェニキア人の手によって大発展を遂げた。

彼女は、館の二階部分に沿って斜めに設けられた最初の階段をおり、第二第三の階段をおり、最後のテラスの、あのガレー船の階段の上で立ち止まった。そして顔をうつむけ身じろぎもせず、彼女は兵士たちを見つめた。

彼女の背後では、左右に、顔の青白い男たちが長い列をなしていた。赤い房飾りが足もとまで垂れ下がる白い衣を着たその男たちには、髭も、髪も、眉毛もなかった。いくつもはめた指輪が光る手に竪琴を持ち、彼らはみな甲高い声で、カルタゴの女神への讃歌を歌っていた。タニット神殿(22)の去勢された神官たちだった。サラムボーはしばしば彼らを館に呼び寄せていたのだ。

彼女はガレー船の階段をおり始めた。神官たちがあとに続いた。糸杉の並木道に入り、隊長たちのテーブルの間をゆっくりと進んでいくと、彼らは少し身を引いて彼女が通るのを見つめた。

紫の粉を振り、カナン人の生娘のしきたりどおり塔のように頭の上につかねた髪が、彼女の背丈を高く見せていた。三つ編みの真珠の飾りが鬢《びん》に取りつけられ、それが、わずかに裂けた柘榴のような赤い口もとに垂れていた。胸の上には、ウツボのうろこの雑色を模して、明るく光るさまざまな宝石を集めた飾りがあった。いくつものダイヤモンドをつけたあらわな腕が、黒地に赤い花模様をちりばめた袖なしの胴衣から出ていた。両足首は一本の金の鎖でつながれ、彼女はそれで歩幅を整えていた。見知れぬ布地を裁った濃い緋色の衣を羽織っていたが、長い裳裾が地を這って、それは彼女の歩みを追う大きな波のようだった。

時おり、神官たちは手にした竪琴をつま弾き、何か押し殺したような和音を奏でた。その音楽の合間に、金の鎖の小さな音と、パピルス編みの彼女のサンダルが立てる規則正しい澄んだ音が聞こえた。

まだ誰も彼女を知る者はなかった。ただ、ひたすら祭祀に携わるその引きこもった暮らしぶりが知られていた。夜、館の一番上のテラスで、香炉の煙の渦巻くなか、星々に向かってひざまずく彼女の姿を兵士たちも目にしていた。月が、彼女の顔をこれほど青白くしたのだ。神々の世界に属する何かが、ほのかな蒸気のように彼女を包んでいた。その瞳はこの地上の遥かかなたを見ているようだった。顔をやや傾けて彼女は歩いていた。右手に小さな黒檀の竪琴を持っている。

(22)　タニットはエシュムーン、カーモンとともにカルタゴの三大神を成す。フェニキア人の豊穣の女神アスタルテと同一視される。月の女神、女性原理の表徴。対して、カーモン神の「現れ(エマナシオン)」のひとつとされるモロックは、すべてを貪り焼き尽くす破壊の神、太陽神、男性原理の表徴として、本小説では圧倒的な力をふるう。

彼女のつぶやきが兵士たちに聞こえた。

「死んだ！　みんな死んでしまった！　呼んでもおまえたちはもう来ない。池の縁に座って呼ぶとすぐに寄ってきて、私は西瓜の種を口に投げ入れてやったものだった。大河のしぶきよりも澄んだおまえたちの目の奥にはタニットさまの神秘が宿っていた」　そして彼女は魚たちをそれぞれの名で呼んだ。それはみな、月の名だった。「シヴ！　シヴァン！　タンムーズ、エルール、ティシュリ、シェバール(23)！　ああ、女神さま、私に憐れみを！」

兵士たちは、彼女が何を言っているのか分からぬまま、ただその装いに仰天して周りでひしめいていた。その兵士たちを彼女はおぞましげに見渡し、そして両腕を広げ肩をすくめてこう繰り返した。「あなたたちはなんということをしたのです！　なんということをしたのです！」

「思うぞんぶん楽しめるだけのものが、なんでもそろっていたでしょうに！　パンも肉も油も、それに倉にある限りのマロバトル(24)も！　私はヘカトンピロス(25)から牛をとり寄せ、狩人たちを砂漠に送りだしもしたのですよ！」　彼女の声は徐々に大きく、その頰は赤く染まっていった。「ここをどこだと思っているのです。ここは征服した町なのですか、それとも頭《かしら》の館ですか。それも、誰あろう、私の父にして神々の僕《しもべ》、統領ハミルカルの館ですよ。奴隷たちの血で真っ赤に染まったあなたたちの武器、ルタティウスにその武器を引き渡すのを拒んだのは彼ではありませんか。彼ほど巧みに戦いを指揮できる者があなたたちの国にひとりでもいますか。ご覧なさい！　私たちの、この館の階段は戦利品で溢れかえっています！　続けなさい！　館を燃やしてしまうがいい！　わが家の守り神と一緒に私は行きます、館の上の階、蓮の葉の上で眠っている私の黒い蛇と一緒に。口笛を吹くと彼は私についてきます。そして私が船に乗ればその跡を追い、泡立つ波を乗り越えて走るでしょう」

彼女は薄い小鼻をひくつかせ、胸に下げた宝石を指の爪が割れるほど強く握りしめていた。と、その目にふと憂いの色を浮かべ、こう続けた。

「ああ、哀れなカルタゴ！　痛ましい町！　かつておまえを守ったあの屈強な男たちはもういない、大海原の果てにまで出かけていって岸辺ごとに神殿を建てたあの男

(23)　春分から始まるヘブライ・フェニキア暦の月名。シヴは第二月(四—五月)、シヴァンは第三月(五—六月)、タンムーズは第四月(七月)、エルールは第六月(八—九月)、ティシュリは第七月(九—十月)、シェバールは第十一月(二—三月)(ベルレット版注による)。

(24)　古代ローマの大プリニウス『博物誌』に、シリア、エジプト、インドの「乾いて丸まった葉の木」から採られる香油と記されている malobathron.

(25)　リビアで栄えた町。

たちは。すべての国、世界がおまえを中心に動いていた。そして海はおまえの船の櫂《かい》が耕す畑、豊かな稔りが刈り入れを待って揺れていたものを」

それから彼女はシドン人[26]の神にしてハミルカル家の父祖、メルカルト[27]の冒険の物語を歌い始めた。

エルシフォニア[28]の山々を登り、タルテッスス[29]へ渡ってマシサバル[30]と戦い、蛇族の女王の仇を討った神の物語である。

「彼は森の中で女の怪物を追っていった。怪物の尾が枯れ葉の上で銀の川のように波うっていた。広い草地に着くと、そこでは腰から下が竜の体をした女たちが尾の先を地につけて立ち、大きな火を囲んでいた。血の色をした月が青白い光の輪のなかで輝き、女たちは漁師の銛《もり》のように先の裂けた真っ赤な舌を長く伸ばし、それがたわんで炎に届きそうだった」

それからサラムボーは休むことなく、マシサバルを退治したメルカルトがその首を切りとって、船の舳先に取りつけた話を続けた。「船が波を乗り越えるたびに、首は水の中に沈んだ。太陽がミイラにしていって、首は金よりも硬くなった。その目は泣くことをやめず、涙が絶え間なく水中に落ちていた」

彼女はこれをすべて、傭兵たちには分からないカナンの古い言葉で歌っていた。この女は恐ろしい身ぶりを添えながら自分たちに一体何を言っているのだろう、と彼らはいぶかりあった。そして彼女を囲んでテーブルや寝台の上にのり、エジプト無花果の枝にのぼって、ぽかんと口をあけ首を伸ばしてその歌を聞きながら、彼らの想像力にとっては、神統記の闇の向こうに、雲のなかの幻のように揺らめくこの漠たる話の意味を、それでもなんとか摑もうとしていた。

ただ髭のない神官たちだけがサラムボーの話を理解していた。竪琴の弦の上に伸ばした皺だらけの手は小刻みに震え、彼らはその震える手で時おり陰うつな音をかき鳴らした。震えているのは、彼らはみな老女よりもひ弱で、神秘の物語に心を揺さぶられながらも、周りの男たちが怖くてならなかったのである。傭兵たちはそんなことは

(26) シドンは現レバノンにあったフェニキアの町。シドン人はフェニキア人と同じ。

(27) フェニキアの町チュロスの最高神。フェニキア神話においてはギリシャのヘラクレスと同様の偉業を付与されている。しかしカルタゴでは、メルカルトはモロックとともにカーモン神の「現れ」とされ、火と破壊の神であるモロックに対し、フェニキア都市の守護神として怪物退治などもする。なおハミルカルという語は「メルカルトの僕《しもべ》」の意味を含み、メルカルトはバルカ家の守護神でもあった。

(28) 北西の国々を表すヘブライ語。

(29) 南スペイン、アンダルシアにあった町。

(30) メルカルトが退治した怪物。

まるで意に介さず、若い女の歌にじっと耳を傾けていた。

　なかでもひとり、若いヌミディア[31]の族長がひときわ強い視線を彼女に注いでいた。彼は自国の兵士たちとともに隊長たちのテーブルにいた。腰帯には小型の投げ槍があまりにたくさん差してあって、そのため、額の周りに革紐で留めて羽織っている大きなマントの腰のところが瘤のように膨らんでいた。肩の上で布がたわみ盛り上がっているせいでその顔は闇に包まれ、見えるのは炎のような二つの目だけだった。ほんの偶然の成り行きで、彼はこの饗宴に居合わせたのだった。父親の命《めい》で彼はバルカ家で暮らしていたのだ。姻戚関係を結ぶことを目論んで子弟をカルタゴの有力者の家に送りこむ、近隣部族の王の習いに従ってのことである。ここに住んで半年になるが、ナルハヴァスはまだサラムボーを見かけたことがなかった。顎髭を投げ槍の柄の上に垂らして身をかがめ、鼻孔を広げて彼女を見つめるその姿は、竹やぶに身をひそめた豹さながらだった。

　テーブルの向こう側に、巨大な体軀をした黒く短い縮れ毛のリビア人がいた。戦闘用の胴衣しか身につけておらず、その胴衣を覆う青銅の薄片にひっかかって、寝台の緋色の布があちこち裂けていた。銀の三日月がついた首飾りが垂れて、もじゃもじゃの胸毛と絡み合っていた。顔に血しぶきをいっぱいに浴びたまま、男は寝台の上で左の肘をついて身を起こし、口を開き笑みを浮かべていた。

サラムボーの歌は神聖な調子を捨て、今や彼女は傭兵たちそれぞれの国の言葉を同時に使っていた。彼らの怒りを和らげようとする女らしい心遣いだった。ギリシャ人にはギリシャ語で歌い、ついでリグリア人、カンパニア人、黒人たちに向かってそれぞれの言葉で歌った。そのため彼らは彼女の歌を聞きながら、その声の中に母国のぬくもりを感じとるのだった。カルタゴの過去への思いに駆られて、彼女は今、ローマとの昔の戦いを歌っていた。兵士たちは喝采した。彼らの抜き身の剣のきらめきにさらに心が昂り、彼女は両腕を広げ声を張りあげていた。竪琴が落ち、彼女は口をつぐんだ。そして、しばらく両手で心臓の上を押さえ目を閉じて、彼女はじっと男たちの興奮のざわめきを味わっていた。

あのリビア人マトーは彼女の方へ身を乗りだすようにしていた。彼女は思わず知らずその方へ近づいていき、自尊心を満たされた感謝の念から、彼のために、金の盃にたっぷりと葡萄酒を注いだ。それは傭兵たちとの和解のしるしでもあった。

「お飲みなさい！」と彼女は言った。

彼は盃をとって口に近づけた。その時、ひとりのガリア人が、それは先ほど将軍ジ

（31）北アフリカ、およそ現在のアルジェリアにあった半遊牧民の国。

スコーに杖で打ち据えられた男だったが、自分の国の言葉で陽気に何やら冗談らしいことを言いながら彼の肩をたたいた。近くにいたスペンディウスが通訳を申し出た。

「話せ！」とマトーが言った。

「幸せ者！　金持ちになれるぞ。婚礼はいつだ」

「婚礼？　どういうことだ」

「あんたの婚礼だよ。だって俺の国じゃあ、女が兵士に酒を注ぐってのは褥《しとね》を差しだすってこと……」

男の言葉が終らないうちに、ナルハヴァスは飛び上がって腰から小槍を一本引き抜き、右足をテーブルの縁にかけ、マトー目がけて投げつけた。

槍は盃の間を音を立てて飛び、マトーの腕を貫いて卓布の上に釘付けにした。その柄が宙で震えていた。

マトーは素早く槍を引き抜いた。しかし彼は裸も同然で手もとに武器がなかった。とうとう彼は、ものをいっぱいに乗せたテーブルごと両腕で持ち上げて、わらわらと詰めかける男たちの頭越しに、ナルハヴァス目がけて投げた。二人の間では傭兵とヌミディア兵がひしめき合って互いに剣を抜くこともできないほどだった。マトーは頭突きを食らわせながらそのなかを突進した。しかし頭を上げたときナルハヴァスの姿はもうなかった。彼は目で探した。サラムボーもいなくなっていた。

思わず宮殿の方に目を向けると、一番上の階のあの黒い十字の描かれた扉が閉まるのが見えた。マトーはさっと駆けだした。

その姿はガレー船の舳先の間を走り、三つの階段をひとまたぎしてたちまち赤い扉の前に現れ、扉に体当たりして止まった。彼は息を切らし、壁に手をついて身を支えた。

男がひとりついてきていた。館の角に遮られて饗宴の明かりは届かず闇の中だったが、それでも彼にはそれがスペンディウスだと分かった。

「帰れ！」

元奴隷は答えずに自分の上衣を歯で裂き始めた。そしてマトーの脇に膝をついてそっと腕をとると、手さぐりで傷口を探した。

雲間を滑る月の光が一瞬射して、腕の真ん中に大きく開いた傷口が見えた。スペンディウスはそれに布きれを巻きつけた。しかし相手は苛立って言った。「放せ！　放せ！」

「いいえ！」奴隷が言った。「あなたは私を地下牢から出してくださった。私はあなたのもの、あなたの家来になります。なんでも命令してください」

マトーは手さぐりで壁づたいにテラスを一周した。一歩ごとに耳を澄まし、金泥を塗った葦簾の隙間から、静まり返った部屋の中を窺った。が、とうとう絶望した様子で立ち止まった。

「聞いてください」奴隷が言った。「力はなくとも、私はそう馬鹿にしたもんでもありません。ここで暮らしてきて館のことはよく知っているし、蝮《まむし》のように壁の間をすり抜けられます。ついておいでなさい。先祖の間《ま》というのがあって、敷石一つひとつの下に金の塊があるんです。地下道が先祖の墓に通じています」

「なんだ、そんなもの！」

スペンディウスは黙った。

テラスの上だった。二人の前には巨大な闇が広がり、そこには何か黒々とした山が、石化した海の波のように、いくつも重なっているように思えた。

しかし、東に一条の光が昇った。左手のずっと下のほうでは、メガラの水路が、家々の庭の緑のなかに曲がりくねった白い縞を描き始めた。七角形の神殿の円錐状の屋根、階段やテラスそして城壁が、少しずつ、夜明けの薄明かりのなかにその輪郭を浮かび上がらせていた。カルタゴの半島をぐるりと囲んで白い泡の帯が揺れ動き、一方エメラルド色の海は、朝の冷気のなかで凝固しているように見えた。斜面の上に傾きかかっているようだった高い家々が、空のばら色が広がるにつれて、しゃきっとさらに身を伸ばし、あるいは縮こまって密集し、それはまるで山を駆けおりる黒い山羊《やぎ》の群のようだった。ひと気のない通りが伸びていた。そこここで塀からはみ出た椰子の木はぴくりとも動かなかった。水をたたえた貯水池は、家々の中庭に埋もれた銀の楯のようだった。ヘルマエム岬(32)の灯台の光が薄まっていった。アクロポリスの丘の上、糸杉の林のなかで、エシュムーン神殿の馬たちが朝日の近いことを感じて、大理石の欄干に蹄をかけ太陽に向かっていななないた。

太陽が現れた。スペンディウスは両手をあげて大声を発した。

すべてが赤い光のなかでざわめいていた。神はわが身を引き裂き、血管からほとばしる黄金の雨のような光線を、惜しみなくカルタゴの上に注いでいた。港の船の衝角がきらきら輝き、カーモン神殿の屋根はまるで炎に包まれたようだった。扉が開かれ始めた神殿の奥にも明かりが見えた。周辺の村々からやってきた大きな荷車の車輪が、通りの敷石の上で重々しく回っていた。荷を一杯に積んだ駱駝が坂道をおりていた。十字路に店を構える両替商たちが、入口を覆う庇《ひさし》を引きあげていた。コウノトリの群が飛びたち、大きな白い羽根がはためいた。タニット神殿の林のなかから、巫女たち

(32)　チュニス湾東端の岬。現ボン岬。

の鼓《つづみ》の音が聞こえた。マッパール(33)の突端では、粘土の棺《ひつぎ》を焼く窯《かま》が煙を上げ始めた。

スペンディウスはテラスから身を乗りだしていた。歯をカチカチいわせながら彼は言った。

「ああ、そうか、分かった！　分かりましたよ、さっき、この館の宝を奪おうという話に、あなたが見向きもしなかったわけが」

マトーはシューシューと鋭い音を立てる相手の声でやっとわれに返り、何を言っているのか分からないようだった。スペンディウスは続けた。

「ああ、なんと莫大な富でしょう！　なのにこれを手にしている連中はまったく無防備、それを守る武器もないのです！」

それから彼は右手を伸ばし、突堤の向こうの浜でうずくまり砂金を探している何人かの下層民を指さして言った。

「ごらんなさい。共和国はあの賤民たちと同じですよ。大洋のほとりで身をかがめ、あらゆる岸辺に貪欲な両腕を差し入れています。が、波の音に耳をふさがれ、背後から近づく征服者の足音が聞こえないのです」

彼はマトーをテラスの反対側へ連れていった。下は饗宴の庭で、木の枝に吊した兵士たちの剣が陽光にきらめいていた。

「それがどうでしょう。ここには憎しみに心たぎらせた強い男たちがいます。彼らをカルタゴに結びつけるものは何もありません、家族も、誓いも、神も！」

マトーは壁に寄りかかったままだった。スペンディウスは近寄って小声で続けた。

「戦士よ、私の言っていることが分かりますか。ペルシャの太守のように緋の衣を着てふたりで歩きましょう。香油の風呂で体を洗わせるんですよ。俺は、今度はこの俺が、奴隷をもってやる！　あなただって、もううんざりしているんじゃありませんか、固い土の上で眠り、酢のような夜営の酒を飲み、ラッパの音ばかり聞いている生活に。そのうち休めるって言うんですか。そう、誰かがあなたの鎧をはぎ取って、死体を禿鷲《はげわし》に投げ与えるときにですかね！　さもなければ、杖にすがった盲《めしい》の足萎《な》え、よぼよぼになって、家から家へ、子供や塩水売りに若いころの手柄話をして歩くときにでしょう。思い出すんです！　隊長から受けた不当な仕打ちの数々を！　雪の中の露営、炎天下の行軍、軍規の横暴、そしていつ十字架にかけられるか分からない、絶えざる死の恐怖を！　あれほどの艱難辛苦の果てに、あなたは名誉の首飾りをもらいましたね。あれは、鈴をいっぱい付けた帯を驢馬《ろば》の首に垂らして、耳もとでがんがん

(33)　カルタゴ北部一帯の地名。「墓が並ぶ」この土地のなかを「マッパールの道」が真っすぐに伸びて「地下墓地のある海岸」に達している(第四章冒頭)。この道の「突端」でという意味であろう。

鳴る鈴の音で驢馬に疲れを感じないようにさせるのと同じですよ。それが、あなたのような、ピュロス[34]よりも勇猛な男に対してすることですか！　しかし、あなたさえその気になったら！　どんな幸せを味わえることか！　涼しい大広間で、敷きつめた花の上に横たわって、竪琴を奏でさせ、道化や女たちを侍らすのです！　そんなことはとうていかなわぬ夢だとは言わないでください。傭兵軍はかつてイタリアでレッギウム[35]を、それからほかの要塞だっていくつも陥としたじゃありませんか。何をしり込みすることがあるんです。ハミルカルは留守、民衆は金持ち連《リッシュ》を忌み嫌っています。ジスコーは、周りの連中が臆病者ばかりだから、何もできはしません。でも、あなたは勇敢だ、あなたは！　兵士たちはみな、あなたになら従います。彼らを指揮なさい！　カルタゴはわれらのものです！　さあ、やってやろうじゃありませんか！」

「いや、駄目だ！」マトーは言った。「俺にはモロック神の呪いがかかっている。俺はあの女の目を見てそれを感じた。それにさっき、神殿の中で、黒い牡羊が後ずさりするのを見た」そして辺りを見回しながら言った。「あの女はどこだ」

　スペンディウスは、彼が大きな不安に苛《さいな》まれていることが分かって、黙らざるを得なかった。

　ふたりの後ろでは、木々からまだ煙がのぼっていた。黒こげの枝から、燃えて半ば骨と化した猿の残骸が、皿の間にぽとりぽとり落ちていた。酔いつぶれた兵士たちは、口を開けて、そこらじゅうに転がる死体の傍らで鼾《いびき》をかいていた。目を覚ました者は、朝の光に目が眩んでうつむいていた。踏みにじられた地面を赤い血溜まりが覆っていた。象たちが、血まみれの鼻を囲いの杭の間で揺らしていた。開け放たれた穀物倉の中に裂けた小麦袋が散乱しているのが見えた。そして門の下には、傭兵たちが積み上げた荷車の分厚い列があった。レバノン杉の枝にとまった孔雀たちが尾を広げ、大きく鳴き始めた。

マトーが身じろぎひとつしないことにスペンディウスは驚いた。見ると彼は、先ほどよりさらに青ざめた顔をしてテラスの欄干に両こぶしをつき、じっと目を凝らして地平線のかなたの何かを追っていた。スペンディウスも身をかがめ、ようやく彼が見

(34)　北ギリシャ、エペイロスの王でアレクサンドロス大王の遠縁にあたる。西方世界征服の野望を抱いて、ようやく南イタリア支配に乗りだしていた頃のローマと戦い二度の勝利を収めたが、代償が大きすぎてイタリアを放棄。ついでシチリアの制覇に向かいカルタゴを島から駆逐する寸前まで追い詰めた。のちにハンニバルは最も偉大な将軍としてアレクサンドロス大王とともにこのピュロスの名をあげている。

(35)　イタリア半島南端の町、今日のレッジョ。前注ピュロス王による南イタリア侵攻時ローマに保護を求めたとき、そのローマから派遣された部隊が、当時シチリア島東北端のメッシーナを占拠していたカンパニア人傭兵とともに、このレッギウムの住人を虐殺した史実がある。

つめているものを見つけた。遠く、ウッティカ街道で、(36)砂ぼこりのなかで回る金色の点があった。それは騾馬《らば》を二頭つないだ二輪馬車の車輪の轂《こしき》だった。奴隷がひとり、手綱をとって轅《ながえ》の先を走っていた。馬車には二人の女が座っていた。ペルシャ風に、青い真珠をちりばめた網目織で飾った耳の間で、騾馬のたてがみが膨らんでいた。スペンディウスは二人の女が誰か分かり、あっという叫びをやっとこらえた。後ろで、大きなヴェールがはためいていた。

(36) ウッティカはカルタゴの西北、チュニス湾に臨む。チュロス(注21)のフェニキア人が、紀元前八一四年頃の発祥とされるカルタゴより以前(伝承によれば紀元前十二世紀、実際にはおそらく紀元前九世紀頃)に建てた植民市。紀元前五世紀以来カルタゴと同盟関係にあった。

第二章　シッカで

二日後、傭兵たちはカルタゴを出ていった。

シッカ[1]へ移ってそこで野営するという条件で、彼らはめいめい金貨を一枚ずつ与えられ、そして甘い言葉をさんざん聞かされていた。

「あなた方はカルタゴを救ってくれた、われわれの恩人だ。しかし、こうしてここに居座り続ければ、この国は飢え、あなた方への報酬を支払うことができなくなる。ここから立ち退いてくれまいか。この願いを聞き入れてくれれば、われわれはそれをさらなる恩義と感じ、ただちに税をおこしてあなた方への俸給を完済するであろう。それからガレー船団を整えてそれぞれのお国まで送り届けよう」

このような饒舌に、彼らはなんと答えてよいか分からなかった。戦いに明け暮れてきたこの男たちは、そもそも町での暮らしに飽きあきしていたので、その説得にさし

（1）　チュニスの南西百三十キロメートルの町、現エル・ケフ。

たる労は要せず、こうして今、人々は城壁の上にのぼって彼らが出ていくのを見送っているのだった。

射手も重装歩兵も、隊長も兵卒も、ルシタニア人もギリシャ人も、ごちゃごちゃに入り混じったその隊列は、カーモン通りからキルタ門②へと陸続と続いた。重い半長靴で石畳を踏み鳴らすその足どりは毅然としていたが、弩砲《どほう》の攻撃にさらされた甲冑《かっちゅう》はでこぼこ、顔はうち続く戦闘に黒く焼けていた。野太い声が濃い髭の奥から出てきた。鎖帷子《くさりかたびら》は破れて垂れ下がり、剣の柄《つか》に当たってガチャガチャ鳴った。そして青銅の甲冑に開いた穴から覗く彼らの剝きだしの手足の筋肉は、武器そのもののように、見るからに恐ろしかった。長槍と斧と矛《ほこ》、フェルト帽と青銅の兜、すべてが一度に同じ動きで揺れながら、両側の家々の塀を突き崩さんばかりに通りを埋め、こうしてこの長い武装兵士の群は、壁に瀝青《チャン》を塗った高い七階建ての建物の間に溢れかえっていた。その建物の葦や鉄の格子の向こうで、ヴェールで顔を覆った女たちが、蛮人たち③が通りすぎるのを黙って見ていた。

家々のテラス、防塁、城壁の上をカルタゴの群衆が埋め尽くし④ていた。彼らの衣服はみな黒っぽく、その一面の黒地の中で、水夫が着る赤いチュニカが、点々と血の染みのように見えた。ほとんど裸の子供たちが、列柱の間に這わした枝葉や椰子の枝にのぼって騒いでいた。塔の物見台に立っているのは長老たち(5)だったが、こうして、髭の長いもの思わしげな風情の人物が、何ゆえに所どころでぽつんと立ちつくしているのか、分かる者は誰もいなかった。その姿は、遠目には亡霊のようにおぼろ、石柱のように不動だった。

皆が同じ不安に苛まれているのだった。傭兵たちが、自分たちの勢力がこれほど強大であるのを目の当たりにして、このままここに居座ろうという気を起こすのではないかと恐れていたのだ。ところが彼らはこうして粛々と町を出ていくようなので、人々は急に気が大きくなって兵士たちに近づき、その群の中に混じっていった。いやというほど誓いの言葉を繰り返し、彼らを抱擁ぜめにした。香水や花や銀貨を投げかけた。病気にならないようにとお守り袋を渡した。しかしじつは死を呼び寄せるためにその上に三度つばを吐きかけ、あるいは勇気を萎えさせるジャッカルの毛を中に入

(2)　キルタへ通ずる門。キルタは現アルジェリアにあった古代ヌミディア王国の首都、現コンスタンティーヌ。

(3)　原語はBarbares(バルバロイ)。古代ギリシャ・ローマ人そしてカルタゴ人にとっての異民族の蔑称。小説では傭兵軍と同義。

(4)　腰の下まである上衣。

(5)　百人会(第一章注3)のメンバー。

れてあったのだ。声高にメルカルト(6)の加護を唱え、しかし小声でその呪いを祈るのだった。

それから荷物とそれを運ぶ騾馬や馬、そして傷病兵の群が続いた。病人は駱駝の背でうめき、他の者は折れた槍の柄にすがり足を引きずっていた。酒飲みは革袋をかつぎ、食い意地のはった者は肉の塊や菓子や果物を、またバターを無花果の葉で包み、雪を布袋に詰めて持っていた。片手で日傘を差す者、鸚鵡《おうむ》を肩に乗せた者、また後ろにブルドッグやガゼル、豹を引き連れて歩いている者もいた。驢馬に乗ったリビア女たちが、傭兵の後を追ってマルカ地区(7)の娼家を抜けだしてきた黒人女たちを口汚く罵っていた。その中には、革紐一本で胸に吊した赤ん坊に乳を与える女もいた。やたらと剣先で突つかれながら、山積みのテントを運ぶ騾馬の背は、あまりの重みにたわんでいた。そして最後に、おおぜいの下人と水運びの人足が続いた。虫がたかるにまかせた汚い肌は熱で黄ばみ、みな痩せこけていた。カルタゴの最下層民が傭兵を慕ってついてきたのだった。

彼らが出ていくと、カルタゴはその背後でぴたりと門を閉ざした。城壁の上から見ていると、傭兵の隊列はやがて地峡(8)の幅いっぱいに広がった。

それは大小さまざまな集団に分かれてゆき、それから長槍が丈の高い草かと見えるうちに、とうとうすべてはひと筋の土ぼこりの中に消えた。一方、兵士たちのうちカルタゴの方を振り返ってみた者の目に見えるのは、上部の矢狭間《やざま》が虚空を切り裂くその長い城壁だけだった。

その時、大きな叫び声が聞こえた。傭兵たちは、町にまだいくらか残った仲間がいて（というのも、自分たちが全部で何人なのか彼らは知らなかったからだが）、それが慰みにどこかの神殿で略奪を働いているのだろうと思った。そいつは愉快だ、と彼らは大いに笑い、それからまた行軍を続けた。

こうして元どおりみんなで平原を歩いていること、それがたまらなくうれしかった。ギリシャ人たちはマメルティニ(9)の古謡を歌った。

(6)　第一章注27。
(7)　アクロポリスのあるビルサ地区を挟んで北側が小説冒頭のハミルカル邸のあるメガラ地区。このマルカ地区はその反対側、ビルサの丘のふもとからチュニス湖畔までの、軍港と商港のある水夫の町（「説明の章」の記述による）。
(8)　小さな半島をなすカルタゴをアフリカ大陸に繋ぐ、地中海（チュニス湾の潟湖《せきこ》）とチュニス湖の間の地峡。
(9)　シラクサの僭主アガートクレスのカンパニア人傭兵隊。アガートクレス没後反乱を起こしてシチリア島東北端の町メッシーナを占拠し、カルタゴと対抗するためローマに援軍を求めた。これが第一次ポエニ戦争の発端となった。

「槍と剣で、われは耕しそして刈る。われこそはこの家《や》の主《あるじ》。みな武器を捨てわが足もとにひざまずき、殿さま、王さまとわれを呼ぶ」

彼らはやたらと大声をあげ、飛び跳ね、そして陽気な連中はいつものおどけ話を始めた。苦難と辛酸の時はもう終ったのだ。チュニスに着いたとき、バレアル人投石手の一隊[10]がいないことにいく人かの者が気づいた。なに、じきに追いつくさ。それきりもう誰も気に留めなかった。

ある者は近くの人家に泊まりにいき、他の者たちは城壁の裾でテントを張った。すると町の人々が傭兵と話しに出てきた。

その夜ひと晩じゅう、カルタゴの方角の地平線上に燃え上がる大きな火が見えた。その明かりが、ぴくりとも動かない湖面に映って巨大な松明のように伸びていた。カルタゴで一体なんの祝祭が催されているのか、兵士の誰にも分からなかった。

翌日、兵士たちは一面の耕作地のなかを進んだ。街道沿いにカルタゴ貴族の小作地が続いていた。椰子の林では灌漑用の溝を水が流れ、オリーヴの木が並んで長い緑の帯をなしていた。丘の谷間にはうす紅《くれない》のもやが漂い、背後に青い山々がそびえていた。熱い風が吹き、大きなサボテンの葉の上をカメレオンが這っていた。

傭兵たちは歩みをゆるめた。

いくつもの塊に分散した隊列ごと、あるいは各自思い思いに、長い間隔をあけてのろのろと進んだ。葡萄畑で葡萄を食べ、草の上で寝ころんだ。大きな牛の角が人の手でねじ曲げてあるのや、毛を保護するためにわざわざ獣の皮を着せられた羊を見て仰天した。それから、互いに交差して多くの菱形をなすように作られた畑の畝溝、形が船の錨にそっくりな犂《すき》の刃、花に水をやるように柘榴の木にはシルフィウム樹脂をかけることなど、こうした大地の豊かさとそこに加えられた創意工夫に驚嘆した。

夜はテントを張らず畳んだままその上に寝た。そして、星空に顔を向けて、あのハミルカル邸のご馳走を懐かしみながら寝入った。

翌日の日盛りに、軍は夾竹桃《きょうちくとう》が茂る川べりで休憩をとった。兵士たちは槍を、楯を、そしてほどいた腰帯をかなぐり捨て、喚声をあげて体を洗い、兜に水を汲んだ。腹這いになって飲む者もいた。周りはやはり水を飲む駄馬で溢れ、その背から荷がずり落ちていた。

スペンディウスは、ハミルカル邸の囲いの中から盗んできたひとこぶ駱駝に跨がっていたが、遠くにマトーの姿を認めた。片腕を胸に吊り、何もかぶらない頭を垂れて、自分の騾馬が傍らで水を飲むにまかせて流れに目をやっている。「ご主人さま！　ご

(10)　ハミルカル邸の饗宴でバルカ家の聖なる魚を殺したのはバレアル人投石部隊の兵だった。

主人さま！」と大声で呼びながら、彼は人込みをかき分け駆け寄った。

マトーは相手の示すこうした親愛の情に答えようともしなかったが、スペンディウスはそれを意に介さず、以後はマトーの後にぴたりとついて歩いた。そして時おり、カルタゴの方に不安げな眼差しを投げた。

彼は、ギリシャ人修辞学者とカンパニア人娼婦のあいだの子だった。はじめに女の売買で財をなしたが、船の難破ですべてを失い、その後ローマに対するサムニウム(11)の牧人たちの戦いに身を投じた。捕らえられ、一度脱走して再び捕まった。採石場へ徒刑にやられ、蒸し風呂で働かされて喘ぎ、拷問にあって呻き、奴隷として次々と多くの主人の手に渡るあいだに、あらゆる憤怒の極みを知った。絶望の果てにとうとうある日、櫂を漕いでいた三段櫂船の上から海に飛びこんだ。死にかけていたところをカルタゴの水夫に引き上げられて運ばれ、メガラ(12)の地下牢に入れられたのだった。しかしカルタゴはローマからの逃亡者はローマに引き渡す取り決めになっていた。そこで彼はあの夜の混乱に乗じ、兵士たちに紛れて逃げだしたのだ。

シッカに着くまでずっと彼はマトーのそばを離れなかった。食べるものを運び、馬からおりるときは手を貸し、夜寝るときには頭の下にそっと敷物を差し入れてやるのだった。こうした気配りにマトーもついには心を動かされ、少しずつ重い口を開くようになった。

シルト湾(13)の生れ。父親に連れられ、アンモン神殿(14)に巡礼に行ったことがある。それからガラマンテス人(15)の森で象を狩り、その後カルタゴの傭兵になった。ドレパヌム(16)攻略のとき小隊長になった。共和国には馬四頭、小麦二十三メディーヌ(17)、そして俸給ひと冬分の貸しがある。神々を畏れ、死ぬのは故国でと願っている。

スペンディウスはマトーに、今までにしてきた旅や出会った民族、訪れた神殿のことを話した。それに非常な物知りで、サンダルや矛や網の作り方、猛獣の馴らし方を

(11) サムニウム人は古代イタリアの中部山岳地帯の住民。ローマとの三度の戦いでその覇権に抵抗した。
(12) 小説冒頭、ハミルカル邸のあるカルタゴのメガラ地区。
(13) 現リビア・チュニジア沿岸、シドラ湾・ガベス湾の二つの湾からなる。
(14) アンモン神は古代エジプトの都市テーベの神。リビア砂漠のオアシスにその神託で有名な神殿があった。
(15) 古代ヌミディア王国南部に住み不浄のものを食べたとされる部族。第十四章「斧の峡道」では最初に人肉嗜食に走る。
(16) シチリア島西岸の町(現トレパニ)。紀元前二四九年、ハミルカル指揮下のカルタゴ軍がローマに対し一時勝利を治めたエリックス山の南にある(第一章注2参照)。
(17) 古代ギリシャの計量単位。小麦一メディーヌはプレイヤッド版注によれば三十九キログラムに当たる。

心得、また魚の煮焼きなどお手のものだという。

時おり彼は言葉を途切らせ、喉の奥からしゃがれた声を絞りだした。するとマトーの驟馬は歩みを速め、他の者たちも二人に遅れまいとして急いだ。大きな不安に突き動かされて、スペンディウスは同じことを延々と繰り返した。しかし四日目の夜になって、彼のその不安もようやく鎮まった。

そこは丘の中腹で、二人は隊列の右側を並んで進んでいた。眼下には平原が遠く夜の靄の中に消えるまで広がっていた。二人の下を行軍する兵士の列が、闇の中でうねる波のようだった。時々その隊列が、月光に照らされた土地の隆起したところを通ることがあった。すると、槍の穂先に星がひとつずつ映ってその光が震える、と見えたその瞬間、周りじゅうの兜がきらきら光り、しかしたちまちすべてが闇にもどる。それが絶え間なく繰り返されるのだった。遠くで、目を覚ました群の羊が鳴く声が聞こえた。何かかぎりなく甘美なものが大地に降りかかっているように思えた。

スペンディウスは半ば目を閉じ天を仰いで、さわやかな涼気を吸いこみ安堵のため息を吐いた。両腕を広げ、体に降りかかるその甘美なものをより強く感じようと両手の指を動かしていた。復讐の望みが甦ったのだ。感極まって嗚咽がこみあげ、それを押し殺すために手で口をおおった。陶酔のあまりに駱駝の勒《ろく》を手放してしまっていたが、駱駝は規則正しい大股で進み続けた。一方マトーはいつもの憂愁に沈んでいた。騾馬に跨がった両脚が地面に垂れ、草が半長靴に当たる音が絶えずシュッシュッと鳴っていた。

道はどこまでも果てしなく続いた。平野の端に着いたと思うと決まってそこは円い台地の上で、そこから谷間をくだることになった。遠くの地平線上を塞ぐ山並みは、近づこうとするにつれてすーっと滑って遠ざかるようだった。時おり、タマリスク(18)の緑の間に小川が現れ、丘をくだって消えていった。そこここに巨大な岩がそびえていて、あるものは船の舳先のよう、またあるものは今は消え失せた何か巨像の台座のようだった。

一定の距離を行くと必ず、土台が四辺形の小さな聖堂があった。シッカにおもむく巡礼のための聖堂だった。が、どこも扉は固く閉ざされ、リビア人兵士たちが開けさせようとどれだけ叩いても、中から答える者はなかった。

その後、耕作地はどんどん減り、道は突如として棘だらけの灌木の生える砂地になった。羊の群が岩や石の間のわずかな緑を食《は》んでいて、青い毛を腰に巻きつけた女が番をしていた。女は岩の間に兵士たちの槍が見えた途端、悲鳴をあげて逃げていった。

(18)　中央アジア原産の御柳《ギョリュウ》科の低木。

隊列はそのとき、赤茶けた丘が左右に二列に連なり、大きな自然の回廊のようになっているところを進んでいた。突然、吐き気を催す異臭が鼻をついた。と、途方もない光景にみな目を疑った。いなご豆の高木の葉の上にライオンの顔が突き出ているのだ。

みなそこへ駆け寄った。それはまさしく、罪人のように十字架にかけられたライオンだった。大きな鼻面が胸の上に垂れ、前脚は豊かなたてがみの下に半ば隠れていたが、先は鳥の翼のように左右に大きく広げられていた。あばら骨が一本一本、ぴんと張った皮の下から浮き出ていた。後ろ脚は重ねて釘付けにされ、毛の間を流れた黒い血が、十字架の支柱にそって真っすぐ垂れた尾の先で氷柱《つらら》のようになっていた。その周りで兵士たちはふざけ散らした。ローマ市民、執政官殿と呼びかけ、その目をめがけて石を投げつけ、たかった虫の群を舞い上がらせた。

百歩ほど行くとさらに二つ。その先に突然、ライオンの十字架の長い列が現れた。なかには、どれほど前に死んだものか、骨の残骸しか柱に残っていないものもあった。またあるものは、体は半ば食われて腐り、口をねじ曲げ恐ろしい渋面を見せていた。巨大な体軀のものもいて、支柱が下でたわんでいた。それが風に吹かれて揺れ、頭上にはカラスの大群が絶えず舞っていた。カルタゴの農民は、猛獣を捕らえるとこのようにして復讐を果たし、他のライオンへの見せしめにしていたのである。蛮人たちは笑うのをやめた。「ライオンを磔《はりつけ》にして楽しむとは！　この国の民は一体どういう人間なんだ」と、彼らは果てしない驚愕の沈黙に沈んだ。

そもそも彼らは、北方の国々出身の者がとくにそうだったが、すでに漠たる不安に苛まれて心は乱れ、気がおかしくなりかけていたのだ。アロエの棘で傷だらけの手、絶えず耳もとをぶんぶん飛びまわる大きな蚊。さらに軍のなかに赤痢にかかる者が出はじめていた。どこまで行ってもシッカに着けない、もういい加減うんざりだ。道を間違えて、あのどこも砂ばかりの恐怖の国、砂漠に迷いこむことが何より怖かった。もうこれ以上進みたくないと何人もの兵士が言いだし、カルタゴへと引き返す者すらあった。

ついに七日目、長いあいだ山裾に沿って進んだ末に、道は急に右に折れた。城壁が現れた。白い岩を土台にした城壁は岩と溶け合って境界の見分けがつかない。と見るうちに、突然その上に町全体が立ち現れた。青や黄や白のヴェールが、城壁の上で夕焼け空を背景にひらめいていた。それは兵士たちを迎えに駆けつけたタニット神殿の巫女⑲がかぶるヴェールだった。城壁の上いっぱいに並んで、太鼓をたたいたり竪琴を弾いたりクロタル[20]を鳴らしたりしている。背後のヌミディアの山々の向こうに沈みゆく太陽の光線が、巫女たちの裸の腕が伸びる竪琴の弦の間をすり抜けていた。時おり、楽器の音が突然ぴたりと鳴りやみ、すぐに彼女たちがいっせいに発する声が続いた。甲高くせわしく激しい、長く伸びるその遠吠えのような声を、巫女たちは口の両端を舌先で交互に強く打ち鳴らしながら発しているのだった。ほかに、手に顎をのせ頬杖をついた姿勢の女たちもいて、そのままスフィンクスのように身じろぎもせず、大きな黒い目で、坂道をのぼってくる兵士の群を見つめていた。

シッカがいかに聖なる町でも、これほどの大軍を受け入れることは不可能だった。神殿と付属の施設だけで町の半ばを占めているのだ。そこで傭兵たちは辺りの野原に散らばって自由に野営することになった。統制のとれた隊は正規の部隊ごとに陣をはり、他の者たちは同国人同士集まり、残りの者は気の向くままの場所に身を落ち着けた。

ギリシャ人たちは何列も平行に革のテントを並べた。イベリア人は布製の大テントを輪状に並べた。ガリア人は板のバラックを、リビア人は石を積んで小屋を作った。黒人は砂地に爪をたててねぐらにする穴を掘った。が多くは、どこに身を置いてよいものか分からず、荷物の間をさまよったあげくに夜になり、地面にころがり穴だらけのマントにくるまって眠るのだった。

辺りには遠くの山並みに囲まれて平野が広がっていた。そこここに砂岩の岩山があった。岩山の周囲は所どころに樅や樫の木が生える切りたった崖になっていて、崖の上に椰子が斜めに伸びて下を覗いていた。時おり、平野はどこもうららかな青空が広がっているというのに、にわか雨が、天から斜めに垂れる長い帯のように降りかかった。それから、生暖かい風が起こって、舞い上がった埃の渦を一掃する。すると、雨水の川が滝をなしてシッカの町の高みから流れ落ちてきた。町の高み、そこに青銅の円柱の上に金の屋根を戴いてそびえているのが、この土地の支配者たるカルタゴの女神の神殿だった。この地のすべてを、女神の魂が満たしているようだった。身悶えするような大地の起伏、激しい気温の変化、目まぐるしい光の戯れ、そのすべては、女神のもつ途方もない力とその美しい不断の微笑みの顕れだった。山々も、頂きは細い三日月形に反りかえり、低い峰々はまるで膨らんだ乳房を差し出す女の胸のようだっ

(19)　シッカにはタニット－アスタルテ(第一章注22)を祀る神殿があり、ここでは巫女による神聖売淫が行なわれていた。
(20)　古代のカスタネット。

た。傭兵たちは、疲れきった心身をさらに打ちのめす重苦しさにぐったりとなったが、それはまた何かえも言われぬ逸楽をはらんだ重苦しさだった。

スペンディウスは駱駝を売った金で奴隷をひとり手に入れた。マトーのテントの前に陣取って一日じゅう寝ていたが、しばしば夢のなかで鞭のうなる音を聞いて目を覚ました。すると手は自然に動いて両足の傷跡に触れる。鉄の足かせが長年締めつけていた跡である。そしてそのまま再び眠りに落ちるのだった。

マトーはこうして自分にいつもつき従うスペンディウスを受け入れるようになっていた。腰に差した長剣を腿の上で揺らし主人につき添うその姿は、ローマ高官の護衛さながらだった。マトーはまた、まるで無造作に彼の肩に肘をついて寄りかかったりもした。スペンディウスは小男だった。

ある晩、野営陣地の中にできた道を二人で歩いていると、白いマントに身をくるんだ男たちが見えた。そのなかにナルハヴァスがいた。あのヌミディアの王子だ。マトーは身を震わせた。

「剣をよこせ！　やつを殺してやる！」と彼は叫んだ。

「いや、今はまだ駄目です！」スペンディウスが押しとどめた。その間にナルハヴァスは近寄ってきていた。

彼は和睦のしるしにマトーの両手の親指に口づけをし、あの夜かっとなってあんなことをしたのはただ饗宴の酒に酔ったからだと言った。それからさんざんカルタゴへの不満や悪口を並べたてたが、傭兵たちのところへ何をしにきたのかは言わなかった。

この男が欺こうとしているのはわれわれか、それともカルタゴか、とスペンディウスは考えた。が、いずれにせよ、この先あらゆる混乱を利用していくつもりの彼にとって、この男がいずれ犯すことになろう裏切りはむしろ望むところだったのである。

ヌミディアの隊長はこうして傭兵軍にとどまった。彼は何かとマトーの気を惹こうとするようで、丸々と肥えた山羊や金粉、立派な駝鳥の羽根などをしきりに贈ってくるのだったが、こちらはこうした好意にただ驚き、応じてよいのかそれとも腹を立てるべきなのか迷うばかりだった。その彼をスペンディウスがなだめた。マトーはすべてこの元奴隷の意のままだった。何事につけ煮えきらず、打ち勝ちがたい無気力にとらわれたその様子は、口にしたが最後必ず死に至る、何かの飲み物を飲んでしまった者のようだった。

ある朝、三人でライオン狩りにでかけた。ナルハヴァスはマントの下に短刀を隠し持っていたのだが、スペンディウスがすぐ後ろを歩き続け、結局短刀は抜かれることなく三人は帰ってきた。

また、ナルハヴァスに導かれるまま遥か遠く彼の王国の境界にまで行ったこともある。岩に囲まれた狭道で、ナルハヴァスは薄笑いを浮かべて、道に迷ってしまったと言った。スペンディウスが帰り道を見つけた。

しかしたいていは、マトーは鳥占いのように憂うつな顔をして夜明けとともにひとり陣地を離れ、野原をさまよい歩くことが多かった。そして砂地に横たわり、そのまま夜まで動かなかった。

軍のなかで占いの心得のある者すべてに次々と伺いをたてた。蛇の動きを読み解く者、星占いをする者、死者を燃やした灰に息を吹きかける者。ガルバヌムを、セゼリを、そして心臓を凍りつかせる蝮の毒を飲んだ。(21) 黒人女たちは、月明かりのもと、未開の言葉に節をつけて歌いながら、彼の額の皮膚に金の針を突きさした。首飾りとお守りをやたら身につけた。代わる代わる、カーモン神に、モロックに、カビルス七神(22)に、タニットに、そしてギリシャの美の女神《ウェヌス》にすがり祈った。ある名を銅の板に刻んで、それを自分のテントの入口、砂の下に埋めた。スペンディウスはいつも彼がひとりで呻き、話す声を聞いていた。そうしたある晩、とうとう彼はテントの中に入っていった。

マトーは、死人のように裸で、両手に顔をうずめライオンの毛皮の上に腹這いになっていた。吊り下げたランプがテントの柱に掛けた武器を照らしていた。「何かほしいものがありますか？　どこか悪いんですか？」と元奴隷は話しかけた。「ご主人さま、ご主人さま……」と呼びかけながら言ってください」そして何度も「ご主人さま、ご主人さま……」と呼びかけながらマトーの肩を揺すった。

マトーはどんよりとした大きな目を向けた。

「聞いてくれ」指を唇に押し当てて彼は小声で言った。「これは神々の怒りだ。ハミルカルの娘が俺にとり憑《つ》いて離れない。怖いんだ、スペンディウス」と言って相手の胸にすがりつく姿はまるで幽霊に怯える子供のようだった。「教えてくれ。俺は病気だ。治りたくて、できることはなんでもやってみたが、駄目だった。だがおまえなら知っているんじゃないか、もっと強い神とか、効き目のある祈禱とか」

「どうしてほしいんです？」とスペンディウスは聞いた。

マトーは両こぶしを自分の頭に打ちつけながら答えた。

(21)　ガルバヌムはゴム質樹脂の一種、セゼリは茴香《ういきょう》の一種。蝮の毒を含め、プリニウス『博物誌』(第一章注24)に様々な病気の治療薬としての効用についての記述がある。

(22)　ギリシャ神話の空と大地と海の精。腹の突き出た小人の姿で描かれる。またフェニキア人の航海の守護神でもあるギリシャ神話の双子の神ディオスクロイとも同一視される。

「ここから彼女《あれ》を追い払ってほしいんだ！」

それから彼は自分に言い聞かせるように、時々長い間を置きながらこう続けた。

「たぶん俺は、彼女が神に捧げた犠牲《いけにえ》なんだろう。……目に見えない鎖で俺は彼女につながれている。俺が歩くのは彼女が歩くから、俺が足を止めるのも、それは彼女が休んでいるからだ！　あの目が俺を焦がす。いつもあの声が聞こえる。彼女は俺をおし包み、俺のなかに入ってくる。まるで彼女が俺の魂になったようだ！……」

「しかしそれなのに、目には見えない果てしない大洋の波が俺たちふたりを隔てている！　彼女がいるのは遥かかなた、とても手の届かないところだ！　彼女のあの輝くばかりの美しさが、光の雲のように彼女を包んでいて……それで俺は時々思うのだ、彼女を見たことなどないのではないか……彼女は存在しない……あれはみな夢だったのではないかと」

マトーはこうして闇の中で泣き続けた。辺りの野で蛮人たちが眠っていた。

スペンディウスはそんなマトーを見て思い出した。昔、両手に持った金の壺を差しだしこれでなんとかしてくれと哀願する若者たちの姿。遊女の群を引き連れて町々を渡り歩いていた時のことである。かわいそうに、という思いにかられて彼は言った。

「しっかりなさい！　意志の力を呼び起こして、もう神頼みはやめるんです。人がいくら泣き叫んでも神は振り向いてくれませんよ。そんなに泣いて、まるで意気地なしじゃありませんか。女ひとりにそれほど苦しめられるなんて、悔しくないんですか」

「俺が子供だというのか。女の顔や歌に今さら惑わされると思うか。女なんぞ俺たちはドレパヌムでは馬小屋の掃除をさせるほど手に入れた。敵襲のさなかでも、崩れ落ちる天井の下、弩砲の鳴りやまぬなかで俺は女を抱いたぞ！……しかしあの女は、スペンディウス、あの女だけは！……」

元奴隷が口をはさんだ。

「ハミルカルの娘だというだけでは……？」

「ちがう！」とマトーは大声を出した。「あれはただの人間の娘じゃない！　あの長い眉の下の大きな目を見たか。まるで凱旋門の下のふたつの太陽だ。彼女が初めて姿を見せたとき、周りの松明の光はいっせいに青ざめたぞ！　首飾りのダイヤモンドの間にのぞく胸の肌はいっそう輝いていた。後ろに漂わせていたのは、あれは神殿の匂いか。彼女の全身から、酒よりも甘美な、死よりも恐ろしい何かが洩れ出ていた。そうして、彼女は歩いてきて……そして止まった(23)」

(23)「そして止まった（、俺の前で）」。マトーは饗宴の夜の一場面を思い出している。

彼はしばらく口を開けてうつむき、目を据えていた。

「あの女が欲しい！　なんとしても！　死ぬほどに！　この腕に彼女を抱く、その悦びを考えるだけで気が狂いそうだ。だが、それでも、俺は彼女が憎い！　スペンディウス、殴りつけてやりたいほどに！　どうしたらいい。いっそこの身を売って彼女の奴隷になろうか。まさにそうだったんだな、おまえは。どうだ、彼女を見かけたこともあるだろう。彼女のことを話してくれ！　夜ごと彼女はあの館のテラスへのぼっていくんだろう？　ああ！　そのとき、彼女のサンダルの下で石は震え、星々も彼女を見ようと身を乗りだすだろう！」

全身汗まみれの、傷ついた牡牛のように喘ぎ、彼はまた倒れこんだ。

そしてマトーは歌い始めた。「彼は森の中で女の怪物を追っていった。怪物の尾が枯れ葉の上で銀の川のように波うっていた」あの夜のサラムボーの歌をまねて声を長く伸ばし、そして宙に浮かせたその両手は竪琴の弦をつま弾いているのだった。

スペンディウスのどんな慰めにもマトーはいつも同じ繰り言で答え、二人の夜々はこうした嘆きと激励のうちに過ぎていった。

マトーは酒の力にすがろうとした。しかし酔いが醒めたあとは前にもまして陰うつになった。羊の骨でする賭け勝負で気を紛らそうともしてみたが、首飾りにつけた金の板が一枚一枚減っていくばかりだった。導かれるまま女神の巫女のところにも行った。しかしそのあとは、誰かを葬った帰りのように、丘をおりながらすすり泣いていた。

スペンディウスは逆に、日に日に大胆にまた陽気になっていった。木陰にできた酒場で、よく兵士たちに囲まれて弁舌をふるっていた。使い古した鎧を繕ってやり、短剣を操って芸をして見せ、病人のために野の薬草を摘んできた。彼はひょうきんで、頭が鋭く、創意に溢れ、そして口達者だった。傭兵たちは何かとスペンディウスの世話になることに慣れ、彼を好きになっていった。

そうしたなかで、彼らはずっとカルタゴからの使者を待っていた。その使者は、たくさんの騾馬に金貨が山盛りの籠を積んでくるはずだった。そこで彼らは砂の上に指で数字を書いて、何度も計算をし直すのだった。誰もが、今からもう、この先の暮らしを思い描いていた。女を、奴隷を、土地を手に入れようと考える者もいれば、その宝はどこかに埋めて隠しておこうと思う者、いやすべて船に賭けて大儲けしようと目論む者もいた。ただ、無聊の日々がこう長く続くなかで皆いらだちを募らせていた。騎兵と歩兵、蛮人とギリシャ兵の間に絶えずもめ事がもちあがった。女たちの金切り声にも悩まされた。

毎日、日除けの草を頭にのせただけのほとんど裸の男たちが、群をなして次々に到着した。カルタゴの富豪からの借金を返済できず、畑で働かされていた者たちが逃げてきたのだった。リビア人で陣地は溢れた。カルタゴの重税で一文無しになった農民、追放された者、犯罪者たち。ついで商人の一団、ありとあらゆる葡萄酒売り、油売りが押し寄せて、代金を支払ってもらえなかったと怒り狂い、口々に共和国を攻撃した。スペンディウスはここぞとばかりにカルタゴの悪口を並べたてた。そうこうするうちに食糧が底をつき始めた。大挙してカルタゴに押しかけよう、ローマの助けを呼ぼう、と言う者もあらわれた。

ある夜の夕食どきだった。重々しい鈍い音が近づいてきた。遠く、土地の起伏のあいだに何か赤いものが見えた。

それは、束ねた駝鳥の羽根で四隅を飾った、緋色の大きな輿《こし》だった。垂れ幕を下ろしてあって、クリスタルの鎖や数珠つなぎの真珠の飾りが幕の上で揺れていた。何頭もの駱駝が、胸に吊した鐘の音を大きく響かせながら後ろに続き、その周りに、金のうろこ状の甲冑で肩まで全身を覆った騎士たちが見えた。

彼らは傭兵の陣地から三百歩ほどのところまで来て止まると、馬の尻にのせてきた袋から、円形の楯、幅広の剣、そしてボイオティア(24)風の兜をとり出した。何騎かを駱駝とともにその場に残し、騎士たちは再び進み始めた。ついにカルタゴの旗印が見えた。つまり、先端に馬の首あるいは松かさを取りつけた青い木の棒である。兵士たちはみな喚声をあげて立ち上がった。女たちは彼ら神聖軍団の騎士に駆け寄り、その足に口づけした。

輿は十二人の黒人に担がれて進んできた。黒人たちは初めは小刻みに歩いたが、すぐにテントのロープやそこらじゅうをうろつく動物、それに肉を焼いている三脚台などに邪魔されて、右に左に大きくよろけた。時おり、やたらと指輪をはめた太った手が垂れ幕をわずかに開くと、中から嗄《しわが》れた罵声が飛んだ。担ぎ手たちはそのたびに足を止め、別の道を探して陣地の中を進んでいった。

緋色の垂れ幕が持ち上げられた。と、大きな枕の上に見えるのは人間の顔、なんの感情も表さず、ひどくむくんだ、しかし確かに人間の顔だった。眉毛は真ん中がつながった二つの黒檀のアーチのよう。縮れた髪の毛に散らした金粉がきらきら光り、そしてその顔はあまりに青白く、まるで大理石の削り屑をまぶしたようだった。体のほかの部分は、輿の中いっぱいに敷きつめた羊毛の下に隠れて見えなかった。

(24)　古代ギリシャ中部の地方名。中心地テーバイ。

　兵士たちはそこに横たわっている男が統領ハンノーだと見てとった。その優柔不断ゆえにアエガテス群島での戦いを敗戦に導いた張本人である[25]。その後の、リビアの町ヘカトンピロス攻略[26]の際に彼が示したという寛大さについても、傭兵たちの考えは違って、彼らはそこにハンノーの強欲を見ていた。捕虜はみんな死んだと共和国に報告しておきながら、じつは捕虜を奴隷として売って私腹を肥やしたからである。

　兵士たちへの演説に適当な場所はないかと彼はしばらく探し、そして合図をした。輿が止まった。ハンノーは二人の奴隷に支えられて地におり立ち、よろめいた。

　銀の月をちりばめた黒フェルト地の半長靴を履いていた。両脚にはミイラに巻くような細布が巻きつけてあり、布の交差したところから肉がはみ出ていた。腿を覆う深紅の胴衣の上に突きでた下腹が垂れかかり、喉もとの深い皺が牛の喉の肉のように垂れて胸にまで届いていた。花模様でいっぱいのチュニカは、両脇の下が破れていた。肩には綬《じゅ》、腰に帯、そして紐で結んだ二枚袖のゆったりした黒いマントを羽織っていた。身にまとったものの夥《おびただ》しさ、青い石の大きな首飾りも、金の留め金も、いかにも重そうな耳飾りも、すべてがこの異様な体をさらに醜悪に見せていた。それは何か石の塊に彫りかけの大きな偶像のようだった。というのも、青白いレプラが全身に広がって、とても生きたもののようには見えなかったのだ。その一方、禿鷲のようなその鉤鼻は息をしようと荒々しく広げられ、睫毛が瞼にこびりついたその小さな両の目は、何か固い金属のような光を放っていた。手には、皮膚を搔くためのアロエの箆を持っていた。

ようやく二人の伝令が銀の角笛を吹き鳴らした。喧騒が鎮まり、ハンノーは話し始めた。

彼はまず神々と共和国を讃える言葉から始めた。兵士たちも共和国に仕え戦ってきたことを誇りに思ってしかるべきである。しかし、ここは更なる思慮分別を示すべき、まさに苦難のときだ。「主人がオリーヴを三つしか持たないとき、そのうちの二つを自分のものにするのは正当ではないか？」

老統領はこうして演説に諺や寓話を織りまぜ、そして兵士たちの賛同を得ようとして、しきりに自らうなずいてみせるのだった。

(25)　ハンノーは、ローマに対する主戦派の統領ハミルカル・バルカと対抗し、シチリアよりもアフリカ大陸での領土拡張に熱心な対ローマ和平派の統領として、小説ではことごとくハミルカルと対立する。アエガテス群島の海戦については第一章注14参照。

(26)　『サラムボー』執筆にあたってフローベールが依拠した古代の文献のひとつ、シチリアのギリシャ人歴史家ディオドロス『歴史文庫』(巻24)に、リビアの町ヘカトンピロスを攻略した際に、ハンノーは三千人を捕虜にするにとどめ、町の富と自由には手をつけなかったとの記述がある。

話しているのはカルタゴ語で、そして周りで彼をとり巻いているのは(武器もとらず機敏に駆けつけた)カンパニア人、ガリア人そしてギリシャ人だったから、そのなかで彼の話の内容を理解できる者はひとりもいなかった。そのことに気づいて彼は話をやめ、右脚、左脚と交互に体重を移しかえ、重い体を揺らしながら思案した。

思いついたのは隊長たちを集めることだった。二人の伝令は声を張りあげギリシャ語でその命令を伝えた。クサンティポス(27)以来、カルタゴ軍での指揮命令はギリシャ語でする習いだった。

神聖軍団の騎士が鞭を振るって雑兵の群を掻きわけ、やがてスパルタ式密集部隊や蛮人歩兵部隊の隊長たちが、階級章やそれぞれの国の甲冑を身につけて集合した。日がすっかり暮れたなか、大きなざわめきが平原を駆けめぐった。あちらこちらで灯火が焚かれ、兵たちはその間を行き交って口々に言った。「なんだ、どうしたんだ」どうして統領は金を配らないのか。

統領は隊長たちに、共和国がかかえる厖大な負担を並べたてていた。国庫は今や空っぽだ。ローマへの賠償が重くのしかかっている。「どうしたらいいか分からないのだ！……国はじつに憐れむべき状態にある！」

時々、彼はアロエの箆で手足を掻き、また言葉を途切らせて、奴隷が差しだす銀の盃に口をつけた。それはイタチを燃やした灰と、酢で煮たアスパラガスを混ぜた煎じ薬[28]だった。飲み終えると彼は深紅の布で口をぬぐい、言葉を続けた。

「銀貨で一シケルだったものが今では金で三シェケル[29]もする。戦争中、荒れ放題だった農地にはもう何も稔らない。緋色[30]染料の漁場はほぼ壊滅、真珠も今は途方もない高値になっている。神々への勤めを果たすために必要な香油にさえこと欠くありさまだ！　食卓に載るべきものについては、これはもう話す気にもならん。目も当てられぬ惨状だ！　ガレー船がないから薬味が足らないし、おまけにキュレネ[31]の国境で繰り

(27)　第一次ポエニ戦争で、ローマ執政官レグルス率いる大陸上陸部隊がカルタゴに迫ってきた時、カルタゴを鼓舞し徹底抗戦を訴えた、スパルタ人傭兵部隊の隊長。その排撃に成功し、紀元前二五五年レグルスを捕虜にした。

(28)　プリニウスが癲癇《てんかん》および象皮病の治療薬として挙げている。

(29)　シケルは古代オリエントの重さの単位で、これが古代ヘブライの貨幣の名になった。シケルはそのラテン語、シェケルはヘブライ語表記の発音。銀一シケルは十三グラム、金一シケルは六グラム（プレイヤッド版による）。

(30)　原語は pourpre で、正しくは紫に近い深紅色。ハンノーが登場するこの場面以外でも、小説全編にわたって頻出する。古代地中海世界ではこの緋色染料を主にアクキ貝から抽出していた。『サラムボー』執筆中に、フローベールはおよそ次のように述べたことがある。「(小説の筋などはどうでもいいことで)小説を書くときに私が考えるのは、ある色、色調を出すことだけだ。たとえば今度のカルタゴ小説では何か緋色のものを作り出したい」(ゴンクール兄弟『日記』一八六一年三月十七日)。

返し起こる反乱のせいでシルフィウムがなかなか調達できん。あれだけ豊富に奴隷を供給してくれたシチリアには、カルタゴはもう手を出せん！　つい昨日も、たった風呂番ひとりと料理番四人のために、以前なら象の番《つがい》を買えた以上の金を払わされた！」

彼はパピルスの長い巻物を繰り広げ、このところ共和国政府にかかった経費を、数字ひとつ洩らすことなくすべて読み上げていった。神殿の修理にいくら、道路の舗装に、船の建造に、珊瑚漁に、シシート会の拡張に、そしてカンタブリアの鉱山の設備にいくら……。

しかし、隊長たちにも兵士たち同様カルタゴ語は分からなかった。傭兵軍の中でこの言葉は挨拶に使われるだけだった。そこで普段は軍に何人かカルタゴ人士官を配して通訳をさせていたのだが、戦後その者たちは兵士たちの報復を恐れて逃げてしまった。そしてこの度もハンノーは通訳を伴うべきことに思い及ばなかったのだ。その上、彼の声はあまりにこもったかすれ声で、たちまち風の中に消えていった。

鉄のベルトを腰に巻いたギリシャ人たちは耳をそばだて、なんとか彼の言葉の意味を察しようとしていたが、一方、熊のように全身を毛皮で覆った山地出身の兵たちは、青銅の釘をいくつも打ちつけた棍棒に寄りかかって彼を不信の目で見やり、あくびをしていた。ガリア人は話を聞くでもなく、長髪を揺らしながらせせら笑いを浮かべ、砂漠の男たちは、灰色の毛の衣を頭からかぶって身じろぎもせず聞いていた。背後から他の兵が次々と詰めかけ、その雑踏に揉まれて統領の衛兵たちは馬の上で大きくよろけた。黒人たちは火をつけた樅の枝を掲げもっていた。そうしたなかで、そのずんぐりしたカルタゴ人は盛り上がった芝の演壇の上で演説を続けた。

傭兵たちの苛立ちが募ってきた。あちこちから不満のどよめきが起こり、みな口々に統領を罵り始めた。ハンノーはやたらに鞭を振り回した。みな他の者を黙らせようとより大きな声で叫ぶので、喧騒は増すばかりだった。

突然、貧弱な体つきの男がひとりハンノーの足もとに飛びだし、伝令のひとりから角笛をもぎ取ってそれを吹いた。そしてスペンディウスは(それは彼だったのだ)言った。これから重要なことを言いたい。ギリシャ語、ラテン語、ガリア語、リビア語、バレアル語、五つの言葉で早口で繰り返されたこの宣言に、隊長たちは半ば笑い半ば驚いて答えた。「いいぞ！　話せ！」

(31) リビア北東部キレナイカの首都、ギリシャの植民市。カルタゴと対抗していた。
(32) 古代に珍重された植物。そのゴム性樹脂は樹木の害虫よけに、茎は食用になった。キレナイカがその産地だった。

スペンディウスは一瞬ためらい、体を震わせた。それから彼は一番数の多いリビア人に向かい、こう言った。

「今、諸君が聞いたのはこの男の恐ろしい脅しだぞ！」

ハンノーは何も声をあげなかった。してみるとリビア語が分からないのだ。続けて試してみようと、スペンディウスは他の傭兵たちそれぞれの言葉で同じことを繰り返した。

彼らは驚いて顔を見合わせた。それから、ハンノーが何を言ったのか分かった気になり、みな無言のうちに示し合わせたかのように、同意のしるしにうなずいた。

そこでスペンディウスは激しい口調で話し始めた。

「彼は最初にこう言ったぞ、カルタゴの神々に比べれば他の民族の神などたわいない夢みたいなもんだ、と！　みんなのことを臆病者、盗人、嘘つき、犬、雌犬の息子と呼んだ！　おまえたちさえいなければ(とこの男はそこまで言ったぞ)、おまえたちさえいなければ、共和国はローマに貢《みつぎ》を納める羽目にはなっていなかった！　おまえたちの放蕩三昧のおかげで香料も薬味も底をつき、奴隷も手に入らない。それにシルフィウムも。なにしろおまえたちはキレナイカ国境近くの遊牧民と通じているからな！　しかし、罪人は必ずや罰せられるであろう！　この男はここで、その罪人に科せられる刑罰を一つひとつ読みあげたぞ。その者たちは道路の舗装に、船の艤装に、シシート会堂の美化拡張に働かされるか、さもなくばカンタブリアの鉱山へやられて土を掘らされるそうだ」

スペンディウスは順次ガリア人、ギリシャ人、カンパニア人、バレアル人に向かって同じことを繰り返した。ハンノーの演説の中に出てきて耳にとまった固有名詞がいくつも、スペンディウスの話にも出てきたので、傭兵たちは彼が統領の演説の内容を忠実に伝えているものと信じこんだ。何人か「おまえはでたらめを言っている!」と声をあげる者もあったが、それは周りの喧騒にかき消された。スペンディウスはさらに言い募った。

「統領がさっき陣地の外に予備の騎兵を残してきたのを見ただろう。合図ひとつで、やつらはみんなの首を掻っ切りに駆けつけるぞ!」

傭兵たちはそちらを振り向いた。ちょうどその時、そこでひしめいていた兵士たちが左右に分かれて道を開けた。と、その真ん中に、亡霊のようにゆっくり進む何かが現れた。人間だ。腰を折り曲げ、痩せて、素っ裸の体を、枯れ葉といばらの棘がたくさん刺さった埃まみれの長髪が脇腹まで隠している。腰と両膝に、わらやぼろを巻きつけてあった。骨と皮ばかりの手足の、そのふやけた土気色の皮が垂れて、まるで枯れ枝に引っ掛かったぼろ切れだった。手が小刻みに震えていた。男はオリーヴの枝にすがって歩いていた。

男は明かりを持つ黒人たちのところまできた。呆《ほう》けた薄笑いを浮かべていて、青白い歯茎が見えた。怯え血走った目を見開いて彼は周りの兵士たちを見まわした。突然、男は恐怖の叫びをあげて兵士たちのなかに飛びこみ、彼らの背後に隠れて何かから身を守ろうとする風だった。そして、きらきら光る甲冑をまとい身じろぎもしない統領の衛兵たちを指さし、回らぬ舌を動かして言った。「やつらだ！　やつらがいる！」松明の光に目が眩み、衛兵の馬が地面を蹴っていた。闇の中でパチパチ火がはぜた。幽霊のようなその男は身悶えしながら絶叫した。

「やつらがみんなを殺した！」

このバレアル語の叫びを聞いてバレアル人兵士たちが駆けつけ、ああ、おまえだったのかとその名を呼んだ。それには答えず男は続けた。

「そうだ、みんな殺した！　みんな！　踏みつぶしたんだ、葡萄つぶのように！　あの立派な若者たちを！　投石手たち！　俺の仲間、おまえたちの仲間を！」

男は酒を与えられ、飲んで、泣いた。それから、堰をきったように話しだした。

スペンディウスは、その男ザルクサス(33)が語る恐ろしい話を、ギリシャ人とリビア人に訳して伝えている間も、こみ上げる喜びを押さえられなかった。それは彼にとっては信じられないような僥倖だった。バレアル人は仲間がどのように死んだのか知って、みな顔色を失っていた。

それは三百人の投石手の一隊だった。カルタゴに前日に到着したばかりで、部隊がシッカに向かい出発したあの日、寝過ごしてしまったのだ。カーモン広場に着いたのは傭兵たちが発ってしまった後で、彼らの武器である粘土の砲弾は他の荷とともに駱駝の背に積んであったので、彼らは突如、まったく無防備の状態に陥ったのだった。彼らはサテブ通りに誘いこまれ、青銅の板で補強された樫の門に達した。そこで群衆が一度に、彼らに襲いかかったのだ。

そう言えば、と兵士たちはカルタゴを出て間もなく大きな叫び声を聞いたことを思い出した。あのとき、捕まるのが怖い一心で、行軍の先頭にたって逃げていたスペンディウスにはその叫び声は聞こえなかった。その後、死体はカーモン神殿をとり巻いて立っているパテーク神[34]像の腕に掛けられた。傭兵たちが犯した罪、その大食い、盗

(33) ポリュビオス(第一章注15)ではリビア人隊長のひとりとされるザルクサスを、フローベールはバレアル人にした。
(34) カビルス神(注22)のギリシャ名。

み、瀆神、不敬虔、サラムボーの庭の魚を殺したこと、そのすべてを彼らのせいにして、人々はその体におぞましい損壊を加えた。神官たちは彼らの魂をも苦しめようとその髪を燃やした。肉屋は彼らの肉を切りとって店先に吊した。するとその肉にじかに歯をたてる者すらあった。あげくに、その夜、至るところの十字路に薪を積み上げ火をつけたのだ。

あのとき、遠く湖面に映っていたのはその炎だったのだ。あまりに強い火勢に延焼する家がでて、人々は慌てて、城壁の上からまだ息のある者もろとも死体を投げ捨てた。ザルクサスは翌日まで湖の葦のあいだに潜んでいた。それからは野をさまよい、土ぼこりの上の足跡をたよりに傭兵軍のあとを追った。日のあるうちは洞窟に隠れ、夜を待って歩きだした。血の止まらない傷、空腹。気も狂わんばかりになりながら、草木の根と腐肉で生き延びた。ついにある日、遥かな地平に槍の列が見え、あとを追ってきたのだった。味わった恐怖と肉体的苦痛のあまり、その理性は変調をきたしていた。

彼が話しているあいだは押さえられていた兵士たちの憤怒の叫びが、嵐のように湧き起こった。彼らは統領もろとも衛兵たちを皆殺しにしようと言った。そこに何人かが割って入り、統領の話を聞こう、少なくとも、俸給を支払う気があるのか聞きだすべきだと言った。そこで兵士たちは口々に叫んだ。「金！　俺たちの金！」ハンノーは金は持ってきたと答えた。

傭兵たちは野営陣地の外れへ駆けつけた。やがて統領の荷物が、並ぶテントの間を彼らに押されて到着した。奴隷たちを待たず彼らはすぐに籠の荷を解いた。出てきたのは、ヒアシンス色のガウン、たくさんのスポンジ、背中掻き、ブラシ、香水、そしてアイシャドー用の細いアンチモン棒など、すべてこうした贅沢に慣れた金持ち、神聖軍団騎士の持ち物だった。ついで、駱駝の背に青銅製の桶のようなものが積んであるのが見つかった。シッカへの道中、統領が使った風呂桶である。実際、彼はこの上なく用意周到で、この度はヘカトンピロスのイタチを何匹も檻に入れて運んできたほどだった。生きたまま燃やして煎じ薬を作るのである(35)。その上、病気が異様に食欲を高めるので、大量の食糧とワインがあった。塩水、肉、蜜漬けにした魚、さらに、溶かした鵞鳥の脂を、刻んだ藁《わら》と雪で包んで入れてあるコンマゲネの小さな壺(36)がいくつも。その蓄えの量はじつにおびただしく、新しい籠を開けるたびに次々と出てくるの

(35)　ヘカトンピロスおよび煎じ薬については、それぞれ注26（初出は第一章注25）、28参照。
(36)　プリニウスが挙げる癲癇の薬。コンマゲネは小アジアのカッパドキアの東、古代シリア北部の地方名。

だった。兵士たちのあいだから嘲りの笑いが湧き起こり、ぶつかり合う波のように広がっていった。

では傭兵への俸給はどうだったか。それはほぼ二つの槖の大籠に詰めてあったが、そのうちの一つには革を輪切りにしたものも混じっていた。正貨を惜しんで、共和国が代わりに使っていたものである。傭兵たちの驚いた顔を見て、慌ててハンノーが言った。俸給の計算はあまりに複雑で難しかったので、百人議会には正確に吟味する時間がなかった。とりあえず持ってきたものがこれである。

あらゆるものがひっくり返され、引きずり倒された。騾馬も、統領の従僕も輿も、食糧も荷物も。兵士たちは小銭の籠の中に手を突っこみハンノーに投げつけた。四苦八苦して、ハンノーはやっと一頭の驢馬に跨ることができた。その毛にしがみつき、大声で泣きわめき、傷だらけで振り落とされそうになり、そしてあらゆる神々の呪いが傭兵軍の上に、と呼びかけながら、彼は逃げた。宝石を連ねた大きな首飾りが耳まで跳ね上がっていた。長すぎて裾が地面を引きずるマントの端を歯でくわえていた。その彼を遠くから傭兵たちがはやしたてた。「失せろ、臆病者！　豚野郎！　モロックの下水溝！　おまえの金も業病も、汗で流しちまえ！　そら、走れ！　もっと速く！」　算を乱した衛兵たちがその脇を駆けていた。

傭兵たちの怒りは治まらなかった。シッカに向かう途中、何人もカルタゴに引き返す者があったことが思い出された。彼らは戻ってきていない。きっと殺されたのだ。これほどの不正、非道に彼らは激昂した。すぐさまテントの杭を引き抜き始め、マントを巻いて丸め、馬に勒《ろく》をつけた。各自、兜と剣をとり、こうしてまたたく間に準備は整った。武器を持たない者は林に走り棍棒を作ってきた。

朝日が昇っていた。起きだしたシッカの住民が通りでうごめいていた。「彼らはカルタゴに行くんだ」と人々はささやき、その噂はたちまち城壁の外へ広がった。あらゆる小道、あらゆる渓谷から男たちが湧き出てきた。牧人の群が山を駆けおりてくるのが見えた。

傭兵たちが発ったあと、スペンディウスはカルタゴ馬に跨がり、三頭目の馬をひいた奴隷を従えて陣地を一周した。

テントが一つだけ残っていた。スペンディウスは中に入った。

「さあ、ご主人さま！　起きて！　出発です！」

「どこへ行くんだ」マトーが聞いた。

「カルタゴへ！」スペンディウスが叫んだ。

マトーはテントの外で奴隷が手綱を持つ馬に飛び乗った。

第三章　サラムボー

波間から月が昇っていた。まだ闇に包まれた町の中に輝く白いもの、明るい斑点が散らばっていた。中庭に置かれた車の轅《ながえ》、引っ掛かった布きれ、塀の角、神像の胸に垂れる金の首飾り。神殿の屋根に置かれたガラスの玉が、そこここで大きなダイヤモンドのように光っていた。一方、おぼろな廃墟、盛り上げた黒い土の山、そして家々の庭が、夜の闇の中でさらに黒々とした染みを作っていた。マルカ[1]の下の方では家と家の間に漁師の網がかけられ、両翼を広げた巨大な蝙蝠《こうもり》のようだった。館の最上階にまで水を汲み上げる水車の音はもう聞こえず、そしてテラスの真ん中で駱駝が駝鳥のように腹を下につけて静かに休んでいた[2]。路上では家々の門番が高い敷居に背をもたせて眠りこけ、人ひとりいない広場に巨大な神像の影が伸びていた。時おり、遠くでまだ燻《くすぶ》り続ける供犠《くぎ》の煙が青銅の屋根瓦のあいだから洩れ出し、そして重苦しい微風に乗って香料の匂いが、海の潮の香と、日中、太陽に熱せられた壁の温気《うんき》とともに運ばれてきた。カルタゴをとり巻いて静止したような水面がきらきら輝いていた。月が、山並みに囲まれたチュニス湾と、そしてチュニス湖の上に同時に光を注いでいるのである。湖では砂州の間にフラミンゴが並んで何本もの長いピンクの線を描き、一方、反対側の湾のほとり、ちょうど地下墓地の下あたりでは、大きな塩水の潟湖《せきこ》が銀の塊のような光沢を放っていた。天空の丸天井は遥かかなたで、片や平原の靄のなかへ、片や大海の霧のなかへ沈みこんでいた。そしてアクロポリスの頂きでは、エシュムーン神殿をとり囲む紡錘型の糸杉の並木が揺れて、そのざわめきが、港の埠頭に沿ってゆっくりと寄せては城壁の下を打つ波の音と混じって聞こえていた。

サラムボーはひとりの女奴隷に支えられて館のテラスにのぼった。奴隷は、炎をあ

（1）　カルタゴのマルカ地区（第二章注7）。ここでの情景描写は、サラムボーのいるテラスに視点の中心を置いてなされている。

（2）　テラスの上で駱駝が休んでいる？　『サラムボー』執筆の直前（正しくは最初の執筆を開始してほどなく）、フローベールはチュニジアのカルタゴ跡地に調査旅行をした。そのとき携えた『旅の手帖』にこんなメモ書きがある。「あるテラスの上に駱駝。井戸を回している。カルタゴでもこれはあったに違いない（宙に浮かんだ駱駝）」。この調査旅行後に書かれた「説明の章」（第一章注3）ではこのくだりは「家々のテラスの上で目隠しをされた駱駝たちが大きな車輪を回していた」となる。つまり、密集して建ち並ぶ館の、それぞれの「最上階にまで水を汲み上げる」車輪状装置を、テラスで昼間まわしていた駱駝が、夜になって休んでいるのである。

げる炭火を鉄の皿にのせて持っていた。

テラスの中央に象牙の小さな寝台があった。大山猫の皮で全体を覆い、運命を告げる聖なる鳥、鸚鵡の羽根のクッションが上に置いてある。テラスの四隅には、香、甘松《ナルド》、肉桂《シナモン》、没薬《ミルラ》で満たした脚つきの細長い香炉が四つ立ててあった。奴隷が香炉に火をつけた。サラムボーは北の大星を見上げ、それからゆっくりと天の四方に頭を垂れてから、天空を模して群青色の粉を敷きつめそこに金の星をちりばめた床の上にひざまずいた。そして両肘を脇につけ、前腕を真っすぐ伸ばして両手は上に向けて開き、月の光に向かい体をのけ反らせて、彼女は言った。

「おお、ラベットナ！[3]……バーレット！……タニット！」それは切々と、誰かに訴えかけるかのように長く伸びる声だった。「アナイティス！[4]　アスタルテ！　デルセト！　アストレット！　ミリッタ！　アタラ！　エリッサ！　ティラタ！……秘められた象徴により――響きわたる竪琴の音により――大地の畝溝により――永遠の沈黙と絶えざる繁殖により――暗黒の海と紺碧の浜辺の支配者たる、おお、なべて湿潤なるものの女王よ、あなたを讃えます！」

彼女は二度三度全身を揺らし、それから両腕を伸ばして額を床につけた。

その彼女を奴隷が素早く起き上がらせた。祭式にのっとり、ひれ伏して祈る者を誰かが助け起こす必要があったのだ。それは神が祈りを受け入れたとその者に告げる行為で、サラムボーの乳母はこの篤信の勤めを一度として怠ったことはなかった。

まだほんの子供のころ、ゲトゥリア・ダーラ(5)の商人に彼女はカルタゴに連れてこられたのだったが、自由の身になった後も彼女は主人のもとを離れようとはしなかった。右の耳に開いた大きな穴が、彼女のそうした過去の証である。多色の縞模様の下衣(6)が腰から足もとにまで垂れ、踝《くるぶし》のところに錫の輪がはめてあって、二つの輪が時々ぶつかり音を立てた。彫りの浅いその顔は着ている上衣《チュニカ》と同じ黄色。頭の後ろには長い銀

(3)　ラベットナまたはラベット。カルタゴで実際に用いられていた女神タニットの呼び名。「ナ」は「われわれの」という意味の接尾辞でフランス語の「ノートル」。ラベットナは「ノートル・ダム」の意。次のバーレットも同義。

(4)　以下すべてタニットと同一視し得る様々な古代民族の女神の名。アナイティスはリビアのウェヌス。アスタルテ、デルセトはそれぞれ第一章注22、20参照。アストレットはアスタルテのヘブライ名、ミリッタはアッシリア名。アタラはデルセトの別名。エリッサ(ローマ名ディドー)はフェニキアの町チュロスの王女の名。カルタゴの建国伝説において建国の祖とされ、ために神格化しカルタゴの守護神のひとつタニットと同一視された。ティラタはエジプトのイシスおよびアッシリアのミリッタと同一視されるシリアの女神。

(5)　北アフリカ、現モロッコとアルジェリアの一部にまたがる古代の地方名。

(6)　原語はjupon(ペチコート)。

の針を太陽のように放射状に組んであった。鼻孔にひとつ珊瑚の粒をつけていた。こうして、彼女は目を伏せ、ヘルメス柱[7]のようにじっと寝台の脇に立っていた。

　サラムボーはテラスの縁にまで進んだ。一瞬、遥かな眺望の果てを見渡してから、眠りに沈む町の上に目を落とし、そしてため息をついた。その息は彼女の胸を盛り上がらせ、そのせいで体の周りに床まで垂れる長衣[8]、留め金も帯もない白い長衣全体が波をうった。先がとがり反りかえったサンダルは、あまりに多くのエメラルドの下に隠れて見えず、髪は、緋色の糸を編んだ網に無造作に束ねてあった。

　彼女は再び月を見上げ、そして所どころに女神への讃歌の言葉を織りまぜながら、つぶやくように言った。

「目に見えないエーテルに乗って、あなたはなんと軽やかに回っていることでしょう！　あなたの動きで周りのエーテルは磨かれ、そしてあなたが引き起こしたそのざわめきが、この地に風を起こし惜しみなく稔りの露を振りまく。あなたの満ち欠けに応じて、猫の目や豹の斑点は伸びそして縮む。人の妻が生みの苦しみのさなかに叫ぶのはあなたの名！　あなたは貝を膨らませ、葡萄酒を沸きたたせ、死体を腐らせ、そして海の底で真珠を作る！」

「そしてすべての命は、おお、女神さま！　暗く湿ったあなたの深みで芽生え、育つのです」

「あなたが現れるとこの地に安らぎが広まる。花は閉じ、波はしずまり、疲れた人々はあなたを仰いで休み、そして大地は、その大洋も山々も、鏡を覗くようにあなたのお顔に映ったわが姿を見るのです。あなたは白く、優しく、明るくて、汚れなく、救い、清め、そして穏やかです！」

三日月が、入江の向こうの温泉山(9)の上、ちょうど両端の二つの頂きの窪みの間にあった(10)。下に小さな星がひとつ輝き、また周りには白いかさがかかっていた。サラムボーは言葉を継いだ。

「でも、女神さま、あなたは怖いかた！……怪物も、恐ろしい幻も、偽りの夢も、作り出すのはあなた。あなたの目は壮麗な建物の石をも溶かし、そして猿たちは、あなたが若返るたびに病気になります(11)」

「いったいどこへ行くのです？　なぜそんな風に絶えず形を変えるのです？　ある

(7)　ギリシャ神話の神々の使者、旅人の守護神ヘルメスを模した、髭をはやした頭部を角柱の上に載せた道標《みちしるべ》。

(8)　原語は simarre（シマール）。床まで垂れる高価な生地のワンピース。

(9)　チュニスの東方約二十キロメートルの山。麓で温泉が出た。

(10)　つまりここに上向きの弦が二つあることになる。

時はほっそりと先を曲げた姿で、まるで帆のない船のように天空を滑り、またある時は星々に囲まれて、羊の群を守り導く牧人のよう。丸く皓々と輝き、車輪のように山の梢をかすめていきます」

「ああ、タニットさま！　わたしを愛してくださっていますよね？　あれほど、ずっとあなたを見つめてきたのですもの！　いえ、それはちがう！　あなたは天を駆け、このわたしはじっと、この動かぬ大地を離れられない」

「ターナック、竪琴《ネバル》をとって、その銀の弦で静かに何か奏でておくれ。心が沈んでたまらない！」

　乳母のターナックがそこで持ち上げたのは、ハープに似た黒檀製の楽器、ギリシャ文字のデルタのような三角形で、彼女の背丈より大きな竪琴だった[12]。その尖った先端を、彼女は水晶玉の中に差しこんで固定し、両腕を伸ばして弾き始めた。

　その音は、蜜蜂の羽音のうなりのように低くこもりしかも速いリズムで続いたが、次第に響きのよい高音に変わっていき、それが城壁の下で波が嘆く声とアクロポリスの頂きで木々のざわめく音と一緒に、夜空に飛びたっていった。

「おやめ！」とサラムボーは大声をあげた。

「どうなさったのです、お嬢さま。そよ風も、流れる雲も、今は何もかもが不安の種、お心をかき乱すのですね」

「わたしにも分からないの」

「あまりに長い時間お祈りを続けられるから、それでお疲れなんですよ」

「ああターナック、わたし、葡萄酒に浸した花びらのように、お祈りのなかに溶けこんでしまいたい！」

「お香の煙にあたりすぎかしら」

「まさか！　よい香りのなかには神々の霊が宿っておいでよ」

ここで奴隷はサラムボーの父親のことを口にした。彼、ハミルカルはその後メルカ

(11)　ここまでのサラムボーの科白で、月が動物に及ぼす影響について、作者はプリニウス(第一章注24)によっている。猿については、『博物誌』に「猿は月が欠けてゆくと気を沈ませ、月が満ちてゆくと元気をとり戻す」との記述がある。

(12)　小説出版後ほどなく発表された、批評家サント＝ブーヴの『サラムボー』評の中に、この本に欠けているのは(カルタゴの地図とともに)巻末の用語解説であって、専門家以外は聞いたこともない考古学上の術語の頻出が、小説をさらに分かりづらくしているという非難がある。フローベールはこれに強く反発し、この批評家への私信で、「(それはまったく不当な非難であって)私は努めて専門用語をフランス語に訳し、特殊な語をそのまま使う時は必ず直後にその説明をつけました。コンテクストから意味を推し量ることのできる、貨幣や度量衡の単位や月の名前(第一章注23)はそのかぎりではありませんが」と反駁している。「ネバル」という語の出現直後に続くこの説明は、その好例である。

ルトの柱[13]の向こうの、琥珀の国におもむいたと思われていた。[14]「でも、もしお戻りにならなくても、そのご意向に添って、お嬢さまはいずれ長老たちのご子息の中から夫となるかたをお選びになることになります。そうすれば、男の腕に抱かれて、お嬢さまのその悲しみは吹き飛んでしまうでしょう」

「それはなぜ?」と乙女は聞いた。これまでに見た男たちは、その獣じみた笑いも、ごつごつした手足も、みなおぞましいだけだった。

「時どきね、ターナック、体の奥から何か熱い息吹のような、火山の蒸気よりも重苦しいものがこみあげてくるの。わたしを呼ぶいろんな声がして、火の玉が胸のなかを転がりあがってくる。息が詰まって死にそうになるの。でもそのあとは、何かこの上なく心地よいものが、頭から流れでて足先まで、わたしの体を通り抜ける……全身を愛撫に包まれて、何か神さまにでものしかかられているようで、今にも押しつぶされそうな気がする。ああ、夜の靄のなかに、波立つ泉のなかに、樹液のなかに溶けてしまいたい。この体から抜けだして、風のひとそよぎ、ひと筋の光になって軽やかに滑り、あなたのところに昇っていきたい。ああ、天のお母さま!」

彼女は両腕を高く伸ばし、身を反らせた。白い衣を着てほっそりした体を反らせたその姿は、天の三日月さながらだった。それから彼女は象牙の寝台の上に倒れ伏した。

はあはあと喘ぐ彼女の首の周りに、ターナックは、魔除けに海豚《いるか》の歯を取りつけた琥珀の首飾りをさっと付けてやった。サラムボーは消えいりそうな声で言った。「シャハバリムを呼んできておくれ」

父親は彼女を女祭司の神学校に入れようとせず、さらに、民衆の間に広まっているタニット信仰について彼女に何ひとつ知らせまいとすらしていた。将来、自分の政略のためになる姻戚関係を、娘を使って結ぶ予定だったのだ。それで、母親を早くに亡くしていたサラムボーは、この館でずっとひとりで暮らしてきたのだった。

彼女は、重々しく厳かな中にもこの上なく繊細優美な品々に常に囲まれ、祈りに満ちた心を香水まみれの体に包み、節制と断食そして清めの勤行の繰り返しのうちに成長した。酒を飲んだことも、肉を食べたことも、不浄の獣に触れたことも、そして死人のでた家に足を踏み入れたことも、かつて一度もなかった。

卑猥なタニット神像の存在も彼女は知らなかった。そもそも、神はそれぞれ様々な姿形のもとに現れるものであるから、一見して相容れないように思われる様々な信仰・儀式形態が、じつはみな同じ教理を示していることがある。サラムボーの崇拝す

(13)　ギリシャ・ローマ神話のヘラクレスの柱。ジブラルタル海峡を挟んでそびえる二つの大岩。
(14)　第二章注5。

る女神は、天体の形をとったタニット神だった。そして月は確かに、この乙女にある力を及ぼしていた。月が欠けていくとサラムボーは衰弱した。昼間はぐったりとしていて、夜になると元気になった。月食のとき、一度死にかけたことがある。

しかし、嫉妬深い女神ラベットは、いまだ自分の犠牲《いけにえ》となることを免れているこの処女性《おとめ》に報復し、様々な妄想と強迫観念で彼女を苦しめていた。その妄想、強迫観念は、それがこの女神への信仰のなかに漠然と広がり、またその信仰自体によって掻きたてられたものだけに、より強く激しいものだった。

ハミルカルの娘は、こうしていつもタニット神のことだけを気にかけていた。女神にまつわる出来事、その遍歴のすべてを学び、また女神の様々な呼び名をすべて覚えて常々それを口に出し唱えてはいたが、その名が彼女にとり明確な意味をもっているわけではなかった。その教義の深奥に迫るために、彼女にはどうしても知りたいものがあった。カルタゴの命運を担う素晴らしい衣《マント》をまとって、神殿の奥の最も秘められた所に鎮座する、女神の古い像をひと目見たかったのだ。知るといい、見るというのは、それは神の観念はこれを描いた姿と遠くかけ離れたものではあり得なく、その似姿を手にすること、いや、単にそれを見るだけでも、それはその力の一部をわがものにするということ、言わばその上に立ち支配することに通ずるからである。

サラムボーは後ろを振り向いた。シャハバリムがいつも着ている服の裾についた金の鈴の鳴る音が聞こえたのだ。

彼は階段をのぼり、そしてテラスの入口で立ち止まって腕を組んだ。

落ちくぼんだ目が、墓場の灯明のように光っている。背の高い痩せた体をだぶだぶの亜麻の僧衣が覆い、その裾には重しのようにたくさん鈴が付いていたが、踵《かかと》のところでは鈴とエメラルドの玉が交互に連なっていた。華奢な手足、斜めに突きでた後頭部、尖った顎。肌は見るからに冷たそうで、深い皺を刻む黄色い顔は、何か秘めた欲望、ある永遠の悲しみに引きつっているように見えた。

これがサラムボーをこれまで育ててきたタニットの大祭司だった。

「さあ、言いなさい。なんの用です？」

「わたし……お約束いただけたと……」彼女は口ごもり、混乱して黙り、そして突然言いだした。「なぜそんなにわたしに冷たくなさるんです？　典礼のことでわたし何かし忘れましたか？　先生！　タニットの神事にわたしほど精通している者はないとおっしゃったのは先生ではありませんか。それなのに、どうしてもわたしに教えようとなさらないことがある、そうでしょう？　ああ、先生！」

シャハバリムはハミルカルの命令を思い出し、こう答えた。

「いいえ、教えることはもう何もありません！」

「ある精霊が」彼女は続けた、「わたしをこの愛に駆りたてます。わたしは星々と知性の神エシュムーンの神殿の階段ものぼりましたし、チュロスの植民市の守護神メルカルトの、黄金のオリーヴの木陰で眠りもしました。火と光の神、命を授けるカーモン神の神殿の門もたたきましたし、地下のカビルス神、森と風と河と山の神々に犠牲《いけにえ》を捧げもしてきました。けれども、みなあまりにも遠く、高く、あまりに無情です。お分かりですか。でもあのかたはちがう。女神はわたしの命に溶けこみわたしの魂をいっぱいに満たしています。まるで女神がこの体から抜けでようと飛び跳ねているようで、そんなときは体の奥のうずきでわたしの全身が震えます。今にもその声が聞こえお顔が見えそうに思え、まばゆい光に目がくらみます。が、すぐにまた、すべては闇に包まれてしまうのです」

シャハバリムは黙ったままだった。その彼にサラムボーは懇願の眼差しを向け続け、一心に訴えた。

とうとう彼は、奴隷を遠ざけるようにという身ぶりをした。彼女はカナンの出ではなかった。[15] ターナックが引きさがると、シャハバリムは片腕を宙に上げ、語り始めた。

「神々以前には闇のみがあり、そこに、夢をみる人の意識のように、どんよりと重く定かならぬ息吹が漂っていました。それが凝縮して〝欲望〟と〝雲〟ができ、その〝欲望〟と〝雲〟から原初の〝物質〟が生れました。それはどろどろで黒く、凍ったような、深い水でした。そのなかに無感覚の怪物たちがいました。それはこれから生れ出ようとしている諸形態の部分部分が、なんのまとまりもなく集まったもので、よく祭壇の壁に描かれています」

「それから〝物質〟は凝結してひとつの卵になりました。卵が割れて、半分が地となりもう半分が天となりました。太陽と月、風と雲が現れ、そしてとどろく雷鳴で、知性ある動物が目を覚ましました。そしてそのとき、エシュムーンは星のきらめく天球のすみずみにまでわが身を広げ、カーモン神は太陽の中で輝き、メルカルトがその両腕でガデス(16)の向こうまで彼を押していき、カビルスの神々は火山の下におり、そしてラベットナは乳母のように大地に身をかがめ、乳のようにその光を注ぎ、夜の帳《マント》で

(15)　フェニキア人はヘブライに近いセム語族で、カルタゴの母市チュロスがあった今のパレスチナは古くからカナンと呼ばれていた。旧約聖書でアブラハムとその子孫にとっての「約束の地」とされ、紀元前一二〇〇年頃にヘブライ人が侵入して王国を建てるはるか以前から、北シリア・パレスチナ一帯のこの地は、(フェニキア人の祖先)カナン人が住む「カナンの地」だった。

(16)　フェニキア人が、伝承によれば紀元前一一〇〇年頃に、メルカルト(ヘラクレス)の柱の先、南スペイン大西洋岸に建てた町。現カディス。メルカルトの神殿があった。

覆ったのです」

「それから？」とサラムボーが言った。

シャハバリムは、創世の秘密をより高尚な観点から語って彼女の気を逸らせようとしたのだった。しかし彼のこの最後の言葉が乙女の願望をさらに掻きたててしまった。そこで彼は半ば折れてこう言った。

「女神は人間に愛を吹きこみ、それを支配するのです」

「人間に愛を！」とサラムボーは夢みるように繰り返した。

「女神はカルタゴの魂そのもの」祭司は続けた、「その存在は至るところに広がっているとはいえ、女神はやはりここに、聖なるヴェールをまとってこの国においでです」

「ああ先生！」サラムボーは大きな声をあげた、「会わせてくださるでしょう？そこへ連れていってください。もうずっと前から言いだしかねていました。ひと目そのお姿を見たいという願望に苛まれてきたのです。後生です！　助けてください！さあ、行きましょう！」

彼は誇りに満ちた荒々しい仕草で彼女の願いをはねつけた。

「とんでもない！　そんなことをしたら命がないと知らないのですか。両性具有の神々(17)はわれわれにしか、精神において男、弱さによって女である、われわれ宦官にしか姿を顕されません。あなたのその願いは神への冒瀆です。今ある知識だけで満足なさい！」

彼女はその場にくずおれ、膝をついて悔悟のしるしに両耳を指で塞ぎ、そしてすすり泣いた。祭司の言葉に打ちひしがれ、心のなかは彼への憤りと同時に大きな恐怖、恐ろしいことを口にしてしまったという思いでいっぱいだった。シャハバリムは立ったまま、足もとで身を震わせて泣くサラムボーを平然と見おろしていた。祭司長は自分の神ゆえに彼女が苦しむのを見て、ある喜びを感じていたのだ。その神を、彼自身も完全に把握しきれてはいないのであったが。鳥がさえずり始めていた。冷たい風が吹き、白んだ空にいくつか小さな雲が流れていた。

突然、彼はチュニスの向こうの地平に、何か地を這う薄い霧のようなもの(18)を認めた。それはやがて、地面と垂直に広げられた、灰色の粉でできた大きな幕になり、そして

(17)　古代諸民族の神は、その全能性の証として、往々にして両性具有（あるいは、ある時は男ある時は女）である。
(18)　灰色の粉とは土ぼこり、そして垂直の大きな幕とは劇場の幕、今でいえば映画の銀幕のイメージで、そこに駱駝や槍や楯が見えてきたというのである。

無数のものが渦巻くその巨大な塊のなかから、駱駝の顔や槍や楯が現れた。カルタゴに押し寄せる蛮人の軍隊だった。

第四章　カルタゴの城壁の下で

近郊の田野から、人々は驢馬に乗りあるいは走り、続々と町の中に逃げこんできた。みな青ざめて息を切らし、怯えきっていた。背後に傭兵軍が迫っていた。彼らはシッカからの道のりをたった三日で踏破し、カルタゴを滅ぼしに来たのだ。

町は城門を閉じた。直後に傭兵軍が姿を見せた。しかし彼らは地峡(1)の中ほど、湖のほとりで止まった。

初めのうち、彼らはなんの敵意も示さなかった。椰子の枝を掲げて城壁へ近づいていく者もいたが、いっせいに矢を射かけられて追い返された。カルタゴ側の恐怖はそれほど大きかったのだ。

時おり、朝や日暮れ時に城壁の下をうろつく者が何人かいた。なかでもとくにひとりの小柄な男が目についた。マントで入念に全身を覆い、兜の庇を深くおろして顔も

(1)　第二章注8の「地峡」あるいは後出(注9)の細長いテニア地峡か。

見えなかった。そうして何時間もじっと水道橋を見ているのだが、それがあまりにも執拗だったのは、おそらく真の目的をカルタゴ側に悟られまいとしていたのだ。もうひとり別の男がいつもついていたが、こちらは兜もかぶらず、まさに巨人のような体軀の男だった。

しかしカルタゴは、こちら大陸側の地峡の幅いっぱい、三重に防御されていた。まずは堀、ついで草の堡塁、そして最後に城壁。それは高さ十五メートル、切石を積み上げた三層の壁で、その巨大な壁の中に、まず三百頭の象の檻と、その象の飾り鎧や足かせや食糧を蓄えるたくさんの倉庫、次に四千頭の馬と大麦の備蓄や馬具のための厩舎、そしてさらに、甲冑その他あらゆる戦具と二万の兵を収容できる兵舎がしつらえてあった。城壁の上には矢狭間を設けた塔がいくつもそびえ、外側に青銅の楯が鉤で吊されていた。

この城壁②のすぐ下にある地区が、船乗りと染色に携わる人々の街マルカだった。緋色に染めた帆を干してある帆柱や、家々の最上階のテラスで塩水を煮る粘土のかまどが見えた。

その背後で、カルタゴの町は丘の斜面に高い立方体の家々を段状に積み上げていた。石造りの家のほか、木材、砂利、葦、貝殻や練り土造りの家もあった。それぞれに異なる雑多な色を塗ったそのブロックの山のなかで、神殿を囲む林が、あちらこちらに散らばる緑の池のようだった。斜面にあるいくつかの広場が高低まちまちの踊り場のように見え、さらに無数の小路が、もつれ合い交差しながらこの山の上から下まで伸びて、これを切り分けていた。今は互いに入り混じって境のはっきりしないカルタゴの古い三つの地区、マルカ、ビルサそしてメガラをそれぞれ囲んでいた壁の名残が見えた。それは町のそこここで、あるいは大きな岩礁のようにそびえ、あるいは横に長く伸びる巨大な壁面となっていたが、生い茂る草花の下に半ば埋もれ、見える所には黒々と、上から流し落とした汚物の大きな縞模様ができていた。そして壁の下部にはいくつもぽっかりと穴が開き、その中を、まるで橋の下を川が流れるように道が通っていた。

ビルサの中央にあるアクロポリスの丘は、渾然と密集する建造物に覆い尽くされていた。

(2)　原文は「この最初の城壁の線」とあり意味が不明瞭。「説明の章」(第一章注3)の草稿のひとつに、カルタゴ全体がぐるりとひとつの壁に囲まれており、その防壁は海側は一重、湖側は三重と記されている。小説では三重の防御は「湖側」から「地峡の幅いっぱい」と変わったが、ぐるりと壁に囲まれたカルタゴの内部の描写を、チュニス湖側のマルカから始めるにあたって、「最初の城壁の線」とは、壁はこちらチュニス湖側から始まるとみなすという意味であろう。それはともあれ、以後に続くカルタゴの描写は、西の地峡側からではなく、南のチュニス湖側からなされていると思われる。

いた。まず、青銅の柱頭に金属の鎖を巻いたねじれ柱が支える神殿の数々、石を円錐状に積み上げて横に紺青色の縞模様をつけた神像⑶、銅の丸屋根、柱頭の大理石の台輪、バビロニア風の扶壁、燭台を逆さにしたように尖った先端を下にして建っているオベリスク。列柱はじかに切妻破風に達し、柱頭の渦巻き装飾が横に大きく張りだしている。上層階の瓦の仕切り壁を支えるどっしりした花崗岩の土台壁。こうした建物が半ば重なり隠れるように建ち並ぶそのさまは、不可解ながらも、何かしら大きな感嘆の念を見る者に抱かせた。そこには経過した長い時代の年輪と、忘却のかなたにある祖国のかすかな記憶のようなものが感じられた。

アクロポリスの背後では、墓が並ぶ赤茶けた土地のなかを、マッパールの道が、地下墓地のある海岸から真っすぐに伸びてきて、広い庭園に囲まれた大邸宅がまばらに散らばる地区を通る。これがカルタゴの三つ目の街メガラで、新町という意味の名を持つこの地区は岬の断崖まで続き、そこには巨大な灯台がそびえていて、毎晩大きな火が焚かれた。

これが、平地に陣をしいた傭兵たちの眼前に広がるカルタゴの光景だった。

市場や四つ辻が遠くから見分けられた。数々の神殿について、兵士たちは、あれがなんの神殿だ、いやそうじゃない、あれがそうだと言い争った。カーモン神殿はシシート会の正面にあって、屋根は金の瓦葺きだった。メルカルト神殿はエシュムーンの左にあり、屋根に珊瑚の枝を這わしてあった。その向こうの椰子の林のなかで、タニット神殿がその銅の丸屋根を見せていた。黒々としたモロック神殿は岬の灯台の近く、大きな貯水槽の並ぶ高台の下にあった。建物の破風の角や壁の上、広場の隅など至るところに、ひどく醜い顔をした神の像があった。巨大なもの、小さくずんぐりしたもの、またとてつもなく腹の突き出たもの、反対に極端に薄く平べったいもの、様々な神がいたが、みな大きく口を開け、両腕を広げ、手に熊手や鎖あるいは投げ槍を持っていた。そして、遠目にはいっそう急坂に見える丘の斜面を多くの道がくだり、その先に青い海が広がっていた。

その狭い道に人が溢れかえり、町は朝から晩まで騒然としていた。鈴を振りながら大声で客寄せをする浴場の小僧たち。温かい飲み物を売る店から煙が立ちのぼり、鉄床《かなどこ》を叩く音が辺りに響きわたり、太陽に捧げられた白い雄鳥たちがテラスで鳴き、神殿で喉をかき切られる犠牲《いけにえ》の牛がうなり、頭に籠を乗せた奴隷たちが通りを走り、そ

（3）　円錐はウェヌスを象徴する形象のひとつ。『サラムボー』の草稿に「タニットは最初はひとつの円錐だった」と記した箇所があり、実際、小説の次章第五章でタニット神殿に潜入することになるマトーはそこで石の円錐の脇を通り、また聖なるヴェールをまとった至聖所の神像も黒檀の円錐である。

して柱廊の奥に姿を見せる神官は裸足で、黒い衣をまとい先の尖った僧帽をかぶっていた。

このようなカルタゴの光景は傭兵たちを苛立たせた。見とれるほどに感服すると同時にこれを嫌悪した。この町を破壊し尽くしたいと思う一方で、ここに住んでみたいとも思う。それにしても、三重の防壁で守られたあの軍港の中はどうなっているのだろう？ それから、町の向こう側、メガラの奥にアクロポリスの丘よりも高くそびえる宮殿が見える。あれがハミルカルの館だ。

マトーの目は絶えずそこに惹きつけられた。彼はオリーヴの木にのぼって身を乗りだし、目の上に手をかざした。館の庭園に人影はなく、あの黒い十字が描かれた朱塗りの扉はいつも閉ざされていた。

中に入りこめるような割れ目がないかと、もう二十回以上も城壁の下を探しまわった。とうとうある晩、彼は湾に飛びこんだ。そして一気に三時間泳ぎとおした。マッパールの下に着き、岸壁に張りついてなんとかよじ登ろうとした。が、膝は血にまみれ指の爪も割れて、彼は海に落ち、引き返した。

自分の無力に彼はいきり立った。サラムボーを閉じこめているカルタゴが、まるで彼女をわがものにしている男であるかのように、彼はこの町に嫉妬した。シッカでのあの無気力にとって代わり、いま彼を捉えているのはやむことのない狂おしい行動欲だった。頬を赤く染め、目をぎらつかせ、嗄《しわが》れた声を張りあげながら、彼は陣の中を早足で歩きまわった。あるいはまた、水辺に座って砂で剣を研ぎ、空飛ぶ禿鷲に矢を射かけた。猛り狂う心の内から憤怒の言葉が溢れ出た。

「そう、怒りを解き放つのです、車の箍《たが》を外すように」とスペンディウスがけしかけた。「叫び、冒瀆し、破壊し、殺しなさい。苦しみを鎮めるのは血だけだ。その恋を遂げることはどうにもかなわないのだから、いっそ憎しみを膨らましなさい。それがあなたの支えとなります」

マトーは再び部下の指揮をとり始め、彼らを容赦なく訓練した。皆は彼の豪胆さと、何よりその怪力ゆえに彼を敬った。それに、彼には神秘的な畏れを抱かせる何かがあった。夜な夜な亡霊と話していると思われていたのだ。他の隊長たちもマトーを見習うようになり、ほどなく軍全体に統制が行き渡った。カルタゴでは家の中にいても彼らの演習のラッパの音が聞こえた。とうとう、散らばっていた部隊が集中し始めた。

この地峡で傭兵軍を撃滅するには、二つの大部隊が、一つはウッティカ湾の奥に、もう一つは温泉山の麓に上陸して、同時に彼らの背後をつく要があろう。せいぜい六千の兵力の神聖軍団だけでは如何ともしがたいではないか。もしも彼らが東に展開することになれば、彼らは遊牧民と結託してキレナイカへの道を押さえ、砂漠地帯との交易を遮断するだろう。反対に西に向かえば、今度はヌミディアが彼らとともに立ちあがるだろう。それに、いずれ食糧が尽きれば彼らは蝗《いなご》の群のように近隣の農地を荒らすことになるのは目に見えている。金持ち連は、田舎の立派な別荘、葡萄畑や作物のことを思い、身の震える思いだった。

ハンノーが打ちだした策は、とうてい実行できない極端なものだった。蛮人一人ひとりの首に多額の懸賞金をかけよう、さもなければ、船とあらゆる戦具、飛道具を動員して彼らの陣地を焼き払おうというのである。同僚のジスコーは、反対に、傭兵たちにはまっとうな俸給を支払うべきだと言った。しかし、人望のあついこの将軍を議会の貴族たちは嫌っていた。独裁者の出現、王政の復活を彼らは何よりも恐れ、そのためことあるごとに、その残存勢力あるいは、ともかく王政復活につながり得るあらゆるものの力を削ぐことに心を砕いていたのである。

カルタゴの城壁の外に、ルーツの知れない別種族の人間がいた。ヤマアラシを狩り、貝類ほかの軟体動物と蛇を食する種族で、洞窟でハイエナを生け捕りにしてきては、夜になるとそれをメガラの砂地、墓地の石柱の間を走らせて慰み物にしていた。住んでいるのは海辺の断崖に泥と海藻で作った小屋で、それはさながら絶壁に掛かる燕の巣のようだった。彼らはこうしてここで、統治するものも神も持たず、なんらの秩序もなくまったく裸で、ひ弱で野蛮な姿をさらし、そしてその不浄な食物ゆえに、何百年間もカルタゴ市民から忌み嫌われて暮らしてきたのだった。ところがある朝、この人々がすっかり姿を消したと歩哨が報告した。

ここに至ってようやく議会(4)は決断した。議員たちは首飾りも帯もつけず、サンダル履きで、まるで隣家を訪れるかのように傭兵の陣地にやってきた。隊長たちに挨拶の言葉を投げかけながらゆっくりと進んだ。立ち止まって兵士に話しかけ、これで事は決着だ、きみたちの要求を受け入れることになった、と言う者もいた。

彼らのうちの多くは、傭兵の野営地を見るのはこれが初めてだった。予期した混乱の代わりに、そこを支配する秩序と静寂は恐ろしいほどだった。芝土の堡塁をぐるりと巡らし、それがどんな投石器の攻撃にも揺るがないような高い壁をなして陣地を囲んでいた。通路には水をまいてあった。テントの穴ごしに、暗がりのなかで光る猛々しい瞳が見えた。槍の束や吊した甲冑が鏡のように光を反射して目に眩しかった。彼らは小声で声をかけ合い、着ている長衣でひっかけて何かを倒したりしないよう気を配った。

（4）　グラン・コンセーユ。「説明の章」にある「最高（百人）議会」を指すと思われる。

兵士たちはまず食糧を要求した。代金は支払われるべき俸給から差し引いてくれという。

そこで食糧が続々と送り届けられた。牛や羊やほろほろ鳥、乾燥果物やルピナス豆そしてスコンバーの燻製。これは鯖の一種で、その燻製はカルタゴが地中海世界のあらゆる港に送りだしている名産だった。ところが傭兵たちは、見事に肥えた家畜の周りを、さも小馬鹿にした顔で歩きまわるのだった。内心、喉から手が出るほど欲しいものの価値を敢えてこきおろし、牡羊一頭に鳩一羽、山羊三頭に柘榴の実一個の値をつけた。不浄のものを食する種族[5]が裁定人を買ってでて、諸君が正しい、カルタゴに騙されるな、とたきつけた。兵士たちは剣を抜き、殺してやるぞと息巻いた。

議会派遣の委員たちは、兵士一人ひとりについて傭兵を務めた年数を書き留めていった。しかし、今では雇った傭兵の総数すらはっきりと分からなかった。議員たちは支払うべき金額の途方もない大きさにたじろいだ。シルフィウムの備蓄を売り払い、また各地の商業都市にあらたに課税せねばなるまいが、傭兵たちはすぐにしびれを切らすに違いない。すでにチュニスは彼らの側についているのだ。ハンノーの激越な主張とジスコーの非難との間で議員たちは呆然とするばかりだったが、とりあえず、市民に呼びかけることにした。誰か少しでも知っている傭兵がいるならば、ただちに会いに行ってもらいたい。親愛の情を抱いてもらえるような何かうまい言葉をかけてみてほしい。そうやってこちらから信頼感を見せることで、彼らの心を和らげることができるかも知れない。

こうして商人も書記も、造船所の職工も、みな家族総出で蛮人の陣地を訪れた。傭兵たちはやってきたカルタゴ人はみな受け入れたが、入る通路は一つに限った。それは四人がようやく肩を並べられるだけの狭い通路で、スペンディウスが入口の柵の脇に立ち、入念に所持品と身体の検査をさせた。その正面にはマトーがいた。前を通る人の群のなかに、ひょっとしてサラムボーの館で見た覚えのある顔がないかと、目を光らせていたのである。

野営陣地は人と活気で満ち溢れ、まるでひとつの町のようだった。そこには二種類の男たちが混在していたが、その両者は容易に見分けがついた。一方は麻布や毛の服をまとって松かさのようなフェルト帽をかぶり、他方は鉄具を身につけ兜をかぶっていたからだ。前者、行商人や従僕たちの間を、ありとあらゆる種族の女たちが歩きまわっていた。熟れたなつめ椰子の実のような褐色の肌の女、オリーヴのように青白い女、オレンジのように黄色い女。水夫から買ったり、あばら家で選んだり、隊商から

（5）この直前に、カルタゴの海岸の崖から姿を消した種族。

奪ったり、町を略奪してさらったりしてきた女たちで、みな若いうちは性の道具として酷使され、老いればやたらと殴られ、そして軍の敗走時には道端にうち捨てられた荷の間で駄獣とともに死んでいく、そういう運命だった。駱駝の毛で作った角ばった黄褐色の長衣を足もとまで揺らしているのは遊牧民の妻たち。眉を塗り、紫の木綿の薄布を身にまとったキレナイカの女楽師がござに座って歌い、老いて乳の垂れた黒人女が、火を焚こうとして、日干しにしてある動物たちの糞を拾い集めていた。シラクサの女は金の薄片で髪を飾り、ルシタニア人の女は貝殻の首飾りを、ガリアの女は狼の皮の飾りを白い胸の上に垂らしていた。割礼を受けていない裸の体に蚤《のみ》や虱《しらみ》をたからせた、逞しい体つきの子供たちが、前を通る誰かれとなく腹に頭突きをくらわしたり、若い虎のように背後から近づいていきなり手にかみついたりした。

陣地内を見てまわったカルタゴ市民は、そこに溢れる物量に驚いた。貧しい者は陰うつになり、他の者は不安な気持を努めて押し隠した。

そういうカルタゴ人に兵士たちは親しげに近づき、もっと陽気にやろうぜと言いながら肩をたたくのだった。これはと思う人物を見つけると、彼らは決まって自分たちの競技に加わるよう誘った。そして、それが円盤投げなら、不慮の事故を装って必ずその男の足をつぶし、拳闘ならば最初の一撃で顎を砕くのだ。投石兵は石投げ器で、プシル人(6)の蛇使いは蝮で、騎兵は馬でカルタゴ人を怯えさせた。ところが、穏やかな職業人であるこの人々は、どんな侮辱に対してもただうつむいて笑みを浮かべようとするのだった。なかには気骨のあるところを見せようとして、自分も兵隊になってみたいという仕草をする者もいた。すると、そういう者に兵士たちは木片を割らせたり、騾馬の毛を櫛ですかせたり、果ては、鎧を着せてがんじがらめにした上で、陣地内の道で樽のようにごろごろ転がしたりした。それから、市民たちがそろそろ帰りたいと言うと、さも残念そうにグロテスクに身をよじらせ、髪を掻きむしって見せるのだった。

傭兵の多くは、単なる愚かさあるいは偏見から、すべてのカルタゴ人が大金持ちだと思いこんでいた。そこで彼らは引き返していく市民に追いすがり、何か恵んでくれとせがんだ。綺麗に見えるものはなんでも、くれ、くれ、と言った。指輪、帯、サンダル、服についた房飾り。そうして身ぐるみ剝がれた市民が「もう何も持っていない。これ以上何がほしいんだ」と叫ぶと、「おまえの女房を！」と答え、他の者が「おまえの命を！」と言った。

傭兵への俸給の計算書が、ついに各部隊長に渡され、それが個々の兵士に読んで聞

（6）古代リビアの一種族。

かされ、最終的に承認された。すると彼らはさらにテントを要求した。テントが与えられた。ギリシャ四百人隊の隊長たちは、カルタゴが製造するあの見事な甲冑をいくつか欲しいと言った。議会はやむなくそのための財政支出を認めた。すると今度は騎兵が、共和国は戦争で失われた自分たちの馬の補償をしてしかるべきだ、と言いだした。ある者はしかじかの攻囲戦で三頭、またある者は行軍中に五頭失ったと言い、べつの者は崖から落ちて死んだ馬が間違いなく十四頭あると言い張った。ヘカトンピロスの種馬で賠償しようと申し出ると、現金の方がいいと彼らは言った。

次に彼らは、これまで支給されずにきた小麦の総額を現金で(あの輪切りにした革ではなく正規の銀貨で)払うように、それも先の戦争中に小麦が最も高騰したときの値段で、と要求した。つまり一升《ます》の小麦粉にかつての小麦一袋の値段の四百倍の値をつけさせたのである。この度を越えた不公正には、さすがのカルタゴも憤った。が、それでもなお、譲歩するしか道はなかった。

傭兵と議会の代表団が会して、それぞれカルタゴの守護神と蛮人の神々にかけて宣誓し、両者は和解した。オリエント風の多弁と過大な感情表現とをもって、双方は互いに謝罪し許し合い、抱擁を交わした。ところがその直後に、兵士たちは共和国へのあのような反感を自分たちに抱かせる元凶となった裏切り者を罰して、新たな友情の証を示せと要求した。

なんのことか分からないという風を装う相手に、彼らはそれならはっきり分からせてやろうと、ハンノーの首を是が非でも差しだせと言った。

それからは、彼らは日に何度も陣地から出て城壁の下を歩きまわり、統領の首を投げてよこせと怒鳴りながら、その首を受け取ろうとわざわざ着てきた長衣を広げて見せるのだった。

もしも、それまでのどんな非道な要求よりもさらに侮辱的な最後の要求がなかったならば、議会はついに屈していたかも知れない。傭兵たちは、名家の生娘を選んで隊長たちの妻として差しだせと言ってきたのである。それはスペンディウスの発案だったが、ほかに何人もの者が、そんなことはすぐにも実現可能な、単純至極なことだと言って賛同したものだった。しかし、カルタゴの血に交わろうとするこの思い上がった要求は市民の憤激をかった。もうこれ以上、カルタゴが傭兵軍に与えるものは無いときっぱり通告した。すると彼らは激昂して喚きたてた。やっぱり俺たちを騙したんだな。もし三日以内に俸給が届かなかったらこちらから城内に取りにいくぞ！

傭兵側の不実は、カルタゴにとってはいかにも目に余るものだったが、じつは傭兵の方がまったく一方的に不実だったわけではなかった。なにしろハミルカルは、戦争中、途方もない報酬を彼らに約束していたのだ。それは確かに漠然としたものではあったが、しかし荘厳に、何度も繰り返しなされた約束だった。戦いが終ってカルタゴに着いたとき、町は自分たちにすっかり明け渡され、おびただしい財宝を山分けにできると彼らが思いこんでいたとしても不思議はない。だから、正当な俸給すら手にできないかも知れないとなったとき、彼らの舞い上がった慢心と膨れかえった強欲にとって、幻滅と失望はそれだけ大きかったのである。

ディオニシウス(7)、ピュロス、アガートクレス(8)、そしてアレクサンドロス大王麾下の諸将たち。戦士が自ら運命を切り開き輝かしい栄達を遂げた多くの例が彼らの前にあった。カナン人が太陽と同一視するあのヘラクレスの理想像が、前進を続ける軍隊の前に広がる地平のかなたに燦然と輝いていた。一介の兵士がついには王冠を戴くに至った例をみなが知っていた。帝国が次々と崩れ落ちる轟音が、樫の森の中でガリア人を、砂漠の中でエチオピア人を夢見させた。一方ここに、常にそうした勇猛さを利用しようと待ち構える国があった。こうして、部族から追放された盗っ人、山野をさまよう親殺し、神々に追われる不敬のやから、飢えた者、絶望の淵にあるすべての者が、カルタゴの周旋人が兵士を募っている港に押し寄せたのである。傭兵の俸給について、カルタゴはたいてい約束を守ってきた。しかしこの度は吝嗇が嵩じ、それがこの町をかつてない汚辱まみれの窮地に陥れたのだった。ヌミディア人、リビア人、いや全アフリカがカルタゴに襲いかかろうとしていた。まだカルタゴに開かれているのは海だけだったが、その向こうにはローマが控えていた。こうしてこの国は、刺客に囲まれた人のように、四周に迫る死の気配をひしひしと感じていたのである。

ジスコーに頼る他にもはや手だてはなかった。傭兵も仲裁者としてこの元指揮官を受け入れた。ある朝、港の入口の鎖が外されるのが見えた。三隻の平底船が現れ、テニア(9)の運河を通って湖に入り、進んできた。

先頭の船の舳先にジスコーがいた。後ろに巨大な木箱が見える。その丈は遺体安置壇より高く、冠のような鉄の輪が脇にたくさん垂れている。次に通訳の一団が続いた。

(7)　シチリア島ギリシャ植民市シラクサのディオニシウス一世(紀元前四三〇―三六七年)。兵士から身を起こし、二十五歳でシラクサ僭主となってカルタゴと戦い、カルタゴの勢力を島の西端に押しこめた。

(8)　陶工の息子。傭兵(第二章注9)を用いてシラクサ僭主となりカルタゴと戦う。カルタゴ本土を襲おうとして大陸に上陸し(前三一〇年)大きな戦果をあげた。前三六一頃―二八九年。ピュロス(第一章注34)はこのアガートクレスの女婿。

(9)　カルタゴ市の南東端に突き出し、海(チュニス湾)とチュニス湖とを分ける細長い地峡。三隻の船はビルサの丘のふもと近くの港からいったん海へ出て、このテニアに設けられた運河を通ってチュニス湖に入り、進んでくるのを傭兵は湖岸の陣地から見ている。

みなスフィンクスのような髪形で、胸には鸚鵡が入れ墨してある。最後の船には友人たち(10)や奴隷がいた。誰も武器は持たず、人数があまりにも多いのでみな肩を触れ合っていた。こうして、今にも沈みそうなほど人と荷物を満載した三隻の長い船は、岸辺で見つめる兵士たちの喚声のなかを進んできた。

ジスコーがおり立つと、兵士たちはいっせいに周りに駆けつけた。土嚢を積み上げさせて演壇を作り、将軍はまず、自分は傭兵全員の俸給を完全に支払うまでは決してここを去らないと宣言した。

大喝采が湧き起こり、彼はしばらく言葉を継げなかった。

共和国と傭兵双方が犯した過ちを咎めることから彼は始めた。傭兵の過ちとは、暴力をもってカルタゴを脅《おびや》かした何人かの反逆の徒によるものである。共和国の誠意は、統領ハンノーの永遠の敵であるこの自分をここに遣わしたことに、何よりもよく表れているではないか！　カルタゴ人が、諸君のような勇者を怒らせようとするほど愚かで、また今まで諸君があれほど国に尽くしてきてくれたことを忘れるほど恩知らずだと思うのは間違いだ。こう言って、彼はまずリビア人から支払いを始めた。用意されたリストには偽りが多いと彼らはあらかじめ言いたてていたので、彼はいっさい用いなかった。

兵士が、国別に並び、引きもきらず彼の前に立ち現れた。傭兵を務めた年数を指を立てて示す。左腕に次々と緑色の印がつけられる。大きく口を開けた大箱から書記が金を取りだし、別の者が小刀で鉛の板に穴を開けていった。

歩く姿が牛のようで、いかにも動きの鈍重な男がきた。

「こっちへあがってこい」怪しんで統領がきいた。「何年間兵士を務めたのか？」

――「十二年」とそのリビア人は答えた。

ジスコーはその男の顎に指を這わせた。兜を長年かぶっていると顎当てがそこにたこを二つ作る。それは俗にイナゴマメと呼ばれ、そのマメができているのはすなわち古参兵であるということだった。

「悪党！」統領が怒鳴った。「顔にできているはずのものを、おまえは肩の上にもっているだろう！」そう言って男の上衣を裂いてみると、背中は血のにじむ疥癬に覆われていた。それはヒポ＝ザリトゥス[11]の農夫だった。兵士たちの罵声が飛び、男はただちに首を刎ねられた。

日が暮れるとスペンディウスはリビア人のところへ行き、もう眠っていた彼らを起

(10)　ジスコーにつき従ってきた「友人たち des amis」であることが、このあと分かる。

(11)　ウッティカ西方のフェニキア植民市。現ビゼルト。

こして言った。

「リグリア人、ギリシャ人、バレアル人そしてイタリア人兵士たちは、俸給を受け取ったら国に帰ってしまう。しかしあんたたちはどうだ。このアフリカにとり残され、てんでに部族ごと散らばって、まったく無防備になるぞ！　その時こそ復讐の好機、カルタゴはそれを待ってるんだ。うかつに出立はできないぞ！　あいつらの言うことを鵜呑みにするのか？　二人の統領は裏でつるんでいる！　こんどの奴に騙されるな！　骸骨島[12]を思い出すんだ！　あのクサンティポス[13]を、カルタゴは腐った船に乗せてスパルタに帰したんだぞ！」

「俺たちはどうしたらいいんだ」と尋ねる彼らに、

「自分でよく考えるんだ！」とスペンディウスは答えた。

続く二日間はマグダラ[14]、レプティス[15]、ヘカトンピロスの傭兵への支払いがなされた。その間スペンディウスは、今度はガリア人にまくし立てていた。

「今はリビア人が金を受け取っている。そのあとはギリシャ人、それからバレアル人、アジア人そしてその他全員の番になる。しかし、あんたたちは少人数だ。あんたらに払う金はなくなるぞ！　もう二度と国には帰れない！　船がなくなるからな！　口減らしのためにあんたたちは殺される！」

ガリア人は血相を変えて統領のもとへ駆けつけた。かつてハミルカル邸の庭で、将軍ジスコー(16)に杖で打ち据えられたオータリートが統領に詰め寄り激しく迫ったが、奴隷たちに押し返され、この仕返しは必ずしてやるぞと捨てぜりふを残して引きさがった。

要求や苦情がますます多くなった。執拗に、統領のテントの中にまで入りこむ者もいた。同情を誘おうとしてその両手をとり、すっかり歯の抜けた口、痩せこけた腕、癒えない傷跡に触れさせた。まだ俸給を支払われない者は苛立って喚きたて、すでに受け取った者は失った馬の分の支払いを求めた。さらには単なる浮浪者や追放された

(12) かつてシチリアでローマと戦った傭兵軍が俸給の支払いを求めたとき、カルタゴは彼らを船に乗せ、ある砂州でおろして置き去りにした。やがて船乗りが、その砂州が白骨で覆われているのを発見し、そこを「骸骨島」と名付けた。ディオドロス(第二章注26)の記述を基にミシュレが『ローマ史』(II—4)で語る、カルタゴ人の不実と忘恩を示す逸話。
(13) 第二章注27。
(14) 後にマグダラのマリアで知られることになるパレスチナの町、あるいはエジプトの町マグダルム(ベルレットル版注による)。
(15) 現リビア、シルト湾岸の町。
(16) カルタゴの二人の統領の任期は一年。第一章の将軍ジスコーが今はハンノーと共に統領になっている。

者たちが、兵士から借りた武器を手にして押し寄せ、自分らのことを忘れてもらっては困ると言いたてた。こうして次々と旋風のように襲う人のうねりに、テントははち切れ倒壊した。野営陣地をぐるりと囲む堡塁のなか、群衆が大きな叫喚とともに押し合いへし合い、陣の入口から中央まで揺れ動いていた。喧騒が極まると、ジスコーは象牙の杖の上に片肘をついて指を顎髭のなかに埋め、じっと海を見つめていた。

マトーはしばしばスペンディウスと何やら話しにいき、戻るとまた統領の真ん前に陣取った。ジスコーはらんらんと光るその両の目が、燃えさかる火矢のように、絶えず自分に向けられているのを感じていた。二人は、間でうごめく男たちの頭越しに何度も罵り合った。が、その声は相手には届かなかった。その間にも俸給の支払いは続いていた。次々と障害が立ちはだかったが、その度に統領は乗り越える方策をみつけた。

ギリシャ人が、支給された硬貨の種類の違いについて難癖をつけてきたときも、なんとか説き伏せられるような説明を考えだして引きさがらせた。黒人たちはアフリカ内陸部で貨幣として使われている白い貝殻で支払えと要求してきた。それならカルタゴに取りにやらせようと言うと、いや、みんなと同じでいい、と彼らは要求を取りさげた。

バレアル人には金よりよいもの、すなわち女を与えるとの約束だった。彼らのために用意した生娘の一団の到着を待っているところだ、と統領は答えた。旅路は長く、到着は六カ月先になる。そのときは、娘たちの脂の乗った体にたっぷり安息香をかけて磨きあげ、船でバレアレス諸島の港に送り届けよう。

そのとき突然、ザルクサスが、今や見目麗しく体も逞しくなったあのザルクサスが、仲間たちの肩の上に軽業師のように飛び乗った。

「死体になった仲間の分も用意したか？」こう叫びながら、彼はあのカーモン広場の城門を指さした。

沈む夕陽に照らされて、上から下まで門を覆う青銅の板がきらきら光っていた。蛮人たちにはその上に流れたおびただしい血の跡が見えるように思えた。ジスコーが何か言おうとする度に罵声が飛んで口を封じられた。とうとう彼は重い足どりで壇からおり、テントに閉じこもった。

翌朝テントを出ると、いつもそこで寝ている通訳たちがぴくりとも動かなかった。仰向けの顔は青く、かっと目を見開いて歯の間に舌を出している。鼻からは白い粘液が流れ、手足は、まるでその夜のうちに凍りついたかのようにこわばっていた。首には藺草の紐が巻きついていた。

傭兵の乱暴狼藉はこの後は歯止めが利かなくなった。ザルクサスが思い出させたあのバレアル人投石兵の虐殺は、スペンディウスが触れまわっていたカルタゴの不実のこの上ない証だった。共和国はいつも自分たちを騙すことしか考えていない。もうたくさんだ！　通訳などいるものか！　ザルクサスは投石器の紐を頭に巻きつけて戦いの歌を歌った。オータリートは大きな剣を振りまわした。スペンディウスはある者には耳もとで何かささやき、別の者には短剣を手渡した。強い者は力ずくで俸給を手にしようとし、それほど激していない者はこのまま支払いが続くことを望んだ。今や誰ひとり武器を手放そうとしなかった。すべての怒りの矛先がジスコーに向けられ、荒れ狂う憎悪の嵐となって壇上の彼を包んだ。

何人か壇にのぼりジスコーの傍らに立つ者があった。その者が罵詈雑言を吐いているうちはみな黙って聞いているのだが、もしひと言でも統領を弁護するようなことを言うと、たちまち石が飛んできて殺され、あるいは背後から剣で首を刎ねられた。土嚢を積み上げた演壇は血に染まり、祭壇よりも赤くなった。

兵士たちの蛮行は、酒を飲んだ夕食後にその極みに達した。カルタゴの軍隊では飲酒は厳禁、違反者は死刑にされた。そこで彼らはわざわざカルタゴの方に盃をあげて乾杯し、その軍規を愚弄した。それから出納係の奴隷のところへ戻り、また手当たり次第の殺戮を始めるのだった。「ぶっ殺せ」という言葉、様々な言語が混在する中で、この言葉だけがみなから理解された。

ジスコーは祖国が自分をもう見捨てたことを悟ってはいたが、それでもなお国の面目は保とうと努めていた。船団を組んでそれぞれの国に送り返す約束だったではないかと詰め寄られ、彼は、この自分が、自らの費用で船を整えようとモロック神にかけて誓い、胸に垂れる青い石の首飾りを引きちぎると、誓いの印としてそれを兵士たちに投げつけた。

すると今度はリビア人が、大議会が約束した小麦の分の支払いを要求した。ジスコーはシシート会が作成した計算書を広げた。そして、羊の皮の上にすみれ色の塗料で、カルタゴに入荷した小麦について月毎、日毎にすべて記したその帳簿の数字を読みあげていった。

突然、彼は読むのをやめた。その目は、あたかも数字の間に死の宣告を見いだしたかのように大きく見開かれていた。

それは議員たちによって歪められた数字だった。先の戦争中の、最も悲惨だった時期の小麦の値段があまりにも低く記されており、いかに曇った目にも虚偽は明らかだった。

「どうした、何か言え！　大きな声で！　そうか、また嘘をつこうとしているな、この卑怯者！　みんな、騙されるな！」

ジスコーは何か言いよどみ、しかしまた黙って帳簿に目を落とした。

兵士たちは結局騙されていることに気づかず、シシート会の計算書をそのまま信じた。しかし今度はそこに示されたカルタゴの豊かさが彼らに激しい妬みを抱かせた。彼らは例のエジプト無花果の木の大箱をたたき割った。箱の中はほとんど空だった。無尽蔵かと思えるほど大金が湧いて出た箱である。ジスコーがテントの中に金を埋めたに違いない。マトーを先頭に彼らは土嚢の山をよじ登り、口々に叫んだ。「金だ！　金をよこせ！」　ジスコーはついにこう答えた。

「おまえたちの大将からもらうがいい！」

黄ばんだ目を見開き、顎髭よりさらに青白い顔で彼は兵士たちを黙って見据えた。一本の矢が飛び、大きな金の耳環を貫いて羽根で止まった。冠《ティアラ》からひと筋の血が肩の上に流れていた。

マトーの合図でみないっせいに飛びかかった。ジスコーは腕を広げた。スペンディウスがその両手首を輪奈《わな》結びにした紐で縛り、もうひとりが押し倒した。土嚢の上を崩れ落ちる兵士たちの体の下にその姿は消えた。

彼らはテントの中を荒しまわった。生きるためにかつかつ必要なものしかなかった。さらに探したが、見つかったのはタニット神の似姿が三枚、そして猿の毛皮にくるんだ、月から落ちてきたという黒い石ひとつだった。

ジスコーには、自ら望んで大勢のカルタゴ人が随行してきていた。それぞれ地位も高く、みな対ローマ主戦派の人間だった。兵士たちはその人々をテントから引きずりだし、ごみと汚物用の壕に放りこんだ。そして鉄の鎖で腹を太い杭に縛りつけ、その鼻先に、食べ物を突き刺した投げ槍をさし伸べた。

オータリートが見張りにつき、さんざん悪態を浴びせかけた。言葉が分からないので黙っている彼らに、彼は時どき顔を目がけて石を投げつけ悲鳴を上げさせた。

翌日には、傭兵軍は気だるい憂うつに襲われていた。怒りが治まってみると、今度は不安が彼らを捉えたのだ。マトーが感じていたのは漠たる悲しみだった。サラムボーを間接的に侮辱してしまった気がした。あのカルタゴ貴族たちは彼女の付属物のようなものだ。夜になると彼らを放りこんだ壕の縁に座った。すると聞こえる彼らの呻き声の中にすら、いつも彼の心を一杯に満たしているあの声に似た何かを感じた。

ところで、俸給をすでに受け取っていたのがリビア人だけだったので、彼らはみなから責められていた。しかし、民族間の反感と個々人の間の憎しみがない交ぜになって互いに煽りたてるなかで、みなはそれにすっかり身を委ねることの危険をも感じていた。あれほどの蛮行を働いたのだ。報復は凄まじいものになろう。カルタゴの機先を制して何か手を打たなければならない。集会、密談、演説が果てしなく続いた。人の言うことには耳を貸さず、誰もが勝手にしゃべりたてた。そのなかで、いつもあれほど饒舌なスペンディウスは、どんな提案にも黙って首を横に振るばかりだった。

ある晩、彼はマトーに何気なく、カルタゴには泉がないのだろうかと聞いた。

「ひとつもない！」マトーは答えた。

次の日スペンディウスは彼を湖岸の土手に引っぱっていった。

「ご主人さま」元奴隷は言った、「もし何にも怯《ひる》まない心をお持ちなら、わたしがカルタゴの中に連れていってあげます」

「なに！　どうやって」と、相手は息せききって言った。

「すべてわたしの言うとおりやると、影のようにわたしについてくると誓いなさい！」

マトーはシャバールの星[17]に向けて腕をさし伸べて叫んだ。

「タニットにかけて誓う！」

そこでスペンディウスが言った。

「明日、日が沈んだら、水道橋の下、九番目と十番目のアーチの間で待っていてください。鉄矛を持って、兜は前立《まえだて》を外して、それから革のサンダルを履いてくるんです」

彼の言う水道橋とは地峡を斜めに貫く大きな構造物で、後にローマがこれをさらに拡張することになる。他民族蔑視のカルタゴが他国の新発明を不器用に模倣したもので、それはかつてローマがカルタゴのガレー船を模した船で最初の艦隊を建造した(18)のと同じことである。五層のアーチを積み重ね、根もとを控え壁で補強し、頂きにはライオンの頭(19)を載せたこの堅牢な構築物は、アクロポリスの丘の西斜面に達してそこで町の下に潜った末に、メガラの貯水槽に川ひとつもの水量を吐き出していた。

翌日、約束どおり二人は落ち合った。スペンディウスはロープに銛《もり》の先のような金具をくりつけ、それをぐるぐる回して放り上げた。金具はうまいこと引っ掛かった。こうして二人は前後して壁面をよじ登っていった。

(17) アラビア語、金星。フェニキア人の女神アスタルテ－タニットと同一視された。
(18) 第一次ポエニ戦争の初期、紀元前二六一年。
(19) ライオンの頭部の彫像か。

しかし二階部分に達したあと、鉤はどれだけ投げても引っ掛からなくなり、二人は裂け目を探して、わずかに張り出した蛇腹の端を歩かなければならなかった。五層のアーチの上の方ほど蛇腹の幅は狭くなった。それにロープも緩んできて何度も切れかけた。

ようやく二人は一番上の平らな所にたどり着いた。スペンディウスは時々しゃがんで石の上を手で触った。

「ここだ！　始めましょう！」マトーが持ってきた鉄矛でなんとか敷石をひとつ剝がした。

その時、裸馬に乗って疾走する騎馬の一団が遠くに見えた。おぼろなマントの襞のなかで金の腕輪が跳ねていた。駝鳥の羽根の冠をつけ、両手に槍を一本ずつ持って先頭を駆ける男がいた。

「ナルハヴァスだ！」マトーが叫んだ。

「なに、かまうもんか！」とスペンディウスは言って、敷石を剝がしてつくったばかりの穴の中に飛びこんだ。

続いて飛びこんだマトーが、スペンディウスに言われるままに壁の石塊を押してみたが、穴が狭すぎて力を込められなかった。

「いいですよ。ここにはまた来ましょう[20]」スペンディウスが言った。「さあ、あなたが先にたって！　行きましょう！」こうして二人は暗渠の水流の中に踏みこんでいった。

水は彼らの腹まであった。すぐに、ふらついて歩けなくなり、泳ぐしかなかった。狭い水路の壁に手足がぶつかった。水は天井の敷石すれすれに流れていて、顔が傷だらけになった。その後は奔流に身をさらわれた。霊廟よりも重苦しい空気に胸がつぶれそうだった。そして、両手で頭をかかえ、両膝をぴったり締めつけ、それでもできるかぎり体を伸ばして、二人は闇の中を矢のように流れていった。息が詰まり、喘ぎ、ほとんど死にかけていた。突然、目の前が真っ暗になり、水流がさらに勢いを増した。下へ、下へ、二人は落ちていった。

ようやく水面に浮かび上がったとき、二人はしばらく仰向いたまま、深々と空気を吸いこんだ。水槽は多くの隔壁で仕切られ、その広い隔壁の真ん中にアーチが開けられて次々と後ろへ続き、そのアーケードがどこまでも伸びていた。どの水槽も満々と水をたたえ、この長大な貯水槽いっぱいに一つの水面となって広がっていた。丸天井のいくつかの採光窓からほの明かりが落ちてきて、それが光の円盤のように水面で揺

(20)　後の第十二章末尾でスペンディウスが水道橋破壊に成功する場所がおそらくここである。

れていた。辺りの闇は壁際でいっそう濃く、そのため壁はどこまでも後退していくかのようだった。どんな小さな物音も大きなこだまとなって響いた。

スペンディウスとマトーはまた泳ぎだし、アーチの下の隙間を通り抜け、一列に並んだ水槽をいくつも突っきった。より小さな水槽が両側に二列、平行に並んでいた。二人は迷った。右に左に泳ぎまわり、また引き返した。踵《かかと》が何か硬いものに触れた。貯水槽に沿う疎水道の舗石だった。

それから二人は、注意深く壁面を手でさぐりながら少しずつ進んで出口を探した。しかし、すぐに足が滑って深い水底に引きずりこまれた。やっと浮き上がったと思うと、また沈んだ。泳ぎながら、まるで手足が水に溶けだすかのようで、恐ろしい疲労感だった。目が閉じた。いよいよ二人は今際《いまわ》の際《きわ》にあった。

そのとき、スペンディウスの手が格子の桟に当たった。二人で格子に手をかけて力のかぎり引いた。格子は曲がった。すり抜けると、そこは階段の途中だった。のぼりきったところで青銅の扉が閉まっていた。外に掛けてあった閂《かんぬき》を小刀で外した。突然、すがすがしい大気が二人を包んだ。

夜は静寂に満ち、空が途方もなく高かった。長く伸びる壁(21)の上に木々の茂みが溢れ出ていた。町は眠っていた。監視哨の灯火が、虚空の所どころでぽつんと光る星のようだった。

地下牢で三年間を過ごしたスペンディウスは、カルタゴ市街をよく知らなかった。マトーは、ハミルカルの館へはたぶん左へ、マッパールを突っきって行くのだと言った。

「いや」スペンディウスが言った、「タニット神殿に行くんです」

マトーが何か言おうとした。

「忘れたんですか」と元奴隷は言って腕を上げ、明るく輝くシャバールの星を指し示した。

マトーは黙ってアクロポリスの丘に向かった。

二人はサボテンの生垣のある細い通りを這うように進んだ。土ぼこりの上に手足から水滴が垂れ続けた。濡れたサンダルは音を立てなかった。スペンディウスは松明よりも目を燃えたたせて、一歩一歩、藪の中を窺いながらマトーの後ろを進んだ。両わきの下に革帯でくくった短刀に手を当てていた。

(21)　この章の冒頭で描かれたカルタゴの古い三地区の境界をなす壁。ここではメガラとビルサの境。

第五章　タニット

庭園を過ぎると、二人はメガラの壁に行く手を阻まれた。が、その高い壁にどうにか割れ目を見つけ、通り抜けた。

そこはくだりの傾斜地で、先は小さな谷のようになっており、目を遮るもののない剝きだしの場所だった。

「聞いてください」スペンディウスが言った。「いいですか、何も心配はありません……約束は果たしますから……」

彼は言いさして、言葉を探しながら何か考える風だった。「あのときのこと、覚えていますか。夜明けに、サラムボーのテラスから二人でカルタゴの町を眺めましたね。あの日、われわれは強かった！　なのにあなたはわたしに耳を貸そうとしなかった！」それから、低い、重々しい声で言った。「ご主人さま、タニット神殿の一番奥の至聖所に、天から舞いおりてきた神秘の衣《ヴェール》があって、女神はそれをまとっています」

「知っている」とマトー。

スペンディウスが続けた。

「それ自体が聖なるヴェールです。女神の一部なのですから。神々はその似姿があるところにいます。カルタゴが強いのは、そのヴェールを持っているからなのです」

そして身をかがめてマトーの耳もとでささやいた。「あなたを連れてきたのはそれを奪うためです！」

恐ろしさのあまりマトーは身を引いた。

「失せろ！　だれかほかの者をさがせ！　そんなおぞましい大罪に手を貸すのはごめんだ」

「タニットはあなたの敵でしょう」スペンディウスが言った。「あなたに付きまとって責め苛み、その怒りであなたは死にかけている。復讐してやりなさい。あなたに服従させるんですよ。そうすればあなたは神に近い、不死身の存在になれます」

頭を垂れるマトーにスペンディウスは言い募った。

「われわれがくじけてしまえば、傭兵軍はおのずと壊滅するでしょう。逃走の可能性も、救いや許しを得られる望みも、もはや一切絶たれています。神の力を手にしてしまえば、いったいどんな神罰を恐れることがあるんです？　戦《いくさ》に破れた夜、どこかの藪のなかでみじめに死んでいくのがお望みですか？　それとも、卑賤な民にさんざんなぶりものにされたあとで、火刑台の炎に包まれて果てるんですかね。ちがうでしょう、ご主人さま。いつかあなたは、神官たちが居並び、競ってあなたのサンダルに口づけするなかを、カルタゴに入城するのです。もしもまだ女神のヴェールが心の重荷になっているようなら、そのときに神殿に戻せばいいでしょう。さあ、ついていらっしゃい！　奪いにいくのです」

マトーは欲望を掻きたてられていた。瀆聖を犯さずにヴェールを手に入れることができさえすれば！　もしかすると、ヴェールを奪わなくてもその力をわがものにできるかも知れない、と必死で自分に言い聞かせた。恐怖にとらわれる一歩手前で立ち止まり、考えを最後まで押し進めることはできないのだった。

「行こう！」と彼は言った。彼らは足早に、二人並び、無言で進んでいった。

土地はのぼりになり、人家のかたまる地区が近づいてきた。二人は、闇の中、狭い通りをぐるぐる歩きまわった。戸口を閉ざすエスパルト造りの幕がちぎれ、壁にうち当たっていた。広場に出た。刈りとった草の山の前で駱駝たちが反芻していた。ついで、葉むらに覆われた回廊の中を通った。犬の群が吠えたてた。突然目の前がひらけ、アクロポリスの西斜面が見えた。ビルサの丘のふもとに長く伸びる黒々とした塊、それがタニット神殿だった。この、大建造物と庭園、中庭、前庭の総体、それを低い空積みの石の壁が囲っていた。スペンディウスとマトーはその石垣を乗り越えた。

この最初の囲いのすぐ内側はプラタナスの林だった。ペストと空気の汚染に対する予防策である。そここここにテントが散らばっていた。日中はそこで様々なものが売られるのだ。脱毛用の練り粉や香水、衣服、月をかたどった菓子、そして石膏の塊に彫った女神像と神殿。

人に見つかる心配はないはずだった。こうした月のない夜はいかなる祭式も中止となるのだ。それでもマトーは次第に歩みをゆるめ、第二の囲いのなかに通じる階段、黒檀の三つの段の前でぴたりと止まってしまった。

「さあ、進んで！」スペンディウスが言った。

柘榴と巴旦杏《はたんきょう》、糸杉そして銀梅花《ミルト》(1)が交互に規則正しく並び、その葉むらは青銅のようにそよとも動かなかった。咲きほこる薔薇の花が道の端から端までアーチをつくり、敷きつめられた青い小石が足の下でさくさくと音を立てた。二人は卵形にぽっかり開

（1）　柘榴の木はアフロディテにつながる生殖と多産性の象徴。糸杉はアスタルテ－タニットの象徴。銀梅花は古来アフロディテ－ウェヌスの神木とされる。

いた穴の前に着いた。格子の囲いがある。あまりの静寂に恐れをなし、マトーがスペンディウスに話しかけた。

「ここで真水と苦い水を混ぜるんだ[2]」

「わたしはこの目で見ましたよ、シリアの町マフグで[3]」と元奴隷は答えた。それから二人は、六段の銀の階段をのぼって第三の囲いのなかに入った。

中央にレバノン杉の巨木がそびえていた。低い枝には、布の輪や首飾りを信者がびっしり吊り下げてあって、その下の枝葉は見えないほどだった。さらに少し歩くと、二人の目の前に神殿の正面が開けた。

ずんぐりした柱が柱頭を支える柱廊が、左右に二列、中央の四角の塔を挟んで長く伸びていた。塔の平屋根の上に三日月の飾りがあった。柱廊の隅と塔の四つの角には丈の高い壺が据えてあり、それを満たした香が焚かれていた。どの柱も、柘榴とコロシント瓜の浮き彫りが柱頭を覆っていた[4]。壁面には、組み合わせ模様と菱形、そして糸に通した真珠の飾りが交互に続いた。その先に、銀の透かし細工の大きな半円形の囲いがあり、そこへ向こうから青銅の階段がおりてきていた。

階段を上がったところが神殿の入口だった。左右に金とエメラルドの柱《ステラ》が立ち、真ん中に石の円錐があった[5]。その脇を通るときマトーは右手を口に押し当てた。

最初の部屋は非常に天井が高かった。丸天井に穴がたくさん開けてあり、下から見上げると星空が見えた。周りの壁にはずらりと葦の籠が掛かっていて、どの籠の中も髭と髪の毛が山をなしていた。女神に捧げられた若者たちの初穂である。その円形の部屋の中央に、いくつもの乳房に覆われた葉鞘《さや》から上体を突き出している女体があった。太った体で、髭を生やし[6]、目を伏せた顔は笑みを浮かべているように見えた。大きな腹の上で両手を重ねていたが、腹のその場所は数知れぬ信者の口づけによって磨かれたように艶つやしていた。

(2)　紀元二世紀シリア生れのギリシャ語風刺作家ルキアノスが、ある作品で語るシリアの祭式。フローベールの手書き原稿の「ノート」に、その性的意味が次のように記されている。「軟水と海水の婚約。女性器をかたどった割れ目に海水を投入する(ヒエラポリス)」。

(3)　前注ルキアノスが語る小アジア(フリギア)の古代都市ヒエラポリスのシリア語名「マブグ」の変形。

(4)　直接的資料をほぼ完全に欠くタニット神殿の描写に際して、フローベールが多く参照し細部を借用した資料のひとつが旧約聖書である。その『列王記上』(6—18、7—20)に、ソロモンが建てたヤハウェの神殿は、壁はコロシント瓜(新共同訳では「ひょうたん」)と花模様の浮き彫りで飾られ、柱頭にはたくさんの柘榴(の実の浮き彫り)を並べてあったと記されている。

(5)　第四章注3参照。

(6)　タニット神の両性具有性の象徴。第三章注17参照。

そこから横に続く廊下に入って進んでいくと、天井のないところに出た。小さな祭壇が後ろの象牙の扉にぴったり付けて据えてあり先へは行けなかった。扉を開けることができるのは神官だけなのだ。そもそも神殿とは、大衆の集会所などではなく、神の特別な住まいなのだから。

「こんな企て、はじめから無理だったんだ」マトーが言った。「おまえは何も分かっていなかった！　引き返そう！」スペンディウスはなおも辺りの壁を入念に探り続けた。

自分がヴェールを欲しいのは、それに具わる力を信じているからではない（スペンディウスが信じるのは神託だけだった）。ヴェールを奪われたらカルタゴ人はすっかり意気阻喪してしまう、そのさまが目に見えるからだ。二人はなんとか中に入りこめそうな口を探して裏手へまわった。

ピスタチオの茂みのなかに様々な形の小さな建物が見えた。そこここに石の男根(7)がそそり立ち、大きな鹿が、落ちた松かさを先の割れた蹄《ひづめ》で散らしながら静かに歩いていた。

二人は先ほどの、平行に長く伸びる二列の柱廊に戻ってきた。列柱沿いにいくつもの小部屋が口を開けていた。タンブリンとシンバルがレバノン杉の柱に掛けられ、小部屋の外で、女たちがござに横たわって眠っていた。(8) 女たちの香油まみれの体は、香料と火の消えた香炉の匂いがした。至るところに入れ墨をし、首飾りや指輪、足輪、鼻輪、あらゆるリングを付け、アンチモンや朱色顔料を塗りたくったその体は、もし胸の動きがなかったならば、床に臥せた偶像と見まごうほどだった。蓮に囲まれた泉水盤があって、サラムボーの庭の池にいたのと似た魚が泳いでいた。奥の神殿の壁には、葡萄の木が浮き彫りにしてあり、つるはガラス、房はエメラルドだった。おびただしい宝石のきらめきが彩色された円柱の間を飛び交い、眠る女たちの顔の上で揺らめいていた。

マトーは周囲のレバノン杉の壁から落ちかかる温気《うんき》に息を詰まらせた。ここに溢れる生殖と多産の象徴、香料の匂い、光のきらめき、そして女たちの吐く息に押しつぶされそうだった。その神秘の眩暈のただ中で、彼はサラムボーを思った。彼女は女神そのものとなり、彼女への恋は、深い水の上に開く大きな蓮の花のように、さらに強く大きくふくらんだ。

(7)『聖アントワーヌの誘惑(初稿)』以来、古代宗教に関するフローベールの最重要の典拠であったフリードリヒ・クロイツァー『古代の宗教』によると、男根はアスタルテの愛人アドニスの象徴。
(8) シッカの神殿と同様、ここでタニット神殿の巫女による神聖売淫が行なわれている。

スペンディウスは、昔を思い出して、この女たちを売り払ったらどれほどの儲けになったか計算し、脇を通るときに素早く目をやって金の首飾りの重さを推し量った。神殿の奥へはこちら側からも侵入できなかった。二人は最初の部屋の裏手へ引き返した。スペンディウスが入口を探しまわるあいだ、マトーはあの扉の前にひれ伏してタニットに祈っていた。この瀆聖を許すことのないようにと請い願った。怒らせてしまった女にするように、甘く優しい言葉をかけてなんとかなだめようとしていたのである。

スペンディウスはとうとう扉の上に開いた小さな口を見つけた。

「立って！」と彼はマトーに言い、壁に背をつけて立たせた。それから、片足をマトーの両手の平にかけ、もう片足を頭の上に乗せて壁づたいに這い上がり、やっと換気孔に手が届いた。そしてそこにもぐりこんで姿を消した。肩の上にロープが垂れ落ちてきたのをマトーは感じた。貯水槽へ達する奔流に飛びこむ前に、結び目でこぶを作り、スペンディウスが腰に巻きつけていたロープだった。それに両手でつかまってよじ登り、やがて彼はスペンディウスの脇におり立った。そこは闇にとざされた大きな部屋だった。

このような侵犯はまさに異常な行為だった。これに備える措置が不十分なものだったこと自体、誰もがそれをあり得ないことと思っている証拠だ。どんな厚い壁も及ばない、畏怖が至聖所を守っている。マトーは一歩ごとに死を覚悟した。

暗闇の奥に揺らめくほのかな光があった。二人はそれに近寄っていった。彫像があって、その台座に置かれた貝殻のランプの炎が揺れているのだった。彫像はカビルス神の帽子をかぶり、ダイヤモンドの円板をちりばめた青い長衣をまとい、そしてその両足は、敷石の下に端を沈みこませた鎖で床に固定されていた。マトーははっと息をのみ、回らぬ口でこう繰り返した。「ああ！　彼女だ！　彼女だ！」スペンディウスは台座のランプを手にとり、足もとを照らした。

「なんて罰当たりなやつだ」とマトーはつぶやきながらも後に従った。

次の部屋にあったのは、別の女を描いた黒い壁画だけだった。女の両脚は壁の上端にまで伸び、上半身が天井全体を占めていた。臍《へそ》から紐のようなものが垂れ、その先に巨大な卵が吊り下がっていた。女体は両脚の向かいの壁面に頭を下にして落ちかかり、両手の尖った指先が敷石に達していた。

さらに先へ進もうと、二人は掛かっていたつづれ織りの幕を払いのけた。その拍子に風がおこってランプの炎が消えた。

その後は、複雑をきわめる建物の中をさまようばかりだった。突然二人は、足の下に何か妙に柔らかいものを感じた。光のきらめきが飛び散り、ぱちぱちとはぜた。まるで火の中を歩いているようだった。スペンディウスはかがんで手触りを確かめた。大山猫の皮が床に入念に敷きつめられているのだった。ついで二人は太い綱が、濡れて冷たく、ねばねばした太い綱のようなものが両足の間をすり抜けていくのを感じた。壁面の亀裂からほの白い光線がいく筋か差しこんでいた。そのほのかな光を頼りに前に進んだ。とうとう、黒い大蛇の姿を目に捉えた。蛇はさっと身をくねらせて姿を消した。

「逃げよう！」マトーが叫んだ。「彼女だ！　彼女を感じる。ここへ来るぞ」

「いや！」スペンディウスは言った。「ここには誰もいやしませんよ」

まばゆい光に二人は思わず目を伏せた。しばらくして見えたのは、四周からびっしりと二人をとり囲む無数の生き物だった。痩せこけたもの、はあはあ喘ぐもの、鋭い爪を立てたもの、そのすべてが、恐ろしいほどの神秘的混乱と無秩序のうちに互いに折り重なり混じり合っていた。蛇に足がはえ、牡牛が翼をもっていた。人間の顔をした魚が果物をかじり、大きく開けた鰐《わに》の口の中で花が咲き、そして象の群が、鼻を振り上げ威風堂々、鷲のように天空を渡っていた。不完全な、あるいは多すぎる手足を、恐るべき努力が突っぱらせていた。みな魂を吐き出そうとするかのように舌を出していた。あらゆる形態がそこにはあった。まるで、すべての生物の胚を集めた容器が、いっせいの孵化、突然の発芽にはじけて、この広間の壁にぶちまけられたかのようだった。

広間の壁に沿い、円を描いて十二の青い水晶玉があった。水晶玉をそれぞれ支えているのは虎に似た怪獣だった。蝸牛《かたつむり》のように目が飛び出た怪獣たちは、ずんぐり太った腰をかがめていっせいに部屋の奥のほうを振り向いていた。そこに、象牙の車に乗って、至高のラベットが、あらゆる命の生殖を統べる豊穣の女神、その究極の似姿(9)が光り輝いていた。

下から腹までを、うろこや羽根、花や鳥が覆い尽くしている。耳から銀のシンバルが垂れて両頬を打ち、大きな目がじっとこちらを見ている。額には、明るく輝く石が卑猥なシンボルにはめ込まれていて、その光が扉の上の赤い銅の鏡に反射して部屋じゅうを照らしていた。

マトーは一歩足を踏みだした。すると敷石が沈み、その途端、水晶玉はぐるぐる回りだし怪獣たちが吠え始めた。音楽が湧き起こった。それは旋律豊かでしかも低くとどろく星辰のハーモニーのようで、そのなかに、激しく乱れざわめくタニットの魂が

（9）原語は la dernière inventée.

溢れ流れて、部屋いっぱいに広がった。女神は立ち上がろうとしていた。頭を天井に届かせ、両腕を広げ、その体で広間を満たそうとした。突然、怪獣たちが口を閉じた。水晶玉も回転を止めていた。

それから、陰うつに、尾を引くような響きがしばらく漂い、とうとうそれも消えていった。

「ヴェールは？」スペンディウスが言った。

ヴェールはどこにも見えなかった。いったいどこにある？ どうやって見つけだす？ もしも神官たちが隠してしまったのだとしたら！ マトーは今まで信じてきたものに裏切られたような失望を感じ、胸が張り裂けそうだった。

「こっちへ！」スペンディウスがささやいた。霊感が働いたのだ。それに導かれ、彼は女神の乗る車の後ろにマトーを連れていった。するとそこに、壁の下から上まで、幅が人の腕の長さほどの裂け目があった。

それをすり抜けると、そこは円い小さな部屋で、しかし天井があまりに高く、まるで円柱の中のようだった。中央に、半球形のタンブリンのような黒い大きな石があった。その上で炎が燃えあがり、炎の後ろに、頭と二本の腕をもつ黒檀の円錐が立っていた。

そしてその背後に広がっていたのはまるで雲、きらめく星をちりばめた雲のようなものだった。その深い襞の奥に様々な姿形が見えた。エシュムーンとカビルス七神、先ほど見た怪獣のうちのいくつか、そしてバビロニア人の聖獣、ほかに二人の知らない形象もあった。それはマントのように神像の顔の下に垂れ、後ろに広がって壁をのぼり、上でその端を留めてあった。夜のように青みを帯び、同時に暁のように黄色く、太陽のように緋色。律動と階調に満ち、透き通って光り輝き、いかにも軽やかな、それこそは女神の衣、誰も決して見てはならない聖なるザインフ[10]だった。

二人ともさっと顔を青ざめさせた。

「取れ！」とうとうマトーが言った。

スペンディウスはためらわず、偶像の上に乗ってヴェールを外した。ヴェールは床に落ちた。マトーはその上に手を置き、それから、開いた口に自分の首を差し入れ、そして体全体を包んだ。それから両腕を広げ、しげしげと聖衣を眺めた。

(10) このアスタルテ－タニットの聖衣の描写において、作家は古代人のペプロス（衣）や神像のヴェールに言及のあるいくつもの古代資料に依拠した。最大の資料は、紀元二〇〇年頃のギリシャ語作家アテナイオスの『ソフィストたちの宴会（食卓の賢人たち）』である。ザインフ zaïmph という言葉自体は、トレゾール仏語辞典によれば、単に女性用ヴェールを指す旧約聖書のヘブライ語を基にした作者の造語らしい。

「行きましょう!」スペンディウスが言った。

マトーは、はあはあ喘ぎながら床の敷石を見据えていた。

突然、彼は大声で言った。

「彼女のところへ行けばどうだ? あれの美しさももう怖くはない。あれに何ができる? 今や俺はただの人間ではない。燃えさかる炎を突っきり、海の中をも歩けるぞ! ある躍動する力が俺を突き動かす! サラムボー! サラムボー! 俺はおまえの主《あるじ》だ!」

とどろく雷鳴のような声だった。スペンディウスには、マトーがさらに大きくなりすっかり変貌したように思えた。

足音が近づいてきた。扉が開いて男が現れた。神官だった。高い僧帽をかぶり、目を大きく見開いている。身動きひとつする間も与えず、スペンディウスが飛びかかって男の体を両腕で締めつけ、あの二本の短刀を両脇腹に突き刺した。頭が敷石に落ちる音が大きく響いた。

しばらく二人はその死体と同じようにぴくりとも動かず耳をすました。半ば開いた扉の向こうから、かすかな風の音が聞こえるだけだった。

扉の向こうは細い通路になっていた。スペンディウスがそこに入っていき、マトーが続いた。通路は短く、たちまち二人はあの三番目の囲いの、平行に長く伸びる柱廊の中にいた。そこはちょうど神官たちが住まう小部屋が並ぶ場所だった。

その独房の後ろに、外に出る近道があるはずだ。二人は急いだ。

あの蓮に囲まれた泉水盤で、スペンディウスはうずくまって血まみれの手を洗った。女たちは眠り、エメラルドの葡萄が光っていた。二人はまた歩きだした。

誰か、林の中で二人を追って走る者があった。ヴェールをまとったマトーは、裾のほうを何度もそっと引っぱられるのを感じた。それは大きな狒々《ひひ》、タニット神殿の囲いのなかで放し飼いされている狒々のうちの一匹だった。それが、まるで二人が聖衣を盗んだことを察したかのようにしがみつき、決して放そうとしないのだ。二人は、そのきいきいという鳴き声をさらに募らせることを恐れて、なかなか手出しができなかった。ところが突然、狒々は怒りをしずめ、長い両腕を垂らし体を揺らしながら二人と並んで駆け始めた。そして障壁に達すると一飛びして、椰子の葉むらの中に姿を消した。

神殿の最後の囲いを出ると、二人はハミルカルの館へ向かった。マトーを思いとどまらせようとしてももはや無駄だとスペンディウス[11]は悟ったのだ。

二人は革なめし通りからムトゥンバル広場へ、そして香草市場を通ってシナジンの四つ辻に達した。塀の角でひとりの男が、きらきら光るものが闇を突っきるのを見て驚き怯え、後ずさりした。

「ザインフを隠しなさい！」スペンディウスが言った。

ほかにも何人かとすれ違ったが、二人の姿に気づく者はなかった。

とうとうメガラの家々が見えた。

背後の断崖の上にそびえる灯台の火が、空を大きく赤い光で染め、何層もの陸屋根《テラス》を積み重ねた館は、巨大なピラミッドのような影を庭園の上に投げかけていた。二人は短剣で枝を打ち払って棗《なつめ》の生垣を越え、庭園の中に入った。

すべてがあの夜の饗宴の跡をそのままにとどめていた。象の囲い地の杭は倒れ、畝溝の水は涸れ、奴隷の地下牢の出口は開いたままだった。料理場の辺りにも、酒蔵や穀物倉の周りにも、人の姿はまったくなかった。静けさに二人は驚いた。その静寂を時おり破るのは、足かせをはめられた脚を揺する象たちの唸るような鼻息と、灯台で大きな炎をあげるアロエの木がぱちぱちとはぜる音だけだった。

その間にもマトーはこう繰り返すばかりだった。

「あれはどこだ？　会いたい！　連れていってくれ！」

「正気の沙汰じゃない！　彼女は人を呼ぶでしょう。奴隷たちが駆けつけます。どんなに怪力のあなたでも、死にますよ！」

二人はあのガレー船の階段の下に着いた。マトーは上を見上げた。一番上に、ほのかな優しい明かりが見えるように思った。スペンディウスが引き止めようとするのを振りきり、マトーはさっと身をおどらせて階段を駆け上がった。

初めて彼女を見たあの場所だった。あれ以来過ぎた月日は記憶から消えた。ついさっき彼女は兵士のテーブルの間で歌っていた。それから急に彼女は姿を隠し、それ以来、自分はずっとこの階段をのぼり続けている、そんな気がした。火に包まれた頭上の空と、その下の見渡すかぎりの海。一歩のぼるごとに、彼をとり巻く広大無辺の広がりは大きさを増した。こうしてマトーは、夢をみる人が味わうあの不思議な自在さとともに[12]階段をのぼり続けた。

身にまとったヴェールが石に擦れる音で、彼は自分に具わった新しい力を思い出した。この先のことへの期待があまりにも大きく、今、何をすべきかが分からなかった。

(11) フローベールの草稿のある箇所に「ムトゥンバルとは死者たちの王の意」という記述が見える。凶兆である。

(12) フレデリック・モローも「夢をみる人が味わうあの異様な自在さとともに」アルヌー夫人との再会に駆けつけた（『感情教育』第二部一章）。

そこからくる不安が彼を怖じ気づかせた。

時々、閉ざされた建物の壁に開いた四角い穴に顔を押しつけて中を覗いた。そのうちのいくつかの部屋で、眠っている人が見えるように思った。

より狭い、一番上の階に着いた。そこに、この最上階のテラスに置かれた骰子《さいころ》のような建物があった。マトーはゆっくりとそれを一周した。

壁に設けたいくつもの小さな穴を塞ぐ滑石《タルク》の薄片が乳白色の光を放ち、それは建物の外壁に左右対称に配置されていて、まるで闇の中に真珠が並んでいるようだった。あの黒十字を描いた赤い扉があった。動悸が一気に激しくなり、そこから逃げだしたい気持にかられた。それでも、扉を押した。扉は開いた。

ガレー船の形のランプがひとつ、部屋の奥のほうに吊り下げられ、火が灯されていた。その銀造りの船体から三筋の光が洩れ、それが、部屋の高い内壁を覆う黒い縞模様のある朱塗りの羽目板の上で震えていた。天井には多くの小梁が継いであり、その金泥塗りの梁の節には紫水晶《アメシスト》と黄玉《トパーズ》がはめ込まれていた。左右の壁際に、白い牛の革帯を編んだ低いベッドが長く伸び、その上には、厚い壁の中に貝殻の形のアーチがいくつも設けてあって、そこから何か衣服がはみ出して床まで垂れていた。縞瑪瑙《しまめのう》の踏み段が取りまく卵形の水盤があった。縁に置かれた雪花石膏《アラバスター》の水差しのそばに、華奢で優美な蛇皮のスリッパがとり残され、濡れた足で歩いた跡がその先に見えた。えも言われぬ芳香が漂っていた。

マトーは、金や螺鈿《らでん》やガラスをはめ込んだ敷石の上をかすめるように進んだ。すべすべと磨きあげられた床なのに、まるで砂地を歩くように足が沈む気がした。

銀のランプの後ろで、大きな青い四角いものが宙に浮いているのに彼は気づいていた。それを吊っている四本の綱も見える。腰をかがめ、口をあけ、彼は近寄っていった。

黒珊瑚《さんご》の枝に取りつけたフラミンゴの羽根が、緋色のクッションや鼈甲《べっこう》の馬櫛、レバノン杉材の小箱や象牙の箆の間に散らばっていた。枝分かれした羚羊《れいよう》の角《つの》に指輪や腕輪がはめてあった。壁の開口部では、葦の格子細工の上にいくつも粘土の水瓶が置かれ、風を冷やしていた。歩いていてマトーは度々つまずいた。床に高低さまざまないくつもの段差があったからで、そのためこの部屋の中に部屋がいくつも続いているかのようだった。奥で、銀の欄干が、花模様をちりばめた絨毯を囲んでいた。ついに彼は吊《つ》り床《どこ》にたどり着いた。そばに黒檀の踏み台があった。

ランプの明かりは中には届かず、闇が大きなカーテンのように立ちはだかるなかで、ただ、赤い敷き布団の隅に、踝《くるぶし》を下にした小さな素足の先が見えた。マトーはそっとランプを引き寄せた。

彼女は、頬を手の平にのせ、もう片方の腕を伸ばして眠っていた。体の周りに広がる巻き毛の髪はあまりにも豊かで、そのため彼女は、まるで敷きつめた黒い羽根の上で寝ているかのようだった。ゆったりした白いチュニカが、柔らかな襞をともなって足もとまで、体の起伏にそって波うっていた。瞼がわずかに開いていて少し目が見えた。帷《とばり》が上から真っすぐに垂れて寝台をとり囲み、青みをおびた空気が彼女を包んでいた。息づかいが綱に伝わって吊り床を動かし、彼女を宙で揺すっているかのようだった。脚の長い蚊が音を立てて飛んでいた。

マトーはじっと動かず手で銀のランプを支えていたが、その炎が移って、蚊帳《かや》は一瞬のうちに消えてしまった。サラムボーが目を覚ました。

火はおのずと消えた。彼女は黙っていた。ランプの炎が、壁の羽目板の上に明るい大きな波模様をつくって揺らしていた。

「それは何?」彼女が言った。

マトーは答えた。

「女神のヴェールだ!」

「女神のヴェール!」と彼女は大声をだし、そして体を震わせながら、両のこぶしを突いて身を乗りだした。マトーが言葉を継いだ。
「きみのために、神殿の至聖所からとってきたのだ！　見るがいい！」ザインフは
きらめく光に包まれていた。
「覚えているか、あの時のこと。あれから毎夜、夢にきみが現れた。だが、きみの
その目が無言で何を命じているのか、察せられなかった！」彼女は黒檀の台に片足
を乗せた。「もし察していたなら、すぐにも駆けつけたんだ、軍など捨てて。カルタ
ゴを出はしなかった。きみの命《めい》とあれば、俺はハドゥルメトゥム(13)の洞窟を通り抜け死
者の国にもおりていく！……いや、すまない！　あれからは、いくつもの山にのしか
かられているような毎日だった。でも、どうしようもなく俺を引きずる何かがあって、
ずっときみにたどり着こうとしていた！　神のみ業だ！　さもなければ、こんなこと
ができたはずがない！……一緒に行こう！　ついてきてくれ！　それとも、いやなら、
俺がここにいよう。どっちでもかまうものか！……俺の魂をおまえの吐く息のなかで
溺れさせてくれ！　唇がつぶれるほどその手に口づけさせてくれ！」
「それを見せて！」彼女が言った。「もっと近く！　もっと！」

(13) カルタゴの南東百五十キロメートルのフェニキア植民市。現スース。その南に、後にキリスト教徒が地下墓地にした洞穴がある。

夜明けが近づき、壁の口を塞ぐ滑石の薄片がワイン色になっていた。サラムボーはぐったりとクッションにもたれていた。

「おまえが好きだ！」叫ぶようにマトーが言った。

彼女は回らぬ口でささやいた。「それをちょうだい！」二人は近づいていった。

彼女は、裾の長い白い下衣[14]姿で、大きな目をヴェールに釘付けにしていた。見つめるマトーはその顔の輝くばかりの美しさに目が眩んだ。彼はザインフをまとった両腕を広げ、彼女を包んでザインフごと抱きしめようとした。彼女も腕を広げていた。が突然、彼女は動きを止めた。二人は、口をあけ、じっと見つめ合った。

男が、すがるように自分に何を求めているのかは知らず、大きな恐怖と嫌悪感が彼女を捉えた。細い眉がつり上がり、口が開き、体が震えた。とうとう彼女は、赤い布団の四隅に垂れている青銅の盃のひとつを打ち鳴らし、叫んだ。

「助けて！　助けて！　さがれ！　不敬の者！　卑劣漢！[15]　呪われるがいい！　来て、ターナック、クルーム、エヴァ、ミシプサ、シャウール！」

スペンディウスが、慌てふためいた顔を粘土の水瓶の間から覗かせ、叫んだ。

「逃げなさい！　おおぜいやって来る！」

階段を揺るがすような喧騒とどよめきがのぼってきた。そして人の波が、女たち、従僕、奴隷たちが、それぞれ矛や棍棒、短剣や小刀を手にして部屋の中に飛びこんできた。そこに男がいるのを見て、憤激のあまりみな一様に身をこわばらせた。女たちはこの世の終りのように叫び、宦官たちは黒ずんだ皮膚を青ざめさせた。

マトーは銀の欄干の後ろにいた。ザインフをまとったその姿は、まるで蒼穹に包まれた星辰の神のようだった。襲いかかろうとする奴隷たちを押しとどめてサラムボーが言った。

「触れてはならぬ！　女神のヴェールです！」

彼女は部屋のすみに退いていたが、前に一歩踏みだし、あらわな腕をさし伸べて言った。

「タニットから盗んだおまえに呪いを！　憎悪、復讐、殺戮、そして死の責め苦を！　戦いの神グルズィルがおまえを八つ裂きにし、(16)死者たちの神マティスマンが喉を締め、そしてあの神、その名を呼んではならぬあの神に焼かれるがよい！」

(14)　原語は第三章注8のシマール。

(15)　サラムボーが助けを呼んでいる召使の名。プレイヤッド版注によると、このうちクルームとシャウールという名は旧約聖書から採られている。

(16)　モロック神。

マトーは剣で切られたかのような叫び声をあげた。彼女は繰り返し言った。「去れ！　去れ！」

左右に分かれて道をあけた従僕の間を、マトーは頭を垂れてゆっくり歩いていった。戸口で足を止めた。ザインフの縁が床の敷石にはめ込まれた金の星に引っ掛かったのだ。肩を揺すって彼はそれを乱暴に外し、階段をおりた。

スペンディウスは、テラスからテラスへと身をおどらせ、いくつもの垣と溝を飛び越えて、やっとメガラの庭園の外に出ていた。灯台の下までできた。巨大な城壁がそこでは途切れていた。急峻な断崖が外からの侵入を充分防いでいたからだ。その縁に行くと、彼は仰向けに寝て両足を前にだし、そのまま壁面を滑って崖下までおりた。それからは泳いで墓地の岬にたどり着き、岬を大回りして塩水の潟湖を泳ぎきり、その日の夜、傭兵軍陣地に戻った。

太陽が昇っていた。マトーは、逃げるライオンのように、周囲を猛々しい目で見まわしながら坂道をくだっていた。

ざわめきが聞こえていた。それはハミルカルの館から発し、やがて遠くアクロポリスの丘の方からも湧きあがった。ある者は、モロック神殿から共和国の宝物が盗まれたと言い、またある者は神官が殺されたと言った。蛮人が町に入りこんだと言う者もあった。

　幾重もの囲いや壁をどう越えて外に出てよいのか分からず、マトーはただ真っすぐ前へと歩いた。とうとう見つかった。ごうごうたる叫びが湧いた。何が起こったのかはすぐに町じゅうに知れ渡り、驚愕と呆然自失はたちまち大きな怒りに変わった。

　マッパールの奥から、アクロポリスの丘から、地下墓地から、湖畔から、おびただしい人の群が押し寄せた。貴族はその豪奢な館を飛び出し、商人は店を、女たちは子供を放りだして家を出た。みな剣や斧、棍棒を手にしていた。が、サラムボーを妨げた同じ障害が立ちはだかった。ヴェールをどうやって取り戻したらよいものか。なにしろ目にするだけでも大罪、神々の世界に属し、それに触れなどすれば命はないのだ。

　神官たちは、神殿正面の列柱の間で絶望のあまりに腕をよじり、神聖軍団の騎士はただいたずらに馬を駆っていた。家々の屋根、テラス、巨大な神像の肩の上、港の船のマスト、どこも鈴なりの人だった。そのなかをマトーは歩み続けた。一歩進むごとに怒りが増したが、同時に恐怖も募った。彼が近づくと人垣はよけて道はあいた。が、そうして引いた人の波は、少し先で両側から再び押し寄せて、高い塀の上まで跳ね上がるかのようだった。マトーには、かっと見開いて自分を貪ろうとする目、かちかち鳴る歯、振り上げられた拳しか見えなかった。そして耳には、サラムボーのあの呪詛の叫びがこだまのように響き続けた。

突然、長い矢が一本、空気を切り裂いて飛び、ついでもう一本、それから石つぶてがびゅんびゅん飛んできた。しかし狙いは外れて(ザインフに当たることを恐れたからである)、すべて頭上を飛び越していった。マトーはザインフを右に左に、前に後ろにと大きく掲げ、これを楯がわりに使っていたので、彼らには為すすべがなかった。マトーは足を速めて、目の前に開けた通りにどんどん踏みこんでいった。が、通りには綱を張り荷車を並べ罠を仕掛けてあった。こうして行く手を阻まれるたびに、来た道を引き返すしかなかった。そしてとうとう彼はカーモン広場に入っていった。あのバレアル人投石兵の一隊が殺された広場である。マトーは、死を前にした人のように青い顔をして立ち止まった。今度こそ万事休した。周りで、群衆が手をたたいて喜んでいた。

彼は閉まっている大きな門まで走った。樫の心材で作った非常に高い門で、鉄鋲と青銅の板で補強してあった。マトーは体当たりした。猛りたった男の無力に、群衆は足を踏み鳴らして喜び、はやしたてた。彼は履いていたサンダルを手にとって唾を吐きかけ、それを力まかせに厚板に打ちつけた。板はびくともしなかった。町じゅうが吼えた。みなもうヴェールのことは忘れ、彼に襲いかかろうとしていた。マトーはその人間の群の上に、大きなうつろな目をさまよわせた。こめかみがずきんずきんと脈打ち、この酔いしれた群衆が浸っている痺れるような感覚に自分も浸されるように感じた。その時、門の開閉装置を動かすときに引く長い鎖が目に留まった。彼はその鎖に飛びついた。腕を突っぱり両足を踏んばって、全力で引いた。とうとう、巨大な門扉がわずかに開きだした。

外に出ると、彼は大きなザインフを首から抜きとり、でき得るかぎり頭の上に高くかざした。多彩な色を放ち、宝石をちりばめ、様々な神の形象が描かれたヴェールは、海風になびいて日の光に燦然と輝いた。マトーはそのようにザインフを掲げたまま、傭兵の陣地まで平野を突っきった。人々は、城壁の上で、カルタゴの幸運が持ち去られていくのを見ていた。

第六章　ハンノー

「彼女をさらってくればよかった！」その夜、マトーがスペンディウスに言っていた。「しっかりつかまえて、あの屋敷から奪ってくるべきだったんだ！　邪魔する者などひとりもいなかったろうに！」

スペンディウスはろくに聞いていなかった。蜂蜜入りの水を一杯に満たした大甕の傍らにのうのうと横たわり、時々それに顔を突っこんでごくごくと喉を鳴らした。

マトーがまた言った。

「どうしよう？……カルタゴの中にどうやってまた入りこむ？」

「さあね」とスペンディウス。

平然と、こう素っ気なく答えた元奴隷にマトーは思わずかっとなって大声をあげた。

「おい！　もともとおまえが悪いんじゃないか！　俺を引きずりこんでおいて、今になって放り出すのか、卑怯者！　そもそも、なんで俺がおまえの言いなりにならなきゃならないんだ。おまえは俺のご主人さまか。えーい、この女衒、奴隷、奴隷の子！」　歯ぎしりしながら、彼はスペンディウスに大きな手を振り上げた。

　ギリシャ人はそれに答えもしなかった。テントの支柱に掛かった粘土の燭台が穏やかな炎を上げ、吊り下げてある甲冑の間で、ザインフがきらめいていた。

　突然、マトーは半長靴を履き、細長い青銅の板をたくさん付けた戦闘用胴着を着て兜を手にした。

「どこへ行くんです？」とスペンディウスが聞いた。

「あそこへ戻る！　止めるな！　彼女《あれ》を連れてくるからな！　邪魔だてするやつらは蝮のように踏みつぶしてやる！　俺は彼女をも死なせるぞ、スペンディウス！」彼は繰り返し言った。「そうとも！　殺してやる！　見ていろ！　殺してやるぞ！」

　耳を澄まして辺りを窺う風だったスペンディウスが、いきなりザインフを引き剝がして片隅に投げ、羊の毛皮で覆った。ざわざわと人声が聞こえ、松明の明かりが見えた。と、ナルハヴァスが二十人ばかりの兵を引き連れて入ってきた。

　みな白い羊毛のマントを着て、普通より長めの短剣を腰に帯び、革の首飾りと木の耳輪をつけて、ハイエナ皮の靴を履いていた。そうして、テントの入口で立てた槍にもたれたその姿は、休息をとる牧人さながらだった。ナルハヴァスがそのなかでも一番の美男で、ほっそりした両腕を真珠をちりばめた革の腕輪で締め、羽織っている大きなマントを王冠のような金《きん》の輪で額の周りで留めてあって、その輪にともに取りつけた駝鳥の羽根が肩の後ろに大きく垂れていた。笑みを浮かべた口もとは常に白い歯を覗かせていたが、眼光は矢のように鋭かった。決して隙を見せず、と同時にどこか軽い、軽妙な気配を、この男はその全身に漂わせていた。

傭兵軍に加わりにきた、と彼は言った。共和国は長年、自分の王国の脅威だった。だから、傭兵に手を貸すのは自分の利にかなうことだし、また傭兵にとっても自分は大いに役立つはずだ。

「われらが加われば、あんたらはまず象(ヌミディアの森は象でいっぱいだ)、酒、油、大麦、なつめ椰子の実をふんだんに手にできる。攻城戦に欠かせない松脂と硫黄、それに二万の歩兵と一万の馬もだ。こうしてあんたに話しにきたのは、マトー、それはザインフを獲得してあんたが軍の頭《かしら》になったからだ」そしてこうつけ加えた。「それに、俺たちふたりは古い友だしな」

マトーはスペンディウスの顔を窺った。彼は羊の毛皮に座り小さくうなずきながらじっと話を聞いていた。ナルハヴァスはしゃべり続けた。神々を引き合いに出し、カルタゴを呪った。呪詛の言葉を吐きながら、彼は腰に差した投げ槍を一本へし折った。

部下たちがいっせいに喚声をあげた。みなぎる憤激に巻きこまれ、マトーは同盟を受け入れようと叫んだ。

白い牡牛と黒い牝羊がひいてこられた。それぞれ昼と夜の象徴である。掘った穴の縁で二頭の喉を掻き切った。穴が血で満ちると、二人はそこに腕を突っこんだ。そしてナルハヴァスはマトーの胸に、マトーはナルハヴァスの胸に手を押し当てた。この誓いの印はめいめいのテントの布の上にも押された。二人はともに食してその夜を過ごし、肉の残りは皮や骨や角や爪とともに焼かれた。

女神のヴェールとともに戻ってきたマトーを、みなは大きな喝采をもって迎えた。カナン人の宗教に縁のない者たちも、漠たる歓喜の情が湧くなかで、なんらかの守護霊が軍にもたらされたと感じたものだ。ザインフをわがものにしようなどとは誰も思わなかった。マトーがこれをどのようにして手に入れたのか、それがいかにも謎にみち神秘的だったことだけで、蛮人たちにとっては、その所有を正当なものと考えるに充分だった。少なくともアフリカ人の傭兵はそう考えた。しかし、カルタゴへの宿年の恨みを抱えているわけではない他の者たちは、どう覚悟を決めたものか迷うばかりだった。そもそも彼らは、船さえあったならばすぐにも故国に帰っていたところなのだ。

スペンディウス、ナルハヴァス、マトーの三人は、カルタゴ領内のすべての部族に使者を送った。

カルタゴはアフリカ土着民を牛馬のように扱い、搾りあげていた。法外な税を取りたて、遅滞者には、いや不満を洩らしただけの者にも、鉄具や斧そして十字架による苛烈な制裁を科した。カルタゴの好みに合うものを栽培し、その要求どおりのものを納めなければならなかった。武器の保有は許されなかった。反乱を起こした部落の住民は奴隷として売られた。総督はもっぱら圧搾機としての性能により、つまり住民から搾りとった量によって評価された。こうして直接カルタゴに従属する地域の向こうには、カルタゴと同盟を結び、わずかな貢ぎ物しか納めない部族の土地が広がっていた。そのさらに外側は遊牧民と放浪の民の土地で、カルタゴは同盟部族が何か事を起こしたときには、こういう流浪の民をその鎮圧に差し向けることができた。このシステムのおかげで、穀物は常に豊作、種馬牧場の運営は完璧、果樹農園は豊穣をきわめた。老カトー、勤労と耕作そして奴隷の扱いについては一家言をもっていた[1]あの大カトーを、これから九十二年後、あれほど驚愕させたのはまさにこのカルタゴの豊かさだった。そのころ彼がローマで繰り返したあのカルタゴに死をの叫び[2]は、じつは強欲ゆえの嫉妬の叫びに他ならなかった。

さきの戦争中、カルタゴによるアフリカ人領民の扱いはことに横暴をきわめ、税も以前の二倍にしていた。そのためリビアの町々はレグルスに容易に投降し、ほぼすべての町がやすやすと彼の手におちたのだ(3)。その罰として、彼らには一千タレントと二万頭の牛、金粉三百袋、それに厖大な量の穀物の前納が課せられ、各部族の首長は十字架にかけられるかライオンの檻に放りこまれるかだった(4)。

（1）この一行はプルタルコス『英雄伝』中「カトー」の章のあるくだりを極度に圧縮したものと思われる。カトーには『農業論』という著書もある。

（2）ハンニバルが大スキピオ（スキピオ・アフリカヌス）にザマの会戦（前二〇二年）で破れて終結した第二次ポエニ戦争（前二一八―二〇一年）後、莫大な賠償金の重圧をはねのけたカルタゴの経済的復興は目ざましかった。約五十年後、第三次ポエニ戦争の直前に視察団の長としてカルタゴにおもむいた大カトーは、その繁栄ぶりに驚くとともに大きな脅威を抱き、その後ローマ元老院でのあらゆる演説を「カルタゴ滅ぼすべし」という言葉で締めくくったと言われる。その主張は大スキピオの養孫小スキピオ（第一章注15参照）により実現され、カルタゴは紀元前一四六年「一木一草も残らない」廃墟と化した。

（3）シチリアを主舞台とした第一次ポエニ戦争中、ローマは初の艦隊建造から間もない前二五六年、アフリカ本土侵攻を企てた。執政官レグルス率いる遠征軍がヘルマエム岬に上陸、略奪をほしいままにしつつたちまちチュニスをも占領した。このときカルタゴを救ったのがスパルタ人傭兵部隊の隊長クサンティポス（第二章注27）の活躍だった。

（4）第一次ポエニ戦争終結時、カルタゴにローマが最初に要求した賠償金二千二百タレントがその後増額され、それが一千タレントだった。

とりわけカルタゴを憎んでいたのがチュニスだった。チュニスは自分より歴史の浅いこの大都市の繁栄が許せず、カルタゴの城壁の真ん前で、湖のほとりの泥のなかに猛毒の獣のようにうずくまり、その隆盛ぶりを見つめていた。相次ぐ流刑、虐殺、疫病にも耐えてきた。アガートクレスの大陸侵攻時[5]には、その息子アルカガトゥスの味方についた。不浄のものを食する種族もこのときはただちに武器を手にした[6]。

マトーたちの使者が発つ以前にもう、カルタゴの属州全土が歓喜に沸いた。共和国の役人や貴族の土地管理人は真っ先に浴場で絞め殺された。隠しておいた古い武器を穴蔵から取りだし、また鋤の鉄を鍛えて剣を造った。子供たちは戸口で投げ槍の刃を研ぎ、そして女たちは、首飾りも指輪も耳輪も何もかも、カルタゴを滅ぼすのに役立つものはすべて差しだした。誰もが貢献しようとした。村々では槍の束がトウモロコシの束のように山と積まれた。家畜や支援の金が続々と届けられた。そのおかげで、さっそくマトーは滞っていた傭兵への給金を支払うことができた。そうしようと言いだしたのはスペンディウスだったが、ともかくそれでマトーは傭兵軍の総大将シャリシム[7]に推したてられた。

その間にも援軍が続々と押しかけていた。まず現れたのは土着民、ついで地方の奴隷たちだった。黒人の隊商を襲って多くを捕らえ武器を持たせた。カルタゴに向かっていた商人たちも、より確かな利益を見込んで反乱軍に加わった。反カルタゴの集団が引きもきらず到着した。アクロポリスの丘から見ていると、傭兵軍はこうしてみるみる膨れあがっていった。

水道橋の上で神聖軍団の衛兵が歩哨に立ち、そのそばに、アスファルトが煮えたぎる青銅の大桶が並んでいた。その下の平地では、反乱者の大群が騒然とうごめいていた。おおぜいで群れてはいても、彼らは戦いの行方に自信があるわけではなかった。眼前の巨大なカルタゴの城壁が常に蛮人に与えるあの威圧感を、みなが感じていたの

(5)　ローマのレグルスに約五十年先立ち、シチリアの僭主アガートクレス(第四章注8)がアフリカ本土を侵攻したとき息子を二人伴っており、そのひとりアルカガトゥスは部下に殺されたという記述がディオドロス(第二章注26)にある。

(6)　フローベールの文はときに簡潔なあまりその意味が明確ではない。この文の源泉にあるのはおそらく、ガラマンテス人(第二章注15および第四章注5参照)に関するヘロドトス『歴史』の次の記述である。「(これらの種族より南の)猛獣のうようよいる国にガラマンテス人が住んでいる。彼らは他のいかなる種族とも交わることを避け、また武器というものをまったく持たないのでわが身を守るすべも知らない」(Ⅳ—174)。ガラマンテス人と同様の習俗をもち、カルタゴの海岸の崖に住みついていたこの〝不浄のものを食する種族〟は、このとき「ただちに武器を手に」してアルカガトゥスの味方についたのであろう。

(7)　総大将の同格語としてフローベールが用いたこのヘブライ語は、小説出版直後の「サラムボー論争」で、これが複数形であるという考古学者フレーナーの批判を招いた。

だ。

ウッティカ[8]とヒポ＝ザリトゥス[9]は同盟を拒んだ。カルタゴと同様、フェニキアの植民市だったこの二つの町は自治を守りとおし、カルタゴが他国と条約を結ぶ際には、自らをカルタゴとは区別する条項を入れることを常に認めさせてきていた。が、それでもなお、強大になったこの妹を自分たちの保護者として敬い続けてはいたのだ。蛮人がいくら群れてもカルタゴを打ち負かせるわけがない。反対に殲滅されるだろう。だから、ここは中立を保ってじっとしていよう、という魂胆だった。

しかし、その位置から言って、この二つの町の協力はカルタゴ攻略にはどうしても必要だった。ウッティカは湾の奥にあり、外部からの支援を容易にカルタゴに送りこめた。またもしウッティカが陥ちたとしても、その先六時間ほどの海沿いにあるヒポ＝ザリトゥスがすぐに補給基地としての代役を務め、カルタゴの難攻不落は揺るがないだろう。

スペンディウスはすぐにカルタゴ攻城にかかろうと言ったが、ナルハヴァスが反対した。まずは前線の砦《とりで》を片づけるべきだ。それはまた古参の兵たちの意見でもあり、マトーも同調した。そこで、スペンディウスがウッティカを、マトーはヒポ＝ザリトゥスを攻めることになった。チュニスを根城にしてカルタゴの平野を占拠する第三の部隊を率いるのはオータリート。ナルハヴァスは？　自分は象を連れてくるために、騎馬隊とともに国に戻らなければならない。

　こう決まると女たちがひどく騒ぎたてた。カルタゴ貴婦人の宝飾品をすぐにも身につけたかったのだ。リビア人の不満も大きかった。カルタゴと戦うと言って集めておきながら、みんなよそへ行ってしまうのか！　それで、ほぼ傭兵だけで二つの町に向かった。マトーの指揮下には、もともとの部下の他にイベリア人、ルシタニア人、そして西方の国や島々の兵士がついた。ギリシャ語を話す者はみな、その才気と頭のよさを頼んでスペンディウスの傘下に入った。

　傭兵軍が突然動き出すのを見たときのカルタゴの驚きは大きかった。やがてその隊列は長く伸びて、アリアナ山[10]の海寄りの麓の道をウッティカの方へ遠ざかっていった。チュニスの前に一部隊を残し、ほかはこうして姿を消した。それは湾の向こう端の森の外れに再び現れたが、すぐに森の中に入って見えなくなった。

　その勢力はおよそ八万。二つのフェニキアの町はとても抵抗できまい。傭兵軍はい

（8）第一章注36。
（9）第四章注11。
（10）カルタゴの西十二キロメートルほどにある丘陵。

ずれ戻ってきてカルタゴを襲う。すでにかなりの大部隊が地峡の根もとの平地を占拠し、攻撃を仕掛けてきているのだ。遠からずこの国は飢えて滅ぶだろう。ローマと違いここでは市民に税を課しておらず、それでは地方の補助なしで生き延びるすべはない。カルタゴは政治の才を欠いていた。パンの心配、利の追求に明け暮れるあまりに、より高い志が与える、あの先を見通す慎重さを持ち得なかった。リビアの海辺に錨を下ろしたガレー船カルタゴは、あくせく働いて必死にそこにしがみついていた。が、うなりをあげて押し寄せる大波のように多くの国が周りをとり巻き、この恐るべき船は、どんな小さな嵐にも大きく揺さぶられるのだった。

ローマとの戦争と、その後の傭兵たちの不当な要求に強いられた濫費によって、国庫は底をついていた。それでもあらたに兵を傭わないわけにはいかない。だがカルタゴの信用は地に堕ちていた。つい最近もプトレマイオス(11)に二千タレントの支援を拒まれたばかりだ。その上、タニットのヴェールを奪われたことが人々を意気消沈させていた。スペンディウスの思惑どおりだった。

しかしカルタゴ人は、憎悪に囲まれているのを感じて、残った金とそして神々をいっそう強く胸に抱きしめた。その愛国心は、じつはこの国の政治体制そのものによって育まれていたのである。

第一に、権力は、誰もこれを占有するほど飛び抜けて強くなることのないように、支配者集団の全員に属するものとされていた。個人の負債は国の負債とみなされた(12)。カナン人が商業活動と通商を独占しており、海賊行為の収益を暴利で殖やし、奴隷と貧民に土地を開かせ彼らから毟《むし》りとることによって、カナン人なら誰にでも富に達する機会があった。そして富は、富だけが、国のあらゆる要職への道を開いた。権力と富は、いくつかの同じ家門が代々引き継いできていたが、この寡頭支配は、誰もがそこに到達する望みをもてるがゆえに容認されていた。

立法の権限を持つある商人の団体(13)が財務監督官を選んだ。この監督官がそれぞれ任期の終りに「最高議会」の百人のメンバーを指名した(14)。そしてこの「最高議会」自体

(11)　アレクサンドロス大王麾下の部将のひとりがエジプトに創始したプトレマイオス朝のプトレマイオス二世。紀元二世紀アレクサンドリア生れのローマの歴史家アッピアノス『ローマ史』に、第一次ポエニ戦争末期、カルタゴからの二千タレント借入の要請を、親ローマのこの王は拒絶したという記述がある。後の女王クレオパトラはこの王朝の末裔。

(12)　これより以下三つの段落の記述は「説明の章」(第一章注3)の文章をおおむね踏襲している。そこではこの文は「外地で仕入れた品の代金は国の負債とみなされた」となっている。

(13)　次段落のシシート会。既出、第一章注18。

(14)　「指名した」の原語は nommer だが、実際には財務監督官が任期修了後、最高議会の百人(「説明の章」では百四人)のメンバーに欠員がある場合にその補充メンバーとなったと考えられる。

はまた、すべての金持《リッシュ》ちの総会である「大議会」に従属していた。二人の統領は、これは王政の名残であってローマの執政官《コンスル》ほどの権限はなく、異なる二つの家からひとりずつ同じ日に選ばれた。そして選んだあとは、ことあるごとに二人が憎み合い、互いに力を削ぎ合うようにみなが心を砕いた。戦時の軍事的な審議の場からは排除された。が、戦争で負けると、「最高議会」は彼ら統領を十字架にかけた。

こうして、カルタゴの力はひとえにシシート会、すなわちマルカ地区中央の大きな中庭から発していた。言い伝えによると、このアフリカの地に初めてフェニキアの船乗りが上陸した、まさにその場所である。以来、海岸線は大きく後退したのだ。そこに、隅に石材を用いたほかは椰子の丸太を組んだだけの、古風な様式の小さな建物がたくさん集まっていた。様々な団体が個別に会合をもてるように、それぞれが離ればなれの独立した部屋になっていた。金持ち連はここに詰めかけ、終日ここで、自分たちの利益から政府の利益まで、胡椒の調達からローマ撃滅の作戦にいたる、あらゆる問題を論議するのだ。月に三度、彼らは中庭の壁の上に設けた高いテラスに寝台を運ばせた。町なかから仰ぐと、彼らがその高みで食事をするさまが見えた。半長靴もマントも脱いでいる。いくつもダイヤモンドをはめた指が肉の上に伸び、大きな耳輪が取っ手つきの壺の間に垂れて揺れる。頑健で太った半裸の体を横たえ、満ち足りた様子で笑いさざめきながら青空の中で食事をとるその姿は、まるで海で飛び跳ねる鮫《さめ》の群のようだった。

しかしこの度は彼らも不安を隠せず、顔面は蒼白だった。人々は出口で待ちうけ、館へ戻る彼らについて歩いてなんとか新しい情報を聞きだそうとした。ペストのときのように、どの家も堅く門を閉ざしていた。通りは人で溢れたかと思うと急に空になった。人の群がアクロポリスの丘をのぼり、また港へ駆けおりた。議会は連夜、論議を重ねた。とうとうカーモン広場に市民が集められ、(15)そこでヘカトンピロスで勝利を収めたハンノー(16)に、一切を委ねることが決した。

これは、信心深く、狡猾で、アフリカ土着民には情け容赦のない、カルタゴ人の見本のような男だった。その財力はバルカ家のそれと肩を並べ、そして国の統治、行政にかけては誰よりも経験豊かだった。

彼は健常なすべての市民の動員を発令し、城壁の塔に投石器を据え、途方もなく大量の武器の準備を要求し、さらには、必要でもないガレー船十四隻の建造を命じた。そしてすべてを記録し、こと細かに書き残すよう求めた。兵器廠、灯台、神殿の宝物

(15)　民会の招集である。
(16)　第二章注25、26。

庫を、輿に乗って次々と視察した。毎日、その大きな輿がアクロポリスの階段を、一段一段、大きく揺れながらのぼっていくさまが見られた。自分の館では、夜は眠れぬまま、戦いに備え、恐ろしい声で号令を怒鳴っていた。

恐怖のあまりにみなが勇みたっていた。金持ち連は、一番鶏の声と同時にマッパールの道に整列し、長衣の裾をからげて槍の稽古をした。しかし、教官もいないのですぐに口論になった。息が切れると辺りの墓(17)に腰を下ろして休み、そしてまた槍の練習に戻った。何人もが食養生を始めた。力をつけるにはたくさん食べるにかぎると、やたらと腹に詰めこむ者もいたが、多くは肥満が訓練の邪魔になって、なんとしても痩せようと絶食に励んだ。

ウッティカはもう何度も救援を求めてきていた。しかしハンノーは、兵器にねじ釘がひとつでも欠けているうちは頑として動こうとしなかった。例の城壁の檻にいる百十二頭の象の装備を整えるのに、さらに三カ月を費やした。それはあのレグルスのローマ軍を打ち破った象たちで、カルタゴではみんなに大切にされていた。この長年の戦友にはどんなによくしてやってもし過ぎることはないと、ハンノーは象たちの胸当ての青銅板を鋳直させ、牙に金泥を塗り、櫓《やぐら》(18)を大きくし、重い房飾りのついた飾り鎧を最上等の緋の布で仕立てさせた。その果てに、象の御者は当時はインド人と呼ばれていたものだから（おそらく戦象の御者はもともとインド人の象使いを雇っていたからだろうが）、彼は御者はすべてインド風の装いをすべしと命じた。つまり、額に白いブールレ[19]を巻き、ビスス亜麻[20]製のトランクスを履くのであるが、この短いパンツには横ひだがあって、そのため腰に二枚の貝殻が張りついているように見えたものだ。

オータリートの軍勢がチュニスの前に陣取っていた。湖の泥を盛り上げて壁を築き、頂きに棘だらけの柴を置いて、その後ろに隠れていた。この防壁のあちこちに、黒人たちは先端に恐ろしげな顔を取りつけた長い棒を突き刺してあった。鳥の羽根で作った人面や、ジャッカルや蛇の頭が大きな口を開けていて、それで敵を怖じ気づかせようというのである。これで備えは磐石、自分たちは無敵で、カルタゴは遠からず滅びるに違いない、と蛮人たちは浮かれ踊り、剣闘士のまねをして闘い、軽業をして見せていた。敵将がハンノーのような男でなかったならば、家畜や女たちもがともにひしめくこの烏合の衆をやすやすと撃滅できただろう。それに、作戦行動というものをま

(17)「マッパールの道」は墓が並ぶ土地のなかを通る道である（第一章注33）。
(18) 象の背中に置き、象使い以外の三、四人の弓兵、槍兵を乗せる。
(19) 詰め物をしたドーナツ型の頭飾り。
(20) 古代エジプトの上質亜麻。

るで理解できない連中には演習のしようもなく、オータリートは気力も失せて、彼らにもう何も期待しなくなった。

青い大きな目をぎょろつかせて歩く彼に、兵士たちはたじたじと後ずさりして道を開けた。湖に着くと、彼はアザラシ皮のセイヨン[21]を脱ぎ、髪を結わえていた紐をほどいて、その赤毛の長髪を湖水に浸した。エリックスの神殿のあの二千人のガリア兵と一緒に、自分もローマ方に寝返ればよかった、と今さらながら悔やんだ[22]。

しばしば、真昼だというのに突然日が陰ることがあった。そんなときは湾も外海も、水面がまるで溶かした鉛のように不動、静止したように見えた。かと思うと、たちまち茶色い土ぼこりの雲が湧き上がって地面と垂直の幕のように広がり、やがてそれが渦を巻いて押し寄せてきた。椰子の木はたわみ、空は消え失せ、ただ馬の尻に打ち当たる石の音だけが聞こえた。憔悴と憂うつのあまり、オータリートは穴だらけのテントの布に口を押し当てて喘いだ。秋の朝の牧草地の匂い、舞いおりるぼたん雪、霧のなかに隠れて見えない野牛の鳴き声が懐かしかった。目を閉じると、木造りの細長い小屋、藁葺きの家々から洩れる灯火《ともしび》が、森の奥の沼地の上で揺らめくさまが瞼の裏にはっきり浮かぶように思った。

ガリア人のほかにも祖国を懐かしむ者たちがいた。その祖国はしかしそれほど遠くではなかった。傭兵の虜囚となったカルタゴ人には、湾の向こうに目をやれば、ビルサの斜面の自宅の中庭に張った天幕が見えた。しかし見張りの兵が絶えず歩きまわっていた。全員がひとつの鎖につながれ、めいめい鉄の首かせを嵌められたその姿を、みなが飽きもせずに眺めにくるのだった。女たちは子供を引き連れてきて、立派で美しかった彼らの服が今ではぼろ切れとなって、痩せ細った手足の上に垂れているさまを見せた。

オータリートはいつもジスコーをまじまじと見つめた。そのたびに、サラムボーの庭で受けた辱めを思い出して怒りに震えた。ナルハヴァスに強《し》いられた約束さえなかったなら殺してやるのに！　そこでテントに戻って、大麦で作ったクミン入りの酒を気を失うまで飲み続け、翌日もう日が高くなったころに、恐ろしい喉の渇きで目覚めるのだった。

一方、マトーはヒポ＝ザリトゥスを包囲していた。

(21)　古代ガリア戦士の厚手のマント、軍用衣。

(22)　第一次ポエニ戦争末期、エリックス(第一章注2)のハミルカル軍中のガリア人傭兵部隊が、町を包囲していたローマ軍に大挙して寝返り、またやはりガリア人部隊が、エリックス山にあったウェヌスの神殿で略奪を働いたという記述がポリュビオス(『歴史』I―77、II―7)にある。

海とつながった湖が町の自然の防御をなしていた。三重の囲いを巡らし、さらに町を見おろす高みにはぐるりと壁が築いてあり、その上にはいくつもの塔があった。このような攻囲戦の指揮をとるのは、彼はこれが初めてだった。それにサラムボーのことが一時も頭から離れず、彼女のあの輝くばかりの美しさを思う悦びに浸って、まるで夢見心地で生きていたが、その悦びには恍惚たる復讐の快感が混じっていて、それが自尊心を掻きたてさらに彼を興奮させるのだった。とにかく彼女に会いたい。それは激しく、うずくような絶えざる欲求だった。カルタゴに入りこめさえすれば彼女にたどり着けるのではないかと思い、みずから和平交渉の軍使にたつことをすら夢想した。彼はしばしば突撃ラッパを吹かせた。そして真っ先にひとり身をおどらせ、海の中に造りかけの突堤の上を駆けぬけた。手で石をはがし、手当たり次第に押し倒し打ち据え、至るところに剣を突き刺した。部下たちが遅れてわらわらと駆けつけた。城壁にかけた梯子が大音響とともに崩れ、多数の男たちが一度に海にのまれた。あとは血潮に染まった波が城壁に押し寄せるだけだった。こうして騒擾は鎮まり、兵士たちは再度の攻撃を期して引きあげていった。

マトーは陣地の外れに行って座った。血しぶきを浴びた顔を腕でぬぐい、そしてカルタゴの方を向いて遥かな地平を見つめた。

目の前には、オリーヴや椰子、銀梅花やプラタナスの林に囲まれて大きなふたつの潟湖が広がり、それはさらに、輪郭も定かには分からないほど大きな湖とつながっていた。山がひとつ、その先にまた山々が遥かに続いていた。大きな湖の真ん中に、高いピラミッド形の真っ黒な島があった[23]。左手の湾の外れでは、堆積した砂の山が凝固したブロンドの大波のように見え、一方、海はラピスラズリ[24]の舗石を敷きつめたように平らで、それがゆっくりと上っていっていつの間にか空と接していた。緑の平野の所どころに細長い黄色の板のように見える土地があった。いなご豆が珊瑚のボタンのように光り、エジプト無花果の梢から葡萄の若枝が垂れていた。静かな波の音が聞こえた。雲雀《ひばり》が冠羽《かんう》[25]をなびかせて飛び跳ね、そして、湖面を渡る風を吸いに藺草の間から頭を覗かせた亀の甲羅を、落ちかかる夕陽が金色に染めていた。

(23)　『旅の手帖』(第三章注2)において、現ビゼルト湖をスケッチした記述とほぼ同じである。なお、本訳で使用した『旅の手帖』の版は次のとおり。Claire-Marie Delavoye, *Carnet de voyage à Carthage*, Publications de l'Université de Rouen, 1999.

(24)　青または紫青色の鉱物、宝石。和名は瑠璃。なお、この海の描写は『旅の手帖』でカルタゴ近郊の海をスケッチした次の記述に近い。「砂州の山の間に言うに言われぬ唐突さで海が現れる。インディゴ(青色染料、藍)の板のような海。それで青い空は白っぽく見える。砂はブロンド色」。

(25)　鳥の頭の長い羽毛。前注の『旅の手帖』の記述は、(雲雀ではなく)「カモメたちが悠然と飛んでいる」と続く。

マトーは深いため息をついた。腹這いになって土に爪をたて、泣いた。自分がみじめで、ひ弱で、ぽつんとひとりきりだと感じた。とうてい彼女を自分のものになどできまい。町のひとつも陥とせないのだから。

夜はテントでひとりザインフを見つめた。神の世界に属するこのヴェールが何か自分の役に立つなどということがあるだろうかと、蛮人の頭に疑念が浮かんだ。しかしまた、女神タニットの衣はサラムボーのものでもあると思えて、彼女の魂の一部がほのかな息吹のようにそこに漂っているような気がするのだった。彼はヴェールに手を這わせ、匂いを嗅ぎ、顔を埋め、すすり泣きながら口づけした。それを広げて肩から羽織った。彼女の体でわが身を包んでいるつもりだった。

時おり、彼はいきなりテントを飛び出し、マントにくるまって眠る兵士たちの体を跨ぎ、馬に飛び乗った。そして二時間後にはウッティカのスペンディウスのテントにいた。

まずは攻囲戦の状況から話し始めた。しかし彼が来たのはただ、サラムボーのことを聞いてもらって苦しみを紛らすためだった。その彼に、スペンディウスは思慮分別を説くのだった。

「そんなくだらない想いはあなたを貶《おとし》めるだけです。心のなかから追い払うんです！　以前は人の命令に従っていればよかったかも知れないが、今やあなたは一軍の大将ですよ。もしカルタゴを征服できなかったとしても、属州のいくつかぐらいは手に入れられるはずだ。そうすればわれわれは王になれます！」

それにしても、ザインフを手に入れたのになぜ勝利が与えられないのだろう？　いや、効果が顕れるのはこれからだとスペンディウスが言った。

ヴェールの効験はカナン人にのみ関わるものだというのがマトーの考えだった。そして蛮人なりの論理を巡らして「だから、ザインフは俺には何ももたらさないが、それを失った彼らにも何ももたらすことはないだろう」と考えた。

だが、ひとつ気になることがあった。彼はリビア人の神アプトゥクノス(26)を崇めていたので、それがモロック神の怒りを買わないかと恐れていたのである。そこで彼はおずおずとスペンディウスにこう問いかけた。もし人間ひとりを犠牲《いけにえ》に捧げるとしたらどちらの神にすべきだろう？

「また犠牲の話か。どんどん捧げればいいでしょう！」とスペンディウスはあざ笑った。

(26)　フローベールがフレーナー(注7)への反駁書簡で、ある地理学者の著書から採ったことを明かしているリビアの神の名であるが、アプトゥクノスはおそらくアプトゥコスの誤り。

マトーにはこの無関心さがまるで理解できず、ひょっとするとこのギリシャ人には、秘密の守護霊でもついているのだろうかと思った。

傭兵軍にはあらゆる人種が集まっていたので、そこにはまたあらゆる信仰がそろっていた。しかしみな他種族の神々にも敬意を払った。どの神も同じように恐ろしかったからである。母国の宗教に異教の祭式を混ぜる者も多かった。星など崇めないと言っていた者も、ある星座が不吉もしくは吉兆だと聞くと捧げ物をするようになった。窮地にあった時たまたま見つけた未知の護符が神になった。あるいはそれはひとつの名、なんらかのものの名で、それがどういう意味なのか考えることもせずにただ繰り返し唱えるのだった。しかし多くの者は、幾多の神殿で略奪をはたらき、あまりに多くの国で殺戮のかぎりを目にしてきたために、もはや運命と死をしか信じないようになっていて、夜は穏やかに眠りについた。何ごとにも動じない猛獣の平静さだった。スペンディウスはオリンポスの大神ゼウスの像にも平気で唾を吐きかけただろう。が一方で、彼は暗闇の中で声高に話すことをひどく恐れ、また毎日、靴を履くのは必ず右足からだった。

彼はウッティカの正面に大きな長方形の土塁を築いていた。しかし土塁を高くするにつれて敵の防壁も高くなった。いくら壁を崩しても、敵はすぐに築き直した。埒《らち》があかず、兵力の温存をはかって彼は部下たちを休ませ、頭の中で策を巡らした。かつて各地を経めぐっていた時に耳にした作戦、奇略を思い出そうと努めた。それにしても、ナルハヴァスはどうして戻ってこないのだろう。みなが不安を募らせていた。

ハンノーはようやく戦争の準備を終えていた。ある月のない夜、彼の軍隊と戦象は筏でカルタゴの湾を渡った。その後は、オータリートの部隊を避けて大きく温泉山を迂回しウッティカを目指したが、しかしその動きはまことに緩慢で、そのため、早朝に蛮人部隊の寝込みを襲うというハンノーの目論見どおりにはいかず、着いたのはようやく三日目の昼だった。

ウッティカの東には大きなカルタゴの潟湖にまで広がる平野があった。低い二つの山あいの谷が、この平野に直角に注ぐ川のように向こうから伸びてきていた。蛮人の陣地は、港を封鎖してこの谷の左の先にあった。彼らはテントで眠っていた(この日は双方とも戦いに疲れて休んでいたのだ)。とそこへ、その二つの山の陰からカルタゴの軍隊が現れた。

投石具を持って両翼に散らばった従卒隊にはさまれて、先頭に立っているのは神聖軍団だった。金《きん》のうろこで覆われた甲冑を着て、跨がる大きな馬には、たてがみも毛も耳もなく、額には犀《さい》に似せるために銀の角《つの》をつけてあった。この騎馬部隊に囲まれて、小さな兜をかぶった若者たちがそれぞれの手に一本ずつトネリコの投げ槍を握って進んでいた。その後ろに、長い槍を持つ重装歩兵部隊が続いた。重装歩兵すなわち、でき得るかぎりたくさんの武器を身につけたカルタゴ商人の一隊である。槍のほかに斧と棍棒それに剣を二本も持っている者がいるかと思うと、ある者は小型の投げ槍を全身にくくりつけてヤマアラシさながら、その両腕が動物の角や鉄の板で造った鎧から突き出ていた。最後は城攻め用大型機械のオンパレードだった。バリスタが、オナガー、カタパルト、スコーピオン㉗が、騾馬に曳かれた荷車や横に四頭並んだ牛が曳く二輪の台車の上で揺れていた。こうして軍隊が展開するにつれ、隊長たちは右に左に息を切らして走りまわって号令をかけ、隊列を寄せたり離したりしていた。百人議会の議員たちも指揮をとっていたが、彼らが着ている緋色のマント㉘から素晴らしく大きな房飾りが垂れて半長靴の革紐にからみつき、上に神像を取りつけたやけに大きな兜の下で、朱を塗りたくった顔が光っていた。そして彼らの持つ楯には、宝石をちりばめた象牙の縁取りがしてあって、見ているとまるで青銅の壁面をたくさんの太陽が動いていくようだった。

　カルタゴ軍の行動はあまりに鈍重だったので、傭兵たちはからかって、座って少し休んだらどうだと呼びかけた。それから大声で喚きたてた。もうすぐ、おまえたちのその出っぱった腹の臓物を抜いてやるぞ！　皮膚の金粉をはたき落とし、それから鉄を飲ませてやるからな！

スペンディウスのテントの前に立つ柱の上に、緑の布きれが翻った。それが突撃の合図だった。カルタゴ側もラッパや驢馬の骨の笛を吹き、シンバルやチンパノン(29)を打ち鳴らしてそれに応じた。蛮人たちは陣地の囲いの柵を飛び越えた。両軍は投げ槍の届く距離で向かい合った。

バレアル人投石手がひとり、一歩前に出て、革紐の上に粘土の弾丸を据え、腕を振

(27)　すべて古代の攻城用投擲《とうてき》兵器。バリスタは弦を引き絞って石や矢弾を打ち出す据え置き式の大型投石器、弩《ど》砲《ほう》(これに対し、この段落冒頭の「投石具」は歩兵が片手で振り回す紐状の投石道具)。カタパルトは木材や動物の腱などの弾力と、てこの原理を利用して石を飛ばし、オナガー(野生驢馬)はこれを改良して威力を増したもの。スコーピオン(蠍《さそり》)はこれを小型化した狙撃用の武器。作者は、聞き慣れない、おどろおどろしい古代兵器の名前を羅列して面白がっている。

(28)　原語は casque. ベルレットル版が注で、明らかな casque(兜)の誤植として以来、多くの版がそれを踏襲している。しかしそれでは直後に「やけに大きな兜の……」と「兜」が繰り返されることになり、フローベールの文章ではほぼあり得ないことである。ここはプレイヤッド版(およびＣＨＨ版)が正しく、casque つまり、甲冑代わりに、あるいは甲冑の上に着る軍用マントと思われる。

(29)　鼓《つづみ》に似た古代ギリシャの楽器。

り回した。象牙の楯(30)がひとつ砕け散った。白兵戦が始まった。

ギリシャ隊は槍の先を敵の馬の鼻に突き刺した。すると馬は、ころげ落ちたカルタゴ兵の上に折り重なって倒れた。カルタゴの奴隷たちは投石兵のはずだったが、握った石が大きすぎて敵まで届かなかった。歩兵隊は長剣を振り回して戦い、右翼を無防備にさらしていた。蛮人たちはそこに切りこみ、剣で存分に彼らの喉を掻っ切った。地面はたちまち瀕死の歩兵と死体で埋まり、跳ねかかる血しぶきで目がふさがった彼らは、倒れたカルタゴ人の体を踏みつけ、つまずいた。大量の槍と兜と鎧と剣、そこに人間の手足が混ざり、旋回するその巨大な塊は、膨らんだかと思うとまたゴムのように収縮した。カルタゴ軍の分断は進み、あの自慢の大型機械は台車が砂に埋もれて動くこともできなかった。そしてとうとう、統領ハンノーの輿(クリスタルの飾りが垂れるあの大きな輿である)、最初から波間の小舟のように兵士の群の中で揺れていたその輿が、突然沈んで見えなくなった。きっと死んだのだろう。残ったのは蛮人たちだけだった。

舞い上がった土ぼこりがおさまっていき、兵士たちは凱歌をあげ始めていた。とそこへ、象に乗ってハンノーその人が姿を現した。後ろから黒人がさしかけるビスス亜麻の日覆いの下で、頭には何もかぶっていない。黒いチュニカの花模様の上で首飾りの青い小板が揺れ、両腕にはダイヤモンドの輪が幾重にも巻いてあった。大きく口をあけ、彼は長い槍を、先が蓮の花のように開いて鏡のようにきらきら光る、途方もなく長い槍を振りかざしていた。大地が揺れた。横一列に並んだカルタゴの戦象が一斉に突進してきた。牙に金泥を、耳は青く塗り、青銅の板で脇腹を覆い、深紅の飾り鎧を着た象の背では、革を張った櫓(31)の中でそれぞれ三名の弓兵が大きな弓を構えていた。

傭兵たちはほとんど武器も手にしておらず、隊列も組んでいなかった。突然の恐怖に彼らは凍りつき、一瞬、身動きもできないでいた。

ここぞとばかり、櫓の上から矢や投げ槍、火矢、鉛の弾が雨あられと降り注いだ。何人かそこまでのぼろうとして象の鎧の房飾りにしがみついたが、上からその両腕を短剣で払われ、下から突き出している剣の上に仰向けに落ちていった。硬い象皮に槍もまるで歯が立たず、戦象の群は密集した傭兵軍のなかを、まるで草むらを突進する猪《いのしし》のように進んだ。囲いの杭を鼻で引き抜き、胸から体当たりしてテントをひっくり返しながら陣地を通り抜けた。蛮人たちはみな散り散りに逃げ、カルタゴ軍が出現したあの谷をはさむ小山に入りこんで隠れた。

(30)　三段落前の、象牙の縁取りをしたカルタゴ軍指揮官の楯。
(31)　注18。

ハンノーは意気揚々、ウッティカの城門の前に現れ、ラッパを高々と吹かせた。城壁の塔の矢狭間に、町の判官が三人、顔を覗かせた。

これほど重装備の客人たちを城内に入れるのはなんとも憚《はばか》られると彼らは言った。ハンノーはいきり立った。結局彼らは折れて、ハンノーだけをわずかな供回りの者とともに受け入れた。

町なかの道は狭すぎるので、象は城外に残しておくしかなかった。

統領が町に入るとすぐ町の重鎮が表敬に訪れた。彼はさっそく浴場に案内させ、自分の料理人たちを呼んだ。

三時間後、彼はまだシナモン油で満たした浴槽につかっていた。入浴しながら食事をしていた。広げた牛の皮の上でそのとき彼が食べていたのは、蜜をかけた芥子《けし》の種をそえたフラミンゴの舌。傍らに黄色い長衣を着たギリシャ人侍医がじっとひかえていて、時おり蒸し風呂の釜の火をかき立てさせ、また若い男が二人、浴槽の踏み段の上で身をかがめて彼の両脚をさすっていた。しかし、こうした病気のケアと体の手入れの最中もその祖国愛と公務への献身はやむことを知らず、彼は口述で議会宛の手紙を書き取らせていた。そして、この度の戦闘で捕虜にした蛮人について報告するくだりで、彼はふと、どんな恐ろしい罰をくだしてやったものかと案を巡らした。

「そこで止めろ」と彼は、立ったまま手の平の上で書いていた奴隷に言った。「やつらを連れてこい！　見てみたい」

白い湯気が立ちこめ、所どころに松明の火が赤い斑点をなしている浴室の奥に、追いたてられてサムニウム人、スパルタ人そしてカッパドキア人、三人の蛮人が現れた。

「続けろ」ハンノーが言った。

「喜ばれるがよい、バールの光よ！(32)　統領は飢えた貪婪な犬どもを撃滅しましたぞ！　共和国に祝福を！　神殿に感謝の祈禱を命じられよ！」ここで彼は捕虜たちに気づいて大笑いし始めた。「わっはっは！　シッカの勇者たちではないか！　どうした？　きょうはあの時ほど意気が上がらないようじゃないか。わしじゃよ、分からないのか？　剣はどこにやったのだ？　ああ、恐ろしい！」と、彼は本当に彼らが怖いかのように身を隠す仕草をした。「貴様らは馬を、女を、土地を欲しがっておった

(32)　lumière des Baals が原語。バールは古代セム族の神を指す言葉で、小説『サラムボー』でカルタゴ人が自らの神を謂うときの言葉は（モロックやラベット、メルカルトなど個々の固有名詞を除いて）ほぼ常にこのバールである。セム語の複数形は baalim であるが、作家は baals も多用し、両者間に特に意味の違いを設けているようには思われない。また「バールの光」は議員たちへの呼びかけの言葉と思われるが、もしそうならば、そうであることが明らかな次章末尾のハミルカルの科白（Lumières des Baalim）と同様 lumière には複数の s が必要である。

な。官職や聖職をすら要求するつもりだった！　そうだろう、違うか？　いいとも、与えてやろうではないか、土地を、埋まって二度と出てこられないほどの土くれをな！　夫婦にしてやるぞ、真新しいはりつけ柱とな！　給金だと？　そんなものは鉛の塊にして口の中で溶かしてやる！　それから、よい地位につけてやろう。高い雲の中、空を舞う鷲のそばにな！」

ぼうぼうと髪を伸ばしぼろをまとった三人の蛮人は、何を言われているのか分からずただ彼を見ていた。膝に怪我を負ったところを、方々から綱を投げかけられて彼らは捕らえられたのだった。両手に巻きついた大きな鎖が垂れ、端が床石の上を引きずっていた。彼らが平然としているように見えてハンノーは腹を立てた。

「ひざまずけ！　ひざまずけと言うに！　ジャッカルめ！　くず！　ダニめら！　糞野郎！　おや、まだ何も言わんか。分かった。黙っておるがよい！　生かしたままこやつらの皮をはげ！　いや待て、それはまたあとだ！」

彼は目をぐりぐり回し河馬《かば》のようにはあはあ息をしていた。その巨体から香油が滲み出してうろこのような皮膚のかさぶたに張りつき、松明の灯がそれを照らして、体はばら色に見えた。

彼は口述を再開した。

「四日間というもの、わが軍は焼けつく太陽に苦しめられた。マカール(33)渡河の際には多くの騾馬が失われた。しかし状況われわれに利さずといえど、わが軍は敢然と……ああ、デモナデス(34)！　ひどく痛むぞ！　煉瓦を焼かせろ、真っ赤になるまで！」

釜の火をかき立てる火かき棒の音が響き、大きな香炉からもくもくと濃い煙が立ちのぼった。その裸の体からスポンジのように汗を噴きださせている二人のマッサージ師が、統領の体の節ぶしに、小麦粉と硫黄、黒ワイン、雌犬の乳、没薬とガルバヌム(35)、それにバルサム樹脂を混ぜた練り薬を擦りこんでいた。彼は絶えざる喉の渇きに苦しんでいたが、黄色い長衣の男はその訴えに耳を貸さず、蝮のブイヨンが湯気をたてている皿を彼に差しだして言った。

「お飲みさい！　蛇は太陽の子。その力を体じゅうの骨の髄に滲みこませ、活力と英気が得られますように、おお、神々の光よ(36)！　エシュムーンの神官が、大犬座周辺の星々の観察を続けていることはご存じでしょう。あなたのその病気はそこの禍々《まがまが》し

(33)　カルタゴの北西十五キロメートルほどでチュニス湾に注ぐ河。現メジェルダ河。
(34)　Démon(悪魔)と Hadès(冥府の王)を組み合わせた、ハンノーの侍医の名。
(35)　第二章注21。
(36)　「バールの光」あるいは「バールの目」と同様の、カルタゴの権威者に対する尊称。ただしこの医者はカルタゴ人ではないので「神々」の原語は Baals ではなく Dieux である。

くも無慈悲な星々で生れます。その星々の光がこのところ薄れているとのこと。あなたの皮膚の斑紋も同じです。大丈夫、あなたは助かります」

「おお、そうとも！　そうだよな、わしは助かる！」と統領は繰り返した。だがその紫色の唇の間から出る息は、死体の腐臭にもまさる強烈な悪臭を発し、眉毛を失ったその両目は二つの燃える炭火のよう。ごわごわした皮膚の塊が垂れて額を覆い、両耳は顔から離れてどんどん大きくなっているようだった。深い皺が両の鼻孔の周りで二つの半円を描き、それが奇怪で恐ろしい、何か野獣のような相貌を彼に与えていた。声も変性してライオンの唸り声に近かった。その声で彼は言った。

「まったく、そのとおりかも知れんな、デモナデス。たくさん口を開いていた腫瘍がふさがってきた。体は頑健そのものだ。ほら、見るがいい、この健啖ぶりを！」

そして、実際に大食いではあったがそれ以上にその食欲を誇示したい思いから、そして自分が丈夫であると自分に言い聞かせるために、彼はまずチーズとハナハッカの詰め物に手をつけ、ついで骨抜きした魚と南瓜《かぼちゃ》と牡蠣《かき》を、卵やワサビ、トリュフとともに、それから小鳥の肉の串焼きを次々と平らげていった。捕虜を見ながら、こやつらにどんな責め苦を与えてやろうかと思いを巡らすのが何より楽しかった。が、ふとシッカでの屈辱が思い出され、いつも耐えている苦痛への憤激がすべて、この三人の男たちへの罵りとなって噴き出した。

「ああ、裏切り者め！　ああ、人でなし！　恥知らず！　罰当たりめ！　その貴様らが、わしを侮辱しおったな、このわしを！　統領を！　やつらの働き、功績だと？　やつらの血の代償だと？　よく言ったもんだ。おお、そうだ！　やつらの血、やつらの血だ！」ここからは独り言になった。「みんな殺してやる！　ただの一人も奴隷に売りなどするものか！　まずはカルタゴに引き連れていった方がよかろうな。大喝采を受けるじゃろうて……しかし持ってきた鎖が足らんかも知れんな。おい、書け。お届けいただきたい……捕虜は全部で何人だ？　ムトゥンバル(37)に確かめさせろ！　えーい、情け無用だ！　やつらの両手を切って籠に入れて持ってこい！　数えてやる！」

このハンノーの声と、彼の周りに次々と料理の皿が置かれる音を圧して、唸り声のような、それでいて高い、奇妙な叫びが浴室に届いてきていた。その音はますます高まり、そして突然、けたたましい象の声が響き渡った。まるで戦闘が再び始まったかのようだった。大きな喧騒がウッティカの町を包んでいた。

カルタゴ軍は、逃げまどう蛮人たちを追撃しようとはまったくしなかったのだ。そして、多くの荷物と従僕たち、いつもの王侯然とした豪勢なお付きの一行とともに町

(37)　ムトゥンバルはカルタゴの広場の名でもあった（第五章注11）。

の城壁の下に陣をしき、真珠の縁取りのある立派なテントの中で戦勝を祝っていた。傭兵軍陣地は今や野原に残る瓦礫の堆積でしかなかった。しかし、山に逃れたスペンディウスは戦闘意欲をとり戻していた。彼はザルクサスをマトーへの使者に出し、森を走りまわって自軍の兵士たちを再び結集させた(人的損害はさほど大きくはなかった)。そして、ろくに戦いもせずに負けた屈辱に燃えながら戦列を組み直していたとき、部下のひとりがどこからか石油の詰まった桶を見つけてきた。おそらくカルタゴ軍がうち捨てていったものだろう。スペンディウスは即座に近隣の農家から豚を狩り集めてこさせた。そしてその豚たちに瀝青《チャン》を塗りたくって火をつけ、ウッティカへと追いたてた。

火を怖がって象たちは逃げだした。土地はのぼり坂になっていて、そこへ傭兵たちは投げ槍を雨あられと降らしたので、象たちはいっせいに後ろに引き返していった。こうして彼らは、牙でカルタゴ兵の腹をえぐり、足でぺしゃんこに押しつぶしたのだった。その背後から傭兵軍が小山を駆けおりてきた。カルタゴ軍陣地には塹壕の備えもなく、その最初の突撃で蹂躙されて、残ったカルタゴ人は城門に追い詰められ殺された。傭兵を恐れて町は城門を開こうとしなかったのである。

日が昇っていた。西の方にマトーの歩兵部隊が到着した。同時に騎兵の一隊も現れた。ナルハヴァス率いるヌミディアの騎兵部隊だった。谷も茂みも飛び越えて、騎兵の群は兎を追う猟犬のように敗走するカルタゴ兵を追い散らした。この思わぬ運命の変転に、統領ハンノーはぴたりと口を閉ざした。それから大声で叫んだ。「風呂は終りだ。早くここから出せ!」

依然として三人の捕虜が前に立っていた。ひとりの黒人が(戦闘のときに日覆いをさしかけていた男である)身をかがめ彼の耳もとで何かささやいた。

「なんだと? そうか」統領はゆっくりと答え、そしてあっさり言い放った。「殺せ!」

エチオピア人は腰帯から長めの短剣を抜いた。首が三つ転がり落ちた。そのうちのひとつが、統領の豪勢な食事の残骸の間を跳ねて浴槽の中に飛びこみ、口をあけ、かっと目を見開いてしばらく浮かんでいた。朝の光が壁の割れ目から射しこんでいた。うつ伏せの、首のない三つの体から、血が泉のようにどくどくと噴き出し、青い砂をまいたモザイクの床に広がった。統領はその熱い血潮に片手を浸し、それを両膝に擦りつけた。それも治療のひとつだった。

夜になって、彼は護衛とともに町を抜け出し、自分の軍勢を求めて山に入った。ようやく見つけたのはその残滓、わずかな残存者だった。

四日後、彼はゴルザ[38]の山間の隘路を見下ろす崖の上にいた。そのとき、スペンディウスの部隊が下を通りかかった。槍の二十本ほどもその隊列の前線に投げつければ、容易に前進を阻めたであろう。しかしカルタゴ軍は呆然とその行軍を見送るだけだった。その最後尾に、ハンノーはヌミディア王の姿を認めた。ナルハヴァスは頭を下げて彼に挨拶しつつ何かの合図を送ってきたが、その意味は彼には分からなかった。カルタゴへ帰り着くまでにはあらゆる恐怖を味わい尽くした。昼間はオリーヴの森にひそみ、夜だけ歩いた。宿営するたびに何人かが死んだ。何度も全滅を覚悟した。ようやくヘルマエム岬にたどり着き、そこで本国への帰還船に乗りこむことができたのだった。

ハンノーの疲労困憊と絶望はあまりに激しく――とくに戦象を失ったことが彼を打ちのめしていた――一挙にけりをつけようと、彼はデモナデスに毒を所望した。そうでなくても、彼はすでにはりつけ台の上にいる心地だったのだ[39]。

カルタゴには、しかし、この統領のふがいなさに憤慨する気力もなかった。この度の戦闘で失われたのは、銀四十万九百七十二シケル、金一万五千六百二十三シェケル、象十八頭、十四人の最高議会メンバー、三百人の大議会議員、八千人の市民と小麦三月分、そして厖大な兵站物資と大型攻城機械のすべて！　ナルハヴァスの裏切りは確実で、二つの町の包囲も再び始まり、そしてオータリートの軍勢は今はチュニスからラデス[40]にまで広がっていた。アクロポリスの丘から、平野の空に立ちのぼる煙が見えた。金持ち連の田舎の館が焼かれているのだった。

今や、共和国を救うことのできるのはただひとり、あの男しかいなかった。人々は彼の評価を誤ってきたことを悔い、対ローマ和平派すら、みなこぞって全燔祭を執り行なう決議で賛成票を投じた。ハミルカルの帰還を祈るためである。

ザインフを目にしてしまって以来、サラムボーは気が動転したままだった。夜は女神の足音が聞こえるように思い、そして恐怖の叫びをあげて目を覚ました。毎日神殿に供え物を届けさせ、ターナックはその指図どおりに動くことに疲れ果て、そしてシャハバリムは一時も彼女のそばを離れることがなかった。

(38)　ハドゥルメトゥム(第五章注13)近くの地名。ポリュビオスに次のような記述がある。「数日後、ゴルザという所で、傭兵軍がすぐ近くで野営していて、ハンノーには二度も急襲できる機会があったのに(……)むざむざとその好機を逃してしまった」(『歴史』I—74)。

(39)　戦争に破れた将軍が磔刑に処せられることは、歴史上カルタゴでは珍しくなかった。

(40)　チュニスから十キロメートル東のチュニス湾岸の村。

第七章　ハミルカル・バルカ

毎晩エシュムーン神殿の高みで夜通し月を観察し、ラッパを吹き鳴らしてその動きと月相を知らせる役目の神官「月の告知官」が、ある朝、西の方角に、大きな羽根で海面をかすめる鳥のようなものを認めた。

船だった。三列の櫂、そして舳先には彫った馬が見える。日が昇っていた。月の告知官は額に手をかざした。それからラッパに腕を伸ばし、それを両手でかかえるようにして、カルタゴじゅうにその青銅の音を響き渡らせた。

どの家からも人々が飛び出してきた。誰も人の言うことを信じようとせず、口論になった。港の突堤は市民でいっぱいだった。とうとうハミルカルの三段櫂船がはっきりと見えてきた。

船は、中央の帆桁を高くすっくと伸ばし、その長さいっぱいに帆を大きく膨らませて、猛々しくも威風堂々、泡立つ波を切り分けて進んできた。巨大な櫂が規則正しいリズムで海面を打っていた。時おり、犂《すき》の刃のような竜骨の先端が見えた。そして舳先の衝角《しょうかく》(1)の下では、頭部が象牙の馬が二本の前脚を蹴りだし、まるで海原を駆けるかのようだった。

岬を回ると風が凪《な》ぎ、帆は下ろされた。水先人の傍らに立つ男が見えた。頭には何もかぶっていない。間違いない、彼、統領ハミルカルだ！　腰に巻きつけた鉄の薄板が光っていた。肩に留めた赤いマントから腕が覗いていた。耳からは非常に長い真珠の飾りが垂れ、豊かな黒い髭が胸にまで伸びていた。

ガレー船は岩礁の間を縫って大きく揺れながら突堤沿いに進み、人々はそれを追って石畳の上を走りながら叫んだ。

「お帰りなさい！　祝福を！　カーモン神の目よ！　どうか、われわれを救って！　悪いのは金持《リッシュ》ち連だ。彼らはあなたを殺そうとしている！　気をつけなさい、バルカ！」

彼は答えなかった。乗り越えてきた大洋の波浪と幾多の戦闘のどよめきがその耳を聾《ろう》してしまったのか。しかし、ビルサの丘からおりてくる階段の下にきたとき彼は顔を上げた。そして腕を組んでエシュムーン神殿を見た。その視線はさらに高く、澄み

(1)　敵船に体当たりして突き破るために舳先に設けた突起。

きった青空に伸びた。それから、嗄《しわが》れた声で水夫たちに何か命じた。三段櫂船は身震いするように方向を変え、嵐を止めてくれるように突堤の先端に立てた神像を掠《かす》めた。そして、ごみや木っ端や果物の皮でいっぱいの商港に入り、繋留してある船に突き当たって穴を開け、先端に鍔の口を取りつけたそれら多くの船を蹴ちらすように進んだ。人々が駆けつけ、水に飛びこんで泳ぎだす者もいた。が、すでに船は港の奥、一面に釘を打ちつけた水門の前にいた。門が上がり、ガレー船はその奥深い丸屋根の下に姿を消した。

この軍港は町とは完全に隔てて作られていた。到着した外国の使節は、その脇に設けられた高い壁の間の通路を通って、じかに左側のカーモン神殿の前に出るようになっていた。それは大きな盃のような円形の人工港で、岸壁には船を収容する建物がずらりと建ち並んでいた。それぞれの前に、「アンモンの角《つの》」を柱頭につけた円柱が二本ずつそびえているので、それは全体として丸い港をぐるりと囲む列柱を成していた。中央に島があり、そこに「海の統領」の公邸があった(2)。

水は飽くまで透き通り、白い小石を敷きつめた水底が見えた。市街の騒音はここまで届かなかった。島に渡る途中で、ハミルカルはかつて自分が指揮をとった三段櫂船を認めた。

こうして残っているのは二十隻ほどだったろうか。船小屋の中で、土の上、舷側を地面につけて傾いていた。しかし竜骨の上にしゃきっとしているものもあった。船尾は非常に高く、船首は思いきり膨らんで金泥に覆われ、神秘な象徴でいっぱいだった。だがキマイラは翼を失い、パテーク神には腕が、牡牛には銀の角《つの》がなかった。船はすべて色が半ば剝げ、ぐったりと動かず、腐ってはいたが、しかしみな豊富な経歴と物語を内に秘め、幾多の航海の匂いを今なお発散し、まるで、傷つき手足も失った兵士が隊長に再会してこう言っているようだった。「俺たちです！　俺たちですよ！　あなたも、あなたも破れたんですね！」

海の統領以外、誰もこの提督の官邸に入ることはできなかった。その死の確証がない間はまだ生きているものとみなされた。百人会はこうして余分な権力者を生み出すことを避けてきたのだが、今度のハミルカルの場合もその慣習に従ったのだった。

統領はひと気のない家の中を進んでいった。その一歩ごとに、甲冑や家具など、昔

（2）「サラムボー、典拠と方法」というタイトルを付した、作家の手書き原稿の束がある。その中に、この軍港の描写がアッピアノス（第六章注11）『ローマ史』に依拠しつつ、「（エジプトの太陽神）アンモンの角」（あるいは単に「アンモン貝（アンモナイト）」、この化石の形が、頭部が牡羊のアンモン神の額の角の渦巻きと似ていた）は自身がつけ足したものであることを記した箇所がある。

なつかしい品々を見いだしたが、それらを見て驚きも感じた。なにしろ玄関口には、出征の時にメルカルトに戦勝を祈って焚いた香草の灰が、香炉の中にまだそのまま残っていたのだ。ああ、ここへ、こんな風に戻ってくることになろうとは！　あれから自分がしてきたこと、見てきたことすべてが次々と思い出された。仕掛けた襲撃、幾多の大火、軍団、海の嵐、ドレパヌム、シラクサ、リリバエム、エトナ山、エリックスの台地、五年におよぶローマとの死闘、(3)そしてついに、矛を収め、カルタゴがシチリアを失ったあの忌まわしい日がきたのだ。あの島の檸檬の木の森、灰色の山腹で山羊を追う牧人たち、その光景が目に浮かんだ。そして、かの地に新たにうち建てるカルタゴの町にまで想像が及んで、彼の心は弾んだ。(4)未来にかける夢と過去の思い出が、船に揺られ続けてまだ朦朧とした頭のなかを音を立てて駆けめぐった。と、胸を締めつけるような不安を覚え、急に気が萎えて、彼は神々のそばに身を寄せる欲求にかられた。

彼は館の最上階にのぼった。そして腕に吊した金の貝殻のなかから鋲を打った小さな鎚を取り出し、それで卵の形の小部屋を開けた。

部屋の壁には、黒い色のガラスのように透き通った薄い円盤がずらりとはめ込まれていて、そのため部屋はほの明るかった。みな同じ大きさのその円盤の間には、ちょうど納骨堂の骨壺を入れる窪みのような穴が穿たれていて、それぞれの穴の中に一つずつ、おぼろな色の、重そうな丸い石が納められていた。それこそは卓越した精神の持ち主のみが崇めるアバディール、月から落ちてきた石だった。(5) 天から落ちてきたことで、それは星々と天空と火を、その色によって漆黒の闇夜を、そしてその密度と固さによって、地上の物の凝集力を表していた。扉ごしに海辺の砂が風に運ばれてきたものか、息詰まるような空気がこの神秘の部屋を満たしていた。ハミルカルは指先で触れながら一つひとつ数えていった。壁の窪みの中の丸い石は少し白くなっていた。

それから急に、持っていたサフラン色のヴェールで顔を覆い、がっくりと膝をつき、両腕を伸ばして床に伏せた。

外からの光が壁の黒い鉱滓《こうさい》の薄片(6)に当たっていた。その透明な円盤の中に、樹木や

(3)　レグルスの大陸侵攻(第六章注3)を退けた後、新たに将軍としてシチリアに渡ったハミルカルは、初めパレルモ近郊に陣をしいて度々イタリア沿岸を襲って略奪し、後にエリックスに本拠を移して、そこからまだ残っていたシチリア西岸のフェニキア植民市ドレパヌム(現トレパニ)とリリバエム(現マルサラ)を包囲するローマ軍にゲリラ戦を仕掛け、最後までこれを死守した。

(4)　それが語られる前に小説は終るが、このハミルカルの夢は、傭兵との「アフリカ戦争」後、ハミルカル自身、およびその死後は息子たちに引き継がれて、スペインの地でその実現が追求されることになった。

(5)　隕石 abaddir は、フェニキアやメソポタミアで神の宿る聖なる石として崇められた。

丘、つむじ風や、何かおぼろな様々な動物の形が現れた。そこから出てくる光は恐ろしく、しかし同時に、太陽の向こう側の、未来の生き物たちが生れるどんよりした空間ではさぞそうだろうと思わせる、穏やかな光だった。彼は自分の頭の中からあらゆる物の形、あらゆる象徴と神の名を追い払い、目に見える外見の下に隠れた万古不易なものの精髄に触れようと努めた。星辰にみなぎる力のようなものが体を貫き、彼はもはや死とあらゆる偶発事への蔑みをしか感じなかった。深い思慮の裏付けのある、そして心底からの軽蔑の念だった。再び立ち上がったとき、彼はいかなる憐憫の情にも恐怖にも動ずることのない、泰然自若たる勇猛さが身内にみなぎるのを感じた。胸が詰まって、彼はカルタゴを眼下に見渡す塔にのぼった。

　町の斜面が、多くの丸屋根、神殿と金色の屋根、家々と椰子の茂みを乗せて、ゆったりとくだっていた。所どころに火のような光をほとばしらせるガラス玉が輝き[7]、そして城壁は、まるでこちらに向かって口を開き中身を溢れ出させるこの豊穣の角の、巨大な縁飾りのようだった。二つの港、広場、家々の中庭、道路の筋がはるか下に見え、人々はまるで舗石に貼りついた小人だった。ああ、もしあの朝、ハンノーがアエガテス群島[8]にもっと早く駆けつけていたら！　ハミルカルは目を海のかなたに向け、そしてローマに、おののく両腕を差し伸ばした[9]。

アクロポリスの階段は人でいっぱいだった。カーモン広場でも統領が出てくるのを待つ人々がひしめき、家のテラスの上にもどんどん人が増えていた。何人かが彼に気づいて挨拶を送ってきた。みんなをもっと焦らしてやろうと、彼は身を引いた。

階下に降りると、イスタッテン、スベルディア、ヒクタモン、ユーバスその他、彼の党派の主だった人々が広間で待っていた。彼らは、和平が成って以来起きたことをもらさず話した。議会《アンシャン》の吝嗇、傭兵たちがシッカに移り、また戻ってきたこと、法外な要求、ジスコーが囚われ、ザインフが盗まれ、ウッティカの救援に軍を送ったが失敗に終ったこと。だがハミルカル自身に関わる出来事については誰も言えなかった。

(6) 原語は feuilles de lattier. プレイヤッド版注は、lattier はフローベールが創作した樹木の名、もしくは溶融した金属の表面に浮かぶ滓《かす》 laitier の誤りとしている。ここでは後者の解釈に従ったが、いずれにせよその「黒い」色と「薄さ」そして「透明」性から、これは前段落冒頭の「黒い……ガラスのように透き通った薄い円盤」を指すと思われる。

(7) ギリシャ神話に由来する豊穣の象徴。花や果物をいっぱいに挿した角《つの》。カルタゴの町をこれにたとえている。

(8) 第二章注25および第一章注14参照。

(9) ローマに対するハミルカルのこの敵愾心は息子に受け継がれた。幼少のハンニバルが、決してローマとともに天をいただかないことを父に誓わされたという話が、リウィウス『ローマ建国史』により伝わっている。

結局、その日の夜、モロック神殿での百人会で会うことを約して、その場は別れた。

彼らが出ていった直後、館の玄関の外で何かの騒ぎが起こった。押しとどめようとする下僕たちに逆らって、誰かが入ってこようとしているようだった。喧騒が大きくなり、ハミルカルは誰とも知れぬその者を連れてこいと命じた。

現れたのはひとりの黒人の老婆。腰は曲がって顔は皺だらけ、中風のように震え、耄《ほう》けてもいるようで大きな青いヴェールをいくつも重ねて全身を踵《かかと》まで覆っていた。老婆は統領の真ん前にきた。二人はしばらくじっと見つめ合った。突然、ハミルカルは身を震わせた。片手を振って奴隷たちを退らせると、彼はゆっくり歩けと仕草で示し、老婆の腕をとって離れた部屋にまで連れていった。

黒人の老婆はいきなり彼の足もとに身を投げ、両足に口づけした。それを乱暴に助け起こしてハミルカルが言った。

「あれをどこにおいてきたのだ、イッディバル」

「あちらに、ご主人さま」重ねたヴェールをはぎ取り、その人物は袖で顔をこすった。黒い色も、老いゆえの震えも、曲がった腰も、すべてが一瞬で消えた。それは頑強な老人だった。肌は、砂と風と海になめされた革のようで、頭には白髪がひと房もり上がって鳥の冠毛のようだった。彼はご覧くださいと言うように、床に脱ぎ捨てた扮装具に冷笑の目を向けた。

「うまくやったぞ、イッディバル！　よくやった！」それから、鋭い目で相手を射抜くように見据えて言った。「誰にも気づかれていまいな」

秘密は守られている、と老人はすべてのカビルス神にかけて誓った。ハドゥルメトゥムから三日、亀の群がる海辺の、砂丘に椰子の林がある、あの小屋にずっと二人はいる。「そして、ご主人さま、お言いつけどおり、あの子に槍投げや、何頭もつないだ馬の御しかたを教えております！」

「強い子なんだろうな」

「強いですとも、ご主人さま、そして勇気もおありです！　蛇も雷も幽霊も、何も恐れません。崖っぷちを、牧人のように裸足で駆けています」

「もっと！　もっと聞かしてくれ！」

「猛禽の罠など自分でこしらえてしまいます。先月など、信じられますことか、鷲を捕らえましてな。それを引きずりまわすんでございますよ。鷲の血とあの子の血、大きな粒が宙に飛び散って、風に運ばれる薔薇の花のようでした。怒り狂って鷲がばたつかせる翼に包まれながら、胸の上で首を締めつけていました。その動きが弱まるにつれて、ますます高らかにからからと笑うのです。剣と剣がぶつかるような、響きのよい惚れ惚れする笑い声でした」

ハミルカルはこうした偉大な将来の予兆に目が眩んだようにうつむいた。

「でも、しばらく前から、何かの不安で心を乱しておいでのようです。遠く、海をゆく白帆を見ていたり。沈んだ様子で、パンも押しのけます。神々の話をしてくれと言ったり、そしてカルタゴのことを知りたがりだしました」

「いや、いや！　まだいかんぞ！」

老いた奴隷は、ハミルカルの恐れる危険を察しているようだった。そしてこう言葉を継いだ。

「でもどうしたら抑えておけるでしょう。すでにもう、いろいろな約束をさせられています。今度こうしてカルタゴに来たのも、銀の柄《つか》に真珠をちりばめた短刀を買っていくためなんです」それから彼は、先ほど館のテラスに統領の姿を認め、港の衛兵にはサラムボーのお付きの女だと偽ってここまで来たのだと語った。

ハミルカルは長いこと思案を重ねる風だった。その果てに言った。

「明日、日の沈むときに、メガラの屋敷に来るがいい。緋色染料の製造小屋の後ろでジャッカルの声を三度まねろ。もし私に会えなかったら、毎月朔日《ついたち》にカルタゴに来るんだ。言ったことは何も忘れてはならん！　あれを慈《いつく》しめ！　もうそろそろ、ハミルカルのことを話してやるがよい」

奴隷はふたたび扮装を身につけた。そして二人はともに館を、ついで港から出ていった。

ハミルカルは供もなしにひとりで歩いていた。百人会は非常時には常に秘密裡に開かれ、議員《アンシャン》はめいめい、誰にも悟られぬよう密かに集合するのだった。

彼はまずアクロポリスの東に沿って歩き、ついで香草市場、キニスド回廊、そして香水商街を通った。もともと少ない灯がさらに一つひとつ消えていった。道は広く、静かになった。暗闇の中を滑るように動くいくつもの影があった。それは彼の後につき従い、そこに新たな影も加わった。すべてが同じマッパールの方向に進んでいた。

モロック神殿は、切りたった崖の間の陰気な場所に建っていた。下から見上げても、まるで化け物じみた巨大な墓石のように、どこまでも上に伸びる高い壁しか見えなかった。月のない闇夜で、海には一面、灰色にくすんだ霧がかかっているようだった。波が城壁の下の断崖に打ち当たる音が、誰かが喘ぎすすり泣く声のように聞こえていた。そのなかで、人影が、壁に吸いこまれるかのように、次々と姿を消していった。

しかし、入口から一歩入ると、そこはアーケードがぐるりととり囲む広い方形の中庭だった。中央に、最下部がみな一様な八つの面をなす巨大な建物がそびえていた。二階部分では、たくさんの丸屋根が三段目の建物を囲んでおり、その三階はさらにドームのようなものを乗せていて、ドームからは内に反った曲面をもつ円錐が高く伸び、天辺のガラス玉で終っていた。

　男たちが竿に取りつけて捧げもつ、すかしのある円筒の中で火が燃えていた。その灯が突風にあおられて揺らめき、編んだ髪を襟で留めた男たちの金の櫛を赤く染めていた。彼らは駆けまわり互いに声をかけあって、忙しく議員たちを迎えていた。

　敷石の上、所どころに、まるでスフィンクスのように、すべてを貪り尽くす太陽モロック神の生ける象徴、巨大なライオンがうずくまっていた。半ば目を閉じてまどろんでいた彼らは、人の足音と声で目を覚ましてのっそりと起き上がり、着ている衣服で見分けがつくのか、議員たちに近づいてきて、背を丸め大きな声を出してあくびをしながら脚に体をこすりつけた。円筒のトーチの光の中を、その白い息が立ちのぼった。人々の動きが慌ただしさを増した。扉は閉められ、神官はみな逃げるように立ち去った。議員たちは、奥深い前柱廊のように神殿を囲んで立ち並ぶ円柱の下に姿を消した。

　列柱の輪が次々と内側の円柱の輪を囲んでいくその配置は、サトゥルヌス期[10]が何年もを、年が月々を、そして月が日々を内包する構造を模したもので、最後は神殿の至聖所の壁に達していた。

議員たちはそこに、一角《いっかく》(11)の牙で作った杖を置いた。なんであれ武器となり得るものを持って会議の場に臨むことを、死の厳罰をもって禁ずる掟があったからで、この掟は常に守られてきていた。何人もの議員が裾の裂けた服を着ており、その裂け目には緋色のテープ状の縁取りがしてあった。それは、近親の者の死を悼んで、衣装を惜しみなく切り裂いた証であるとともに、この喪のしるしは実際、裂け目が広がるのを防いでもいるのだ。ほかに、長い顎髭をそのまま小さな紫の革袋に詰めて、それを紐で両耳から吊している者もいた(12)。みな互いに近づき胸を合わせて抱擁を交わした。ハミルカルをとり巻いて、口々に無事の帰還を喜ぶ言葉をかけた。まるで兄弟との再会を

(10)　原語は période saturnienne. 不詳。サトゥルヌスはギリシャ神話クロノスのローマ名。すべてを呑み込むクロノスは、妻レアの策略で産着でくるんだ石を生れたばかりの息子ゼウスと思って呑み込んでしまった。サトゥルヌスは冥界の「黒い(夜の)太陽」であり「破壊者」、生贄の犠牲を要求する「死の王」であるが、時を司る農耕神でもある。あるいはサトゥルヌス期とは、ゼウス(ユピテル)が支配する以前の、大地が稔り豊かだった古き時代を指すか。
(11)　北極海に生息する小型の鯨。歯が変形した、三メートルにも達する一本の牙をもつ。
(12)　これも、旧約聖書(『エゼキエル書』24—17)にみえる喪のしるし。

喜んでいるかのようだった。

このカルタゴ人たちは概してずんぐりと小柄で、鼻はアッシリアの巨像のような鷲鼻だった。しかし中には、その突き出た頬骨、その長身、そして幅の狭い足が、アフリカ遊牧民の血を引いていることを窺わせる人々もいた。いつも帳場の奥で過ごしている青白い顔と、過酷な砂漠の刻印のある顔。未知の太陽に日焼けしたその手のすべての指には、見たこともない変わった宝石が光っていた。航海に明け暮れる者はその独特な歩き方で分かり、農耕に携わる者はブドウ圧搾機と干し草、そして騾馬の汗の匂いがした。これら海賊の末裔たちが、人を使って広大な土地を耕し、世界中からかき集めた金で艦隊をつくり、大土地所有者として奴隷たちにあらゆる職人仕事をさせているのだった。みな神事に精通し、機略戦略にたけ、冷酷無慈悲で、そして富豪ぞろいだった。その彼らが、今はうち続く心労で疲れ果てた顔をしていた。炎のような目は不信に満ちていた。航海と砂漠の旅、嘘と駆け引き、そして指図することに明け暮れる日々の習慣が、彼ら一人ひとりに、謀略と暴力の相、抑えのきかない粗暴さを感じさせる外見を与えていた。それに、そもそもこの恐ろしいモロック神殿の空気が、みなの気持を曇らせ陰気にしていたのである。

彼らはまず丸天井のある卵形の広間を通った。その壁には、七つの星を表す、(13)色の異なる七つの四角い扉があった。さらにひとつ長い部屋を通り抜けてから、彼らはそれと同じような三つ目の部屋に入った。

奥で、大きな燭台の火が燃えていた。それは一面に花の彫金細工を施した枝つき燭台で、八つの金の枝をもち、その上のダイヤモンドの萼《がく》の中でビスス亜麻の芯が燃えているのだった。燭台は横長の階段の最上段に置かれていたが、そこには四隅に青銅の角《つの》が生えているような大きな祭壇があった。さらにその両脇の階段をのぼると祭壇の上に達したが、その平らな石の表面は見えなかった。積もった灰がそこで山をなしていたからで、なかで何かが不気味に燻《くすぶ》っていた。その向こう、燭台よりも、祭壇よりもさらに高く、モロック神がそびえ立っていた。全身が鉄で造られ、胸部は人間の胸で、そこにいくつもの穴が口を開いていた。大きく開いた両翼が壁に沿って広がり、伸ばした手の先が床に届いていた。額にある、黄色い輪で縁取った三つの黒い石が目だった。そしてこの神は、牡牛の頭部をもの凄い力でもたげて、今にも吠えようとしているようだった。

部屋の壁際にぐるりと黒檀の床几《しょうぎ》が並んでいた。床几の後ろでは、三つの鉤爪を土

(13)　天球上を動くさまが観察できた七つの天体、太陽、月、水星、金星、火星、木星、土星。七曜の名になっている。

台にして上に伸びる青銅の棒がそれぞれ燭台を乗せていた。菱形模様を描いて真珠母を敷きつめた床に、それら燭台の灯が映って揺らめいていた。天井はあまりに高く、赤い壁の色は、丸天井に近づくにつれて黒く見えた。そして巨大な神像の三つの目が、はるかな高みで、夜空の闇に半ば埋もれた三つの星のようだった。

議員たちは、長衣の裾をからげて頭の上で留め、黒檀の床几に腰をおろした。そして広い袖のなかで両手を組んだままじっと動かなかった。真珠母を敷きつめた床が、祭壇から出口へと彼らの裸の足の下を流れる光の川のようだった。

中央で、十字形に置かれた四つの象牙の椅子に、四人の神官が二人ずつ背中合わせに座っていた。ヒアシンス色の衣を着たエシュムーン大神官、白い亜麻の衣を着たタニット大神官、鹿毛《かげ》色の羊毛の衣を着たカーモン大神官、そして緋の衣を着たモロック大神官だった。

ハミルカルが大燭台に歩み寄った。燃える灯芯を見つめながら燭台をひと廻りしてから、香草の粉を火にふりかけた。八つの枝の端に紫の炎があがった。

するとひとつ鋭い声があがり、別の声がそれに答えた。百人の議員と四人の神官、そして立ったままのハミルカル、全員が声をそろえて頌歌を唱えだした。いつまでも同じ音節の繰り返しで、ただ声だけが大きくなった。その大音声はどんどん高まり、ついには凄まじいばかりとなったその瞬間、一挙に静まり消え失せた。

しばらく間をおいて、ハミルカルは懐から頭が三つあるサファイア色の小像を取りだし、それを前に置いた。それは真実の像、彼の口から出る言葉の精が宿る小像だった。彼がそれをまた懐におさめると、みなが急に怒りに駆られたように、口々に彼をなじりだした。

「あの蛮人どもはきみの仲間だよな！　裏切り者！　恥知らず！　われわれが滅ぶのをその目で見ようと戻ってきたのか？　いや、待て！　彼に話させろ！」

先ほどの儀式の間は抑えつけていた鬱憤を、彼らは一気に晴らしているのだった。ハミルカルの帰還を待ち望んではきたものの、彼らは今や、この災厄を彼が未然に防いでくれなかったこと、いやむしろ、自分たちとともにあの辛酸をなめなかったことに憤慨しているのだ。

騒ぎが治まるとモロック神官長が立ち上がった。

「まず訊ねるが、なぜ今までカルタゴに戻らなかったのか」

「きみらには関係ない！」と統領は吐き捨てるように言った。

ふたたび怒号が飛び交った。

「私の何が悪かったと言うのだ。戦下手《いくさ》だとでも言うつもりか。幾多の戦闘での私の指揮ぶりは知っているはずだ。きみらのほうはどうだ、やすやすと傭兵たちに……」

「分かった！　もういい！」

より静かに聞かせようと、彼は声を落として言葉を継いだ。

「ああ、そうだ！　今のは間違いだ、バールの光よ。きみらのなかにも勇者はいる！　ジスコー、立て！」　彼は祭壇が置かれた階段の最上段を右に左に歩きながら、誰かを探すように目を細め、繰り返し言った。「立て、ジスコー！　きみならば私に言うこともあろう。彼らもきみの味方だ！　おや、どこにいるんだ？」　そして、ふと思いついたかのように続けた。「そうか！　家だな。息子たちに囲まれ、奴隷に指図して、幸せにやってるんだ。壁に掛けた、国から授かった名誉の首飾りの数でも数えているかな」

一同、鞭で打たれたかのように首をすくめ身を震わせた。「彼が生きているのか死んでいるのかすら分からないそうだな！」　そしてどよめく彼らを尻目に言った。「統領を見捨てたのは国を見捨てたと同じことだ。それに、ローマとの講和は、どれほど有益に見えようと、じつは二十の交戦よりも不吉な、忌まわしいものなのだ。何人かが拍手喝采した。最高議会《アンシャン》議員のなかでも資産において劣り、日頃、一般民衆寄りあるいは専制へ傾くかと疑われている人々だった。その敵対者すなわちシシート会幹部や行政の長たち、こちらのほうが数において勝っていた。なかでも主だった人々がハンノーのそばに並んでいた。そのハンノーは部屋の向こう端、ヒアシンス色のつづれ織りの掛かった高い扉の前に座っていた。

顔の潰瘍には白粉《おしろい》を塗ってあった。が、頭にかけた金粉は両肩の上に落ちてそこで二つの光る帯をつくり、白い頭髪はかぼそく、羊の毛のように縮れていた。両手は、濃厚な香油を床に滴り落ちるほどたっぷり染み込ませた包帯でくるんであった。病気はよほど進行したものとみえ、目が、たるんだ瞼の皺に隠れて外からは見えないほどで、それで彼は、前を見るにも大きく顔を振り上げなければならなかった。とり巻きの人々から促されて、彼はおもむろに口を開き、なんともおぞましい嗄《しわが》れた声で言った。

「傲慢がすぎるぞ、バルカ！　わしらはともに破れたのだ！　それぞれひとりでその重荷に耐えていくほかはない。そう観念するんだな！」

「それより、聞かせてくれ」冷笑を浮かべてハミルカルが言った。「ローマ艦隊と、きみはどう戦ったのか」

「風に流されてどうにもならなかったのだ」

「まるで自分の糞を踏みにじる犀《さい》だな。愚かさをひけらかすにもほどがある！　黙っていろ！」こうして二人は、アエガテス群島での戦いについて互いに相手の非をならした。[14]

ハンノーは、ハミルカルがなぜ自分の海軍を率いて応援に来なかったのだと咎めた。

「それではエリックスががら空きになるではないか。もっと沖合に出るべきだったんだ。なぜそうできなかった？……ああ、忘れていた。象はみな海を怖がるものな！」

ハミルカルの一党はこの冗談が気に入り、どっと笑い声をあげた。丸天井の下、その声はチンパノンをいっせいに打ち鳴らしたかのように響き渡った。

ハンノーは憤って言った。あまりにむごい侮辱だ。この病はヘカトンピロス攻囲戦のあのひどい寒さが原因で罹《かか》ったものじゃないか！　滂沱《ぼうだ》の涙が、彼の顔の上を、廃墟の壁に流れる冬の雨のように流れた。

ハミルカルは続けた。

「諸君がもし、この男と同じくらいに私をも好いてくれていたら、今ごろカルタゴは大きな喜びに沸いていたはずだ！　きみたちに何度大声で叫び、頼んだことか！　私に金を送ることをきみたちは拒み続けたな！」

「こちらでも金が必要だった」とシシート会の長が言った。

「こっちは絶望的な状況で、騾馬の尿を飲み、サンダルの革を食っていた！　野原の草が兵隊に化けないかと願い、累々たる死体を集めて部隊をつくるしかないと思いつめた、そんなときにきみらは、残っていた私の艦隊を国に戻させた！」

「すべてを失うわけにはいかないではないか」と、ゲトゥリア・ダーラ(15)に金鉱をもつバール・バールが言った。

「それにしても、きみらはいったい何をしていたんだ、ここ、カルタゴで、家の中で安閑と！　エリダン(16)流域のガリア人を反ローマに駆りたててやればよかった。キレナイカのカナン人は呼びかければ味方についたろう。ローマのほうはプトレマイオス(17)に度たび使節を送っていたのだぞ」

(14)　第一次ポエニ戦争の末年（前二四一年）、ハンノーという名の将軍が指揮する、エリックスのハミルカル軍に物資を送るためのカルタゴ艦隊が、ドレパヌム沖のアエガテス群島でローマ艦隊と戦って大敗を喫し、将軍はカルタゴに逃げ帰って磔刑に処せられた。大ハンノーと呼ばれた小説中のハンノーとは別人であるが、フローベールはこの二人のハンノーを同一人物に仕立てた。

(15)　第三章注5。

(16)　北イタリア、ポー川。

(17)　第六章注11。

「やれやれ、今度はローマ礼賛か！」と誰かが大声で言った。「やつらに肩入れするとは、いったいいくら貰ったんだ」

「ブルティウムの平原に、ロクリ、メタポント、ヘラクレア(18)の廃墟に、それを聞くがいい！　ローマの森を焼き尽くし、神殿という神殿を略奪し、やつらの孫のそのまた孫まで根絶やしに……」

「おお！　見事な演説、まるで弁士だな！」と名高い商人カプラスが言った。「いったい何が言いたいのだ」

「もっと頭を使って巧妙にやるか、より冷酷苛烈にやるかのどちらかだというのだ！　全アフリカがきみらの軛《くびき》をかなぐり捨てているのは、支配者のきみらが知力も気力も軟弱で、軛をその肩にしっかりくくりつけておけなかったということだ。アガトクレス、レグルス、カエピオ(19)、勇猛な武将が上陸しさえすればアフリカは簡単に蹂躙される。いまに西方のリビア人が東のヌミディア人と結託し、さらに南から遊牧民が、そして北からローマが襲ってこよう……」恐怖の叫びが湧き起こった。「そのとき、きみらは泥の中をころげ回ってマントを引き裂き、胸をたたいて悔やむだろう！　が、もうおそい！　奴隷となってスブラ(20)で石臼をひき、ラティウム(21)の丘で葡萄を摘むのだ」

みないっせいに右の腿をたたいて憤慨を表した。ばたつく長衣の袖が、驚き怯えて飛び立とうとする鳥の羽根のようだった。ハミルカルは祭壇が置かれた階段の最上段に立ちつくし、何かの霊に突き動かされるかのように言葉を続けた。唸るようなその声は凄まじく、背後の燭台の光が、振り上げた両手の指の間を金色の槍のように通り抜けた。

「きみらは船も、田野も、四輪荷車も、吊り床《つどこ》も、きみらの足をさする奴隷も、何もかも失うだろう！　館はジャッカルの棲家となり果て、犂がきみらの墓を掘り返す。鷲の声が満ちる空の下は、見渡すかぎり瓦礫の山と化す。おまえは滅ぶだろう、カルタゴよ！」

四人の神官長はその呪いを祓いのけようと手を差し伸ばした。全員が立ち上がって

(18)　ロクリはブルティウム(第一章注11)南東沿岸、メタポントとヘラクレアはタラント湾岸のギリシャ植民市。これらを舞台にしたハミルカルの武勲は注3参照。
(19)　レグルスの大陸侵攻の三年後、紀元前二五三年のローマ執政官。この年、この Cneius Servilius Caepio ともうひとりの執政官の率いるローマ艦隊が、シチリアおよびアフリカ沿岸を襲ったという記述がポリュビオス(『歴史』Ⅰ―39)にある。フローベールは Coepio と綴っている。
(20)　古代ローマの貧民街。
(21)　ローマを中心とするイタリア中央部の古代における地方名。

いた。しかし、海の統領は太陽の庇護のもとにある聖職性を帯びた執政官であって、すべての富豪の集まる大議会によって裁かれないかぎりその身は不可侵のものとされていた。しかもこの神殿の祭壇は、カルタゴ人にとって、ある激しい恐怖の念と固く結びついていた。みなたじたじと後ずさりした。

ハミルカルは口を閉ざしていた。かぶった冠《ティアラ》の真珠よりも青ざめた顔で彼は一点を見据え、自身の言葉に自ら驚き怯え、それが描き出した不吉な情景の中をさまようかのように喘いでいた。彼が立ちつくす高みからは、広間の壁際にぐるりと置かれた青銅の枝の燭台は、床面にじかに置いた大きな火の王冠のように見えた。黒い煙が立ちのぼり丸天井の闇の中に消えていった。深い静寂がしばらく続き、遠く海の音が聞こえるほどだった。

それから、議員たちは相談を始めた。自分たちの財産が、生存そのものが、蛮人たちによっておびやかされている。今は統領の力に恃む以外に敵に打ち勝つすべはない。この思いが、彼らの自負心を圧して他のすべての思惑を忘れさせた。ハミルカルの党派の議員がわきへ呼ばれた。欲得ずくの和解の申し出、様々な仄めかしと約束がなされた。しかしハミルカルにはもういかなる政《まつりごと》にも関わるつもりはないのだという。そこでみなは口々に彼に懇願し哀願した。しかしその話に度たび出てくる裏切りという言葉に彼はいきり立った。裏切り者、それは議会《コンセーユ》ではないか。傭兵の契約は戦争とともに期限がきれて、終戦と同時に彼らは何をしようと自由になったのだ。彼はさらに兵士たちの勇猛さを讃え、そして色々と物をやり特権を与えて彼らを共和国の味方にしておくほうが、どれほどましかと言った。

すると、元地方総督のマグダッサンが、黄色い目をぎょろつかせて言った。

「じつに、バルカよ、長い遠征の末に、いまやきみはまるでギリシャ人だな、いやラテン人かも知れんが。やつらに報奨を与えるなどと、何をたわけたことを！　われらひとりの命のためなら、蛮人一万の死がどれほどのものか！」

一同うなずいて賛意を示した。ぶつぶつ言う声がした。「まったく、それほど気を遣う必要がどこにある？　傭兵など、いつだっていくらでもいるものを！」

「そうして都合よく厄介払いしようというんだな。傭兵ならいとも簡単に見殺しにできる。きみらがサルディニアでやったようにな。彼らが通る道を敵に教えて襲わせる。シチリアのあのガリア兵たちはそんな目にあった。それとも、海の真ん中で放り出すか。帰る途中、彼らの白骨で覆われた岩礁を見たぞ(22)！」

「なんとも不幸なことだ！」臆面もなくカプラスが言った。

(22)　第四章注12参照。

「やつらだって何度も敵に寝返ったではないか！」と何人もが声を張りあげた。

ハミルカルも大声をあげた。

「なぜ、法に背いて、兵士たちをカルタゴに呼び戻したのだ。町の中に、きみらの富のただ中に、貧しい、しかも大人数の彼らを引き入れてしまったな。しかしそのときも、なんとか彼らを分断してその力を削《そ》ごうという考えが浮かばないものか！　それからきみらは彼らを妻と子とともに追い払った、ひとりの人質も残さずに！　彼らとの約束を守る苦しみからきみらを解放してやろうと、彼らが勝手に殺し合いでもしてくれると思ったのか。きみらは彼らを憎む。彼らが強いからだ！　私を、彼らの指揮官たる私を、きみらはもっと憎んでいる！　それを、私はさっき感じたぞ、きみらが私の手に口づけしながら、噛みつきたいのを必死にこらえていたあのときに！」

もしも、中庭で眠っていたライオンたちが咆哮とともに入ってきたとしても、これ以上の叫喚は起こらなかっただろう。しかしその時、エシュムーン神官長がすっくと立ち上がった。そして両膝を合わせ両肘を脇に締め、手をわずかに開いた直立不動の姿勢で言った。

「バルカ、国はきみが傭兵に対するカルタゴ軍の戦いの総指揮を執ることを要している！」

「断る！」　ハミルカルは答えた。

「全権を委ねるぞ！」　シシート会の長が叫んだ。

「駄目だ！」

「いかなる制約もない、大権だ。金は好きなだけ出すし、捕虜も戦利品もすべて、敵の死体ひとつにつき五十ゼレト(23)の土地も与える」

「いや！　駄目だ！　きみらとともにでは、とうてい戦いに勝てないからだ！」

「やつらが怖いんだな！」

「きみらが卑怯で、守銭奴で、恩知らず、臆病、そして狂っているからだ！」

「彼らをかばっている！」

「先頭に立って彼らを率いるつもりだ！」と誰かが言った。

「そしてわれわれを襲うんだ！」と他の者が言った。部屋の奥からハンノーが吼えた。

「彼は王になろうとしている！」

床几も燭台もひっくり返して、みないっせいに立ち上がり、どっと祭壇に詰めかけた。それぞれ、手にした短刀を振りかざしていた。ハミルカルも、袖の中を探り、幅

(23)　ゼレトはヘブライの長さの単位、約二十五センチメートル（プレイヤッド版注による）。

広の短剣を二本引き抜いた。そして、左足を踏みだして体を反らせ、歯を食いしばり目を燃えたたせて、金の大燭台の下、じっと彼らを待ち受けた。

こうしてみな、用心のため武器を持ってきていたのだ。これは大罪だった。彼らははっとして互いに顔を見合わせた。罪を犯したのが全員だったので、たちまち安堵が広がった。そして少しずつ、統領に背を向け、彼らは階段をおりていった。心は屈辱でいっぱいだった。彼に詰め寄り、そして引き下がるのはこれで二度目ではないか。広間におり、彼らはしばらく立ちつくしていた。指に傷を負った者は、その指を口にあてがったりマントの裾にそっとくるんだりしていた。そしてみなが帰りかけたその時、こう言う声がハミルカルの耳に届いた。

「おい、あれは娘を悲しませまいとする親心だぞ！」

より大きな声があがった。

「そうに違いない！　あの娘は恋人を傭兵のなかから選《え》りだしているものな！」

彼はふらっと体をよろつかせ、それから目を素早く動かしてシャハバリムの姿を探した。タニット神官長はひとり自分の席にいた。遠いハミルカルからは高い僧帽しか見えなかった。みなが面と向かって彼ハミルカルをあざ笑っていた。彼の懊悩が増すにつれ、みなの喜びも募った。野次と罵声のただ中で、後ろのほうから口々に叫ぶ声が届いた。

「その男が娘の部屋から出てきたんだと！」

「タンムーズの月(24)のある朝！」

「ザインフを盗んだやつだ！」

「いい男なそうな！」

「おぬしより偉丈夫だぞ！」

彼はかぶっていた冠《ティアラ》を乱暴にはずした。彼の地位を象徴する、中央にエメラルドの貝を載せた神秘的な八重の冠である。彼はそれを両手で持ち、力まかせに床に叩きつけた。黄金の輪が砕けて飛び散り、真珠が澄んだ音を立てて敷石の上を跳ねた。冠をとった白い額に長い傷跡が見え、それが眉の上を這う蛇のようだった。全身が震えていた。彼は祭壇の上に達する両脇の階段のひとつをのぼった。そして、なんと、祭壇の上を歩いているではないか！　それはモロック神に身をささげること、生贄としてわが身を差しだすことを意味した。マントにあおられて足もとの大燭台の炎が揺れた。そこに積もっていた細かい粉が舞い上がり、腰の高さまで雲のように彼を包んだ。彼は青銅の巨像の脚の間で止まった。そして、カルタゴ人なら誰しも見るだけで恐怖

(24)　第一章注23。

におののくその粉を両手いっぱいに握り、言った。

「あなたがたの知性を表す百の燭台にかけて！　カビルス神の八つの火[25]にかけて！　星々と空飛ぶ星と火を噴く山々にかけて！　あらゆる燃えるものにかけて！　砂漠の渇きと大洋の塩にかけて！　ハドゥルメトゥムの洞窟と地下の霊の国にかけて！　皆殺しの天使にかけて！　あなた方の息子たちの灰に、いま私が祖先の灰と混ぜ合わせたあなた方の先祖の兄弟の灰にかけて言う！　カルタゴ百人会の諸君、きみらはいま偽ってわが娘を断罪したのだ！　私、ハミルカル・バルカ、海の統領にして大議会《リッシュ》の長そして民衆の支配者たる私は、牡牛の顔をもつモロック神の前で誓う……」　何か恐ろしい言葉が続くものとみなが待ち受けるなか、より大きくはあるが穏やかな声で彼は言った。「そのことで娘にひと言たりとも尋ねはしないと！」

金の櫛を髪にさした神殿の下僕たちが、ある者は緋色の海綿を、他の者は椰子の枝を持って入ってきた。そして入口に掛かったヒアシンス色の幕を上げた。すると、開いた口の向こうに続く部屋のさらに奥に、赤い朝焼けの空が見えた。空はまるで手前の丸天井の延長のようで、下の真っ青な海とはるかな水平線で交わっていた。波間から太陽が昇っていた。と突然、その光線が青銅の巨像の、鉄格子をはめた七つの穴のある胸を射た。巨像は赤い歯を剝きだしておそろしく大きな口をあけ、鼻の穴を開いていた。日の光に生気を吹きこまれて、像はいまや何か苛立たしげな凄まじい形相を呈し、いまにも宙に飛び出して、太陽、神と一体になり、無際限の虚空をともに駆け巡ろうとするかのようだった。

散乱した燭台の火がまだ燃えていて、真珠母を敷きつめた床の上に散らばる血の斑点のようだった。議員たちは疲れきってよろめいていた。朝の冷気を胸いっぱいに吸いこむ彼らの青ざめた顔の上を、汗が流れ落ちた。大声で怒鳴り続けたあまりに、耳が互いの声も聞こえないほどになっていた。しかし統領への怒りは収まりがつかず、彼らは別れの挨拶がわりに脅し文句を投げかけた。ハミルカルも応酬した。

「今宵、バルカよ、エシュムーン神殿だ！」

「いいとも、行こう！」

「大議会に裁かれるのだ！」

「私には民衆がついている！」

「はりつけ台の上で果てるか！」

(25)　祭壇の枝つき大燭台は「八つの金の枝をもつ」とあった。カビルス神は初出の第二章(注22)では「カビルス七神」であるが、ここではそれにエシュムーン神が加わっている(「説明の章」に「エシュムーンは八番目のカビルス」という記述がある)。

「おまえらこそ、路上で八つ裂きにされるがいい！」

彼らは、神殿中庭の出口に達するとたちまち穏やかな外見を取り繕った。

供の者や御者が門の外で彼らを待っていた。白い騾馬に乗って帰っていく議員がほとんどだった。統領は自分の二輪馬車に飛び乗り手綱をとった。二頭の馬は、首をたわめ路上の石をはね飛ばしながら、マッパールの道を全速力で駆け上がった。轅《ながえ》の先に取りつけてある銀の禿鷲《はげわし》が飛んでいるかと見えるほどの速さだった。

道の両脇に長い板石を高く組んだものがたくさん立ち並んでいた。ピラミッドのように先がとがり、その中ほどには開いた手が彫ってあって、それはまるで、下で眠る死者[26]が何かを求めて片手を天に差し伸べているかのようだった。そこを過ぎると、沿道に最初はぽつりぽつり、小屋が建っていた。それは土と木の枝と藺草で作った小さな住居で、いずれも円錐形をしていた。低い石垣、水の流れる溝、エスパルトの綱、サボテンの垣根などが不規則にこれらの住宅地の境界をなしていたが、道がのぼるにつれてその間隔はどんどん狭まった。そしてこの道は統領の館の庭園に続いているのだった。だがハミルカルがまず目を向けたのは大きな塔だった。それは、一段目は石、二段目は煉瓦、三段目はレバノン杉でできた大きな円筒を三つ重ねたような奇怪な塔で、さらにその上に二十四本の杜松《ねず》(27)の円柱が支える銅製の丸屋根を載せ、そこからは、組み合わせ模様を描いて絡ませた青銅の鎖がいくつも花飾りのように垂れていた。この巨大な建造物の下、様々な倉庫や商業施設など低い建物が右手に建ち並んでいた。そして女たちの館(28)が、平行するブロンズの壁のような、糸杉の並木の奥にそびえていた。

二輪馬車は轟音とともに狭い門を通り抜け、広い物置の屋根の下で止まった。足かせをつけられた馬たちが山積みの草を食べていた。

ハミルカルのすべての僕《しもべ》、あらゆる使用人が駆けつけた。城壁外で働く者たちも、いまは傭兵軍を恐れてカルタゴ市内に避難させられていたので、それは大変な人数だった。農夫は獣の皮を着て両足首を鎖でつながれ、それを引きずっていた。緋色染料の職人たちはみな首切り人のように腕が真っ赤だった。水夫は緑の縁なし帽をかぶり、漁師は珊瑚の首飾りを下げ、狩人は網を肩にかけ、そしてメガラの人々は、革の短ズボンに白か黒の長衣を着て、帽子は、それぞれの仕事に応じて、藁やフェルトや亜麻

(26)　第六章注17参照。
(27)　ヒノキ科の常緑高木。
(28)　小説冒頭、サラムボーの住む館。

の小球帽だった。

後ろではぼろをまとった下層民がひしめいていた。これは、なんの仕事もなく、人家から離れて暮らし、夜になるとハミルカルの庭園にきて料理場の残飯をあさってここで眠るという、言わばこの館に寄生し暗がりにはびこる黴《かび》のような人間たちだった。統領は、軽蔑しきって歯牙にもかけず、またそれ以上に将来を見越したある目論見から、彼らの存在を大目に見ていた。みな、喜びの印として耳に花をつけていた。しかしこのうち多くの者は、統領を見るのはこれが初めてだったのだ。

しかし、スフィンクスの髪形をした男たちがこの雑踏の中になだれ込んできて、持っている棍棒を右に左に振り回した。お屋形さまをひと目見ようと詰めかけた奴隷たちを退け、彼がその大人数の中にのみ込まれ、悪臭に悩まされることのないようにするためだった。

すると、みなが地面に身を投げ平伏して口々に叫んだ。「バールの目よ、お家《いえ》に栄えあれ！」糸杉の並木道でこうしてひれ伏す人々の間を、執事頭《がしら》アブダロニムが、ミトラ帽をかぶり香炉を手に持って、ハミルカルのほうに歩み寄った。

サラムボーがあのガレー船の階段をおりてきた。すべての侍女を後ろに従え、彼女が一段おりるとみなもいっせいに一段おりた。ローマ女の、金の板をつけて額に巻いたへアバンドが列をなし、そのなかで黒人女たちの顔が大きな黒い点に見えた。ほかの女たちは、髪をたくさんの銀の矢やエメラルドの蝶で飾り、また長い銀の針を太陽のように放射状に組んでいる者もあった。白、黄、青の衣服が渾然とするなかで、指輪や留め金、首飾り、房飾りや腕輪が光り輝いていた。軽やかな衣がそよ風のささやきのような音を立てるなか、サンダルの響きと、素足が木の階段を踏むこもった音が聞こえた。所どころに、ちょうど肩のあたりに女たちの頭がくるほど大きな宦官が、顔を宙に向けて笑みを浮かべていた。統領を讃える人々の歓呼の声が鎮まると、女たちがいっせいに袖で顔を隠して、狼の遠吠えのような奇妙な声をあげた。それはあまりに甲高く、凄まじく、女たちが覆い尽くすこの黒檀の大階段を、上から下まで、竪琴のように震えさせるかと思われた。

風が女たちのヴェールをそよがせた。細いパピルスの茎がたおやかに揺れていた。時はシェバールの月。(29)冬のさなかだが、はや、花を咲かせた柘榴の木が、真っ青な空の下で大きく枝を広げていた。その枝ごしに海が覗き、遠くに島がひとつ、霞んで見えていた。

サラムボーを見てハミルカルは足を止めた。何人もの男児を次々と亡くしたあとで、

(29)　第一章注23。

不意に生れた娘がサラムボーだった。太陽神を崇める宗教では、女児の誕生は災厄とされていた。神々はそののち彼に息子をひとり授けた。しかし、期待を裏切られたかつての思いと、そして生れた娘に呪詛を吐きかけた、その心の動揺を、彼はいまだに引きずっているのだった。その間も、サラムボーは歩き続けていた。

色とりどりの真珠が、葡萄の房のように、彼女の耳から肩の上、そして両肘のあたりにまで垂れていた。髪は雲に似せて縮らせてあった。首の周りには、後ろ肢で立つ二頭のライオンの間にひとりの女を描いた、小さな四角い金の板をいくつもつけており、その衣装はタニット神の装束をすっかり模したものだった。袖の広い、ヒアシンス色の長衣が胴を締めつけ、裾の方へ広がっていた。唇の朱が歯をさらに白く、瞼のアンチモン(30)が目尻を長く見せていた。鳥の羽根を裁って作ったサンダルは踵が非常に高かった。顔色が極度に青ざめているのは、寒さのせいだろうか。

ようやくハミルカルのそばまで来て、彼女は彼を見ることなく、顔を伏せたまま言った。

「おかえりなさい、バールの目よ。永久《とわ》の栄光を！　勝利を！　安らぎを！　充足と富を！　長いことわたくしは心沈み、家は悄然と静まりかえっておりました。お屋形さまのご帰還は死の国から蘇ったタンムーズ(31)と同じ。その眼差しのもとで、ああ、お父さま、喜びが、新たな命が花開くことでしょう！」

　そして彼女は、小麦粉とバターとカルダモン[32]そして葡萄酒を混ぜて煮たものが湯気を立てている横長の小さな碗を、ターナックから受け取って言った。「お帰りを祝って、お父さまの召使がつくりました。どうぞひと息におあがりください」

「おまえに祝福を！」と言って、彼は娘が差しだす金の碗を機械的につかんだ。

　ところが、父があまりに厳しい目つきで探るようにまじまじと自分を見つめるので、彼女はどぎまぎして口ごもりながら言った。

「お聞きになったのですね……ああ、お屋形さま！」

「そう、知っておる！」ハミルカルは小声で言った。

　これは告白だろうか？　それとも蛮人たちの反乱のことを娘は言っているのか？　そこで彼は、あいまいにふた言み言、いまの国難について、なんとか自分ひとりでこれを片づけたいと思っているとつけ加えた。

(30) 古代エジプトで医療や睫毛の化粧用に使われていたことが知られる硫化アンチモン、輝安鉱。
(31) ヘブライ・フェニキア人がバビロニアあるいはシュメール人からとり入れた神で、至高の女神イシュタル－アスタルテの息子にして愛人。ギリシャ神話ではアフロディテの愛人アドニスとなる。大地の女神の愛人として毎年死んで春に復活する若い豊穣の神。
(32) ショウガ科の熱帯植物。香辛料となる。

「ああ、お父さま！　なされてしまったことは、もう取り返しがつきません！」

彼はたじたじと後ずさりした。サラムボーは父のその様子に驚いた。彼女が思っていたのは国のことではなく、自分がはからずも関わってしまった、女神への冒瀆のことだったのである。その名を聞くだけで幾万の軍団が震えあがるこの男、自分がほとんど知らないこの父を、彼女は神のように畏れていた。彼は見抜いた、すべてを知ってしまった。何か恐ろしいことが起こるにちがいない。彼女は叫んだ。「お慈悲を！」

ハミルカルはしずかに頭を垂れた。

サラムボーは、起こったことをすべて打ち明けみずからの咎《とが》を認めたかった。しかしどうしても口を開くことができなかった。わが身の不運を嘆き、慰めの言葉を聞きたくて、胸が張り裂けんばかりだったのだが。ハミルカルは、先ほどのモロック神殿での誓いを破ろうとする自分と戦っていた。かろうじて堪《こら》えられたのは自尊心からか、それとも、今はまだ不確かな真実が一挙に明らかになることを恐れたのか。彼は娘の顔を正面から、その胸の奥底に隠しているものをつかみ取ろうと、全力を込めて見据えた。

サラムボーは、あまりにも重いその眼差しに押しつぶされ、喘ぎながら、次第に顔を肩のなかに沈めていった。娘が、蛮人の腕のなかで身を過ったことは今や確実だった。彼は体を震わせ、両こぶしを振り上げた。彼女は叫び声をあげ、駆け寄った女たちのなかに倒れた。

ハミルカルはさっと踵《きびす》をめぐらした。執事たちがみなその後に従った。倉の扉が開けられた。ハミルカルは広い円形の部屋に入った。多くのほかの部屋とつながる長い廊下が、ちょうど車輪の輻《や》が轂《こしき》に集まるように、みなこの円い広間に達しているのだった。中央に丸い石の台があった。上に欄干を巡らし、そのなかで、絨毯の上にクッションが重ねてあった。

最初、彼は大股で歩きまわった。はあはあと荒い息を吐き、床に踵《かかと》を打ちつけ、うるさいハエを追い払うかのように手を振って額に当てた。しかし彼は大きく顔を左右に振った。そしてこの部屋に蓄積された富を見て心を鎮めた。目の前に、放射状に長い廊下が伸びている。その先にある部屋部屋に思いがおよんだ。そこはもっと珍らかな財宝でいっぱいなのだ。だがここにも、ブロンズの板、銀の地金、鉄棒の山が、暗黒の海の果て、カシテリッド島[33]から運んだ錫の塊と並んでいる。黒人の国のゴムが椰

(33)　ヘロドトスが、自分は知らないがヨーロッパの北の海にあってそこで錫が採れる、とその名に言及している群島（『歴史』Ⅲ―115）。コーンウォール南西のシリー諸島と想定されている。

子の樹皮の袋から溢れ、革袋に詰めて山と積んだ金粉は、古い袋の縫い目からこぼれるがままだ。海草からとりだした細い繊維の束が、エジプト、ギリシャ、タプロバーヌ(34)やユダヤの亜麻の間に吊してある。壁際では石珊瑚が歯朶《しだ》の茂みのように枝を伸ばしている。そして、香料や革や香辛料、それに丸天井の高いところにいくつもの大きな束にして結わえてある駝鳥の羽根の発する、なんとも名状しがたい匂いが部屋の中に漂っていた。それぞれの廊下の入口では、何本も上端を合わせて立てた象牙が、戸口の上でアーチをなしていた。

彼は丸い石の台に上がった。執事たちがみな両腕を交差させて組み、頭を垂れるなかで、アブダロニムだけは、尖ったミトラ帽をかぶった頭を昂然と上げていた。ハミルカルは航海頭《がしら》から尋問を始めた。これは、海風がその瞼に深い皺を刻み、白髪の房を腰まで垂らした老いた船乗りで、荒れ狂う波の飛ばした泡がその髪にも髭にもいまなお付いているかのようだった。

彼の報告はこうだった。送り出した船団のひとつは、ガデスとティミアマタを経由し、「南の角《つの》」と「香料岬」を回ってエツィオンガベル到達を目指した(35)。

他の船団がさらに西に航海を続けた。四カ月間、陸地を見ることがなかったが、それでも船は舳先にからみつく海藻に悩まされ、目には見えない地平の奥で絶えず大きな滝の音がとどろいていた。血の色をした霧で太陽はかすみ、そのうち、えも言われぬ香りを運ぶ風が吹いて、船乗りをみな眠らせてしまった。今でも、そのとき何が起こったのか誰も言うことができない。何も覚えていないのだ。船団はその後スキティア人[36]の国の河をのぼり、コルキス[37]に入ってユグリア人とエスティア人[38]の国を巡り、多島海では千五百人の処女を攫《さら》い、そしてエストリモン岬[39]を越えて航行する他国の船は、

(34)　セイロン島（現スリランカ）の古名。

(35)　紀元前五世紀後半、ハンノーという航海隊長が大船団を率いてアフリカ大西洋岸を南下し、その航海についてカーモン神殿に簡潔な報告の銘文を刻み捧げた。それがギリシャ語に翻訳されて『ハンノー周航記』として今に伝わっている。ティミアマタはおそらくこの『周航記』にあるティミアテリオン（ハンノーが航海二日目に築いた最初の植民集落）、「南の角」は（この時の航海の最終地点である）現カメルーンあるいはガボン湾の地名と想定される。エツィオンガベルは紅海の奥、アカバ湾の町。「香料岬」はモンテスキューが『法の精神』（XXI—X）で言及している紅海入口の岬。「航海頭」が言うこの航海が実現したとすれば、カルタゴ人は、ジブラルタル海峡を抜けてカディス（第三章注16）からアフリカ西岸を南下、ヴァスコ＝ダ＝ガマの千七百年前に、喜望峰まわりの大陸周航を果たしていたことになる。もっとも作者は、『周航記』の地名を説明抜きで引用しつつ、「南の角」が喜望峰ともとれるように故意に曖昧にしていると考えられる。

(36)　黒海北岸からウクライナの草原を支配していたと言われる謎の古代騎馬遊牧民族。

(37)　現ジョージア。金を産した。

(38)　ユグリア人は現ハンガリー人、エスティア人は小アジア北西部にあった国ビチュニアの住人（ベルレットル版およびフラマリオン版の注による）。

北方航路の秘密を守るためすべて沈めた。しかし、シェスバール[40]の香はプトレマイオス王に買い占められ、シラクサ、エラティア[41]、コルシカ、その他の島々からは何も調達できなかった。ここで老水夫は声をおとして言った。三段櫂船が一隻、ルシカダ[42]でヌミディア人に奪われた。「ヌミディアは蛮人どもの側についてしまったのです、お屋形さま！」

ハミルカルは眉をひそめた。それから、今度は隊商頭《がしら》を指さして報告を命じた。帯のない茶色の長衣を着た男で、頭をすっぽりと覆う白い布が、口もとから後ろに回って肩の上に垂れていた。

いつも決まって、冬の昼夜平分日[43]に隊商が出発した。しかし、見事な駱駝に新しい革袋と染色した布地を山と積んで、エチオピアの果てへ向かった千五百人の男たちのうち、カルタゴに帰ってきたのはただひとりだった。ほかの者はみな、疲れ果てて死ぬか、砂漠の恐怖で気が狂うかしてしまった。戻ってきたその男の言うには、黒ハルシュ[44]のずっと先、アタランテス人[45]と大猿の国のさらに向こうに、広大な国々が続いていて、そこではどんな些細な道具もすべて金でできている。海のように広い乳色の河がとうとうと流れ、青い木の繁る森や、芳香を放つ植物が覆う丘がある。人間の顔をした異様な生き物が岩山に住みついており、それがこちらを見るときの目は開いた大輪の花のようだ。それから竜がうようよいる湖があって、その向こうでは水晶の山々が太陽を支えている。ほかの隊商が、孔雀と胡椒と珍しい布地を携えてインドから戻ってきた。しかし、シルトの道とアンモン神殿を通って瑪瑙《めのう》や玉髄を買いに行ったキャラバンは、砂漠で全滅したものと思われる。ゲトゥリアとファッザナ(46)への隊商はいつもどおりの産品を運んできたものの、今は、隊商頭の自分には、新たなキャラバンを送りだすことはとうていできない。

ハミルカルはすぐに察した。傭兵軍がカルタゴ後背地の平野を占拠しているのだ。

(39)　スペイン北岸ガスコーニュ湾の岬(前注二版の注による。プレイヤッド版はジブラルタル海峡の岬としている)。
(40)　古代アラビア半島南部の町。香料を産した(ベルレットル版注による)。
(41)　ベルレットル版によれば、古代ギリシャにこの名の町が二つあった。
(42)　ヌミディアの都キルタ(第二章注2)の北の港フィリップヴィル(現スキクダ)の古名。
(43)　原語は équinoxe d'hiver.「春(秋)分 équinoxe de printemps(d'automne)」あるいは「冬至 solstice d'hiver」の誤りと思われる。なお後者はこの後の「小作地頭」の科白に現れる。
(44)　北アフリカ南部の山脈。黒ハルシュと白ハルシュがあった。
(45)　第六章注6のガラマンテス人についての記述のやや先で、ヘロドトスがその名を挙げているリビアの種族(『歴史』Ⅳ―184)。
(46)　現リビア南部の古代の地方名。

低い呻き声をあげ彼はクッションに寄りかかる腕を替えた。小作地頭《がしら》は、これはずんぐりと肩幅が広く、大きな赤い目の男だったが、話すことを恐れるあまりにぶるぶると震えていた。しし鼻の、ブルドッグのような顔で、樹皮の繊維を編んだ網をかぶり、ふさふさと毛のついた豹皮の帯を締めていたが、その腰には見るからに恐ろしい二本の幅広の短剣が輝いていた。

ハミルカルの目が向くやいなや、男は大声で神々の名を唱えだした。自分のせいではない！　どうすることもできなかったのだ！　気温に、耕地の地味に気を配り、星を観察し、ちゃんと冬至に作付けをし、月が欠ける時に枝を下ろした。奴隷の監督も怠りなく、彼らの着るものにまで目を光らせていた。

ハミルカルは男の多弁に苛立って舌打ちした。短剣を帯びた男はおそろしい早口でまくしたてた。

「ああ、お屋形さま！　やつらはすべてを略奪し、荒らし、破壊しました！　マスカラで三千本の木を切り倒し、ウバダでは穀物倉を破り、ため池を埋めてしまった！　テデスでは千五百ゴモール(47)の小麦粉を奪い、マラッザナでは牧人たちを殺して群の羊を食い、館を焼き払った。夏になるとお屋形さまがおいでになっていたレバノン杉材のあの素晴らしい館を！　トゥブルボでは、大麦を刈る奴隷がみな山に逃げ、そしてロバもラバも小ラバも、タオルミーヌの牛もオリンギスの縞馬も、ただの一頭も残っていません！　みんな持っていかれました！　これは神の呪いだ！　わたしは生き長らえますまい！」涙とともに男は続けた。「ああ本当に、倉はどこも一杯、犂はみなぴかぴかでした！　ああ、あの見事な牡羊たち！　おお、あの見事な牡牛たち！」

ハミルカルは怒りのあまりに息を詰まらせていた。それがはじけた。

「黙れ！　それでは、わしは今や貧乏人だと言うのか。嘘を言うな！　本当のことを言え！　わしが失ったものをすべて、最後の一シケル[48]、最後の一カブ[49]まで知りたい！　アブダロニム、船とキャラバンの帳簿を持ってこい！　小作地と家の帳簿もだ！　おまえたち、もし心にやましいところがあるなら、その首がとぶと思え！　出ていけ！」

執事たちは、両こぶしを床にまで垂れ、後ずさりして出ていった。

アブダロニムは、壁にはめ込まれた棚のなかから、たくさん結び目のある紐や、布やパピルスの帯、細かな文字がぎっしり書きこんである羊の肩甲骨をとり出してきた。

(47)　ヘブライの容量単位。一ゴモールは約二リットル（ベルレットル版による）。
(48)　第二章注29。
(49)　ヘブライの容量単位。一リットル強。

彼はそれをハミルカルの足もとに置き、それから、木枠の中に三本の糸を張り、それに金と銀と角《つの》の玉を通したもの[50]を手渡し、そして報告を始めた。

「マッパールの百九十二軒の家を、月に一ベカ[51]で新市民[52]に貸しております」

「いや！　それは高すぎる！　貧しい者には寛大にしろ。それからな、そのなかで、気骨のありそうな者の名を書き留めておけ。その者たちが国に忠誠心をもっているかどうかに充分気をつけてな！　次！」

アブダロニムは報告を続けることをためらった。統領の寛大さに驚いたのだ。

ハミルカルは執事頭の手から布の巻物をもぎ取るようにして、それに目を落とした。

「なんだ、これは。カーモン神殿わきの三つの館が月に十二ケシタ[53]だと！　二十ケシタにしろ！　金持ち《リッシュ》連の食い物にされるのは我慢ならん」

アブダロニムは深々と頭を下げ、そして続けた。

「ティジラスさまに今期末まで二キカール[54]を、海事利率、三歩《ぶ》の利で貸しております。バール＝マルカルトさまには千五百シケルの貸付け。奴隷三十人を担保にとりましたが、十二人が塩田で死にました」

「体が頑健でなかっただけのこと」とハミルカルは笑った。「どうでもよい！　あいつが金が要るというなら、いくらでも貸してやれ！　貸して貸して貸しまくれ！　相手の富に応じて利率を変えてな」

そこで執事は急《せ》きこんで収入の部の報告に移った。アンナバ(55)の鉄鉱山、珊瑚漁と緋色染料のあがり、定住ギリシャ人農地の小作料、銀が金の十倍も値が高いアラビアへの銀の輸出、そして外国船捕獲による収益。タニット神殿へ納める、それぞれ十分の一の額を差し引いてある。「いつも申告は四分の一少なくしておきました、お屋形さま！」ハミルカルは木枠の中の玉をはじいた。指の動きとともに玉がパチパチと音を立てた。

「もうよい！　それで、支出のほうは？」

「コリントスのストラトニクレス、およびアレクサンドリアの三商人に、そのときの証書をそこに添えてございますが、それぞれアテナイ銀貨一万ドラクマ、シリアの

(50) 算盤《そろばん》に似ている。

(51) ヘブライの重さの単位で半シケル、または半シケル銀貨。

(52) 新たにカルタゴ市内に受け入れられた外国人。この後ハミルカルはこの新カルタゴ人に市民権を与えることを約束し、傭兵との戦いに用いる。

(53) ヘブライ金貨の名。

(54) 一キカールは十八キログラム。その重さに相当する金または金貨(プレイヤッド版による)。

(55) ヌミディアの港町ボーヌの古名。現アルジェリアのアンナバ。

金《きん》で十二タレント支払いました。乗組員の食費が高騰し、船一隻あたり月に二十ミーヌ(56)かかりますので」

「分かっておる！　船で出た損失は？」

「その勘定書がこちらの鉛板でございます。共同で雇った船につきましては、積み荷を海に投棄せざるを得ないことが多くございましたので、出資者の数により負担額はまちまちになっております。兵器廠から借りて返却不能となりました綱具の代金を、シシート会から八百ケシタ要求されました。ウッティカへ軍を送る前でございました」

「やつらか、また！」と言ってハミルカルはうなだれ、しばらく、自分に向けられた憎悪の重みを身に沁みて感じる風だった。「ところで、ここの、メガラの経費はどこに書いてあるんだ」

アブダロニムは顔をさっと青ざめさせ、壁の中の別の棚から、革紐を通していくつもの束にしたエジプト無花果の木の板を取り出してきた。

ハミルカルは、細々とした家の経費に興味をそそられ黙って聞いていた。数字を読み上げる執事の単調な声に心がなごまされた。が、その読み上げ方は次第に遅くなった。突然、アブダロニムは板を手から放し、同時に自身も床に身を投げた。両腕を上に伸ばして平伏する、まるで死の宣告を待つ者の姿だった。ハミルカルは驚いた様子もなく、散乱した木片を拾いあげた。が、そこに書かれたある数字に目が留まったとき、彼は口をあんぐりと開け、その目を大きく見開いた。それはたった一日の出費、肉や魚、鳥、葡萄酒や香辛料などの飲食費に、割れた壺、殺された奴隷、持ち去られた絨毯などの損失額を加えた、途方もない数字だった。

アブダロニムはひれ伏したまま、蛮人たちのあの饗宴の夜のことを語った。議会《アンシャン》の命令に逆らうことはできなかった。それに、兵士たちの饗応には金に糸目をつけないというサラムボーさまの意向もあった。

娘の名を耳にしてハミルカルは飛び起きた。それから、唇をきっと結んで再びクッションの山の上にうずくまり、目を据え喘ぎながら、爪でクッションの房飾りを掻きむしった。

「立て！」と彼は執事に言い、自分も石の台からおりた。

アブダロニムは膝をがくがくさせて後に従った。が、やにわに鉄棒を一本つかみ、それで猛然と床の敷石を剥がし始めた。丸い木の板がひとつ飛んだ。そしてまたひとつ。やがてこの長い廊下に、穀物をいっぱいに蓄えた穴蔵を塞いでいた大きな木の蓋

(56)　銀一ミーヌは六十シケル。

がずらりと並んだ。

「ご覧ください、バールの目よ」体を震わせながら執事は言った。「やつらにすべて奪われたわけではありません！　穴蔵は深く、それぞれ五十クデ[57]、それがみないっぱいです！　お留守の間に、このような穴を武器庫や庭、至るところに掘らせました。お心に叡智が満ちるごとく、お屋敷には小麦が溢れております！」

ハミルカルの顔にふと満足げな笑みが浮かんだ。「よくやったぞ、アブダロニム！」そして身をかがめて耳打ちした。「エトルリアからも、ブルティウムからも、どこでもよい、おまえの好きな所からとり寄せろ。値はいくらでも構わん！　かき集め、蓄えろ！　わしはカルタゴの小麦を独り占めにしておかねばならん」

廊下の端までくると、アブダロニムは腰帯に下げていた鍵のひとつで扉を開けた。それは大きな四角い部屋で、中央に立ち並ぶレバノン杉の柱で仕切られていた。金貨、銀貨、青銅貨が台の上に整然と積まれ、また壁龕《へきがん》[58]の中に納めてあって、それが部屋の四つの壁沿いに床から天井の梁にまで達していた。隅に置かれた河馬《かば》皮の巨大な籠の中には、やや小さな袋がぎっしり並んでいた。床の敷石のあちこちにビロン貨[59]が山と積まれていた。大きな貨幣をあまりに高く積み上げて崩れた山もあり、それは廃墟の円柱のようだった。椰子の下に馬とともにタニット神の顔を描いた大きなカルタゴ貨幣が、牡牛や星、球や三日月が描かれた、フェニキア植民市の貨幣と混じっていた。さらに、あらゆる価値、あらゆる大きさ、あらゆる時代の貨幣の山がところ狭しと並んでいた。爪の薄さの古いアッシリア貨幣から、人間の手よりも厚いラティウム貨幣、ボタンのようなアイギナ島(60)の硬貨、バクトリア(61)のタブレット貨、ラケダイモン(62)の短い棒状の貨幣まで。すっかり錆つき、汚れ、水に濡れて緑色に、あるいは火で黒焦げになったものも多かった。なにしろ、網ですくったり、また包囲戦後の町の瓦礫の中から掘り出したりしてきた貨幣なのだ。統領は、その総額がいま報告を受けた儲けと損失の合算額と合うかどうか、さっと概算し終えた。そしてそこを立ち去ろうとして、ふと三つの青銅の大瓶を見た。その中はすっかり空になっていた。おぞましげに顔をそむけるアブダロニムに、ハミルカルはあきらめて、何も言わなかった。そこでは鎖で別の廊下や部屋をいくつも通り抜けて、二人はある扉の前に着いた。

(57) 約二十五メートル。
(58) 壁に設けられた窪み。
(59) 銅と銀の合金の鋳造貨。
(60) ギリシャ南部、エギナ島あるいはアイナ島とも呼ばれる。
(61) 現アフガニスタン北部にあった古代王国。
(62) 古代スパルタの正式名称。

くくられた男がひとり守衛がわりになっていた。それはカルタゴが新たにとり入れたローマの慣わしで、腹に巻きつけた長い鎖の端を壁にがっしりと埋めこんである。髭も爪もとてつもなく長く伸びたその男は、囚われの獣のように体を絶えず左右に揺らしていた。ハミルカルだと分かるやいなや、男は大声をあげながら前に進んできた。

「後生だ！　バールの目！　憐れと思って、俺を殺してくれ！　もう十年も太陽をおがんでいない！　親父さんの名にかけて、どうかお願いだ！」

　ハミルカルはそれには答えず、手をたたいた。三人の男が現れた。そして男たち四人が力を合わせて、扉の閂《かんぬき》になっていた巨大な棒を鉄輪から引き抜いた。ハミルカルは燭台を手にとり、闇の中に入っていった。そこはバルカ家先祖代々の墓があると思われていた場所だった。しかし一見、そこには大きな井戸がひとつあるだけだった。ただ泥棒を騙すために掘った井戸で、中に何も隠してはいなかった。ハミルカルはその脇を通りすぎ、それから身をかがめ、ころに乗った重い臼を回し、そうして開いた口から中に入った。そこは円錐形に作られた部屋だった。

　うろこ状の青銅の薄板が壁を覆っていた。中央に、ケルト・イベリア(63)の鉱山の開発者アレテスの名を刻んだカビルス神像が、花崗岩の台座の上に立っていた。その足もとの床に、たくさんの大きな金の楯と奇怪な銀の壺が十字形に並べられていた。壺は頭が塞がれ、その形状も異様で、実用とはかけ離れたものだった。略奪を、さらには持ち運ぶことすらほぼ不可能にするために、大量の金属を溶かしてこのような鋳物にする習いだったのである。

燭台の火で、彼は神像の頭巾に取りつけてあった坑夫用ランプを灯した。と突然、緑や黄や青や紫、ワイン色、血の色の光が、部屋を皓々と照らしだした。部屋は宝石で満ちていた。それは黄金のひょうたんに入れて、ランプ台のように青銅の壁板に掛けてあったり、また大きな天然の塊のまま壁際に並べてあったりした。投石器を使って岩壁から剝がし落としたカライス、[64] 大山猫の尿からできた柘榴石、月から降ってきたグロッソ石、[65] ティアノス、[66] ダイヤモンド、サンダストルム[67]と緑柱石《ベリル》[68]、さらに三種の

(63) イベリア半島北部の古代の地方名。

(64) ハミルカルの財宝中ここから列挙される数々の宝石の存在は、小説出版直後の「サラムボー論争」でとくに考古学者フレーナーにより、そのうちの多くが伝説あるいは迷信であると批判されたが、フローベールには確固とした典拠があった。主たるものがプリニウス(第一章注24)で、この「カライス」については『博物誌』にインドの背後の国で採れる緑色の大きな石とあり、その採掘方法もフローベールの簡潔な表現どおりである。続く「大山猫の尿からできた柘榴石」についても、ガーネットに似た宝石との記述がある。

(65) glosso-「舌」-petr「石」。人間の舌の形をし、月食のとき天から降ってくる(『博物誌』)。

(66) 原語は tyanos. おそらく『博物誌』にある tanos(タノス)。エメラルドの一種。

ルビーと四種のサファイアそして十二種類のエメラルドがあった。これらの宝石が、まるで跳ね飛んだミルクのよう、また青い氷の塊のよう、あるいは銀粉のようにいっせいにきらめき、あるものはその光を辺り一面に広げ、あるいは鋭い光の矢となって走り、あるいはまた点々と星のように輝いているのだった。雷が産んだ雷斧《らいふ》(69)が、毒を消す玉髄の傍らで光っていた。恐怖心を遠ざけるザバルカ山(70)の黄玉《トパーズ》も、流産を防ぐバクトリアの蛋白石《オパール》も、そしてお告げの夢をみるために寝床の下に置くアンモン貝(71)もそろっていた。

中央に置かれた大きな金の楯に、宝石の光とランプの炎が映っていた。ハミルカルは立ったまま腕を組み微笑んでいた。彼のその悦楽は、この部屋の光景そのものよりもむしろ自分が有する富の意識からきていた。その富は余人を寄せつけず、無尽蔵で、無限だった。足下で眠る先祖たちから永遠不滅な何かが彼の心に送られてきた。地下の精たちを自分のごく身近に感じた。それはまさにカビルス神の悦びだった。そして四方から押し寄せて顔を打つ光、それは何か目に見えない網の端が顔に当たっているのであり、その網によって自分は、底知れぬ深淵を越えて世界の中心と繋がっているのだと彼には思えた。

ある考えが頭をよぎり彼はぴくりと震えた。まず神像の後ろに立ち、そこから壁まで真っすぐ歩いた。そして腕の入れ墨を見て、そこに横の線が一本と縦の線が二本あるのを確かめた。それはカナンの数字で十三を意味した。それで彼は壁の青銅の板を十三枚目まで数えていき、そこで再び広い袖をまくり上げた。そして右手を伸ばし、腕の別の場所に彫ったより複雑な線を読みとりながら、指をそっと、まるで竪琴弾きのように動かした。最後に、親指で壁を七度たたいた。すると、壁の一郭がまるごと、ぐるりと回転した。

背後に隠れていたのは小さな穴蔵のようなもので、そこには、名付けられもせず、価値も計り知れない神秘の品々が納められていた。三つの段があった。ハミルカルはそれをおりて、銀の桶の中から何か黒い液体に浮かんだラマの皮(72)をとり出し、再び段を上がった。

(67)　産地であるインドの地名のついた緑色の宝石。
(68)　エメラルドの一種。このあとで「青い氷の塊のよう」とあるのがこれ。
(69)　雷雨のあとに地表に露出した石器時代の石斧や石槌。雷神の持ち物とされた。
(70)　ナイル川上流の山。エメラルドの山と呼ばれた。
(71)　注2参照。「アンモン貝はエチオピア人が最も尊ぶ宝石」と作者の「ノート」にある。
(72)　ラマの原語はlamatで、南米のラクダ科の動物ラマ(リャマ)とは別。作者はある地理学書にこの語を見つけ、「羚羊《れいよう》の一種」とノートをとっている。この少し先で、ハミルカルは「毒に浸した羚羊の皮」をふところからとり出す。

それからアブダロニムがまた先に立って歩きだした。彼は握りに鈴を付けた長い杖を敷石に打ちつけながら歩き、そして部屋の前を通るたびに、ハミルカルの名を叫んだ。するとその名は、部屋の中で働く者たちがそれに和して唱える、彼を讃え祝福する言葉に包まれた。

すべての廊下がそこに達している円形の回廊があった。その壁際には、アルグミン[73]の柱やロソニアの袋[74]、レムノス島[75]の赤い土塊、そして真珠を山盛りにした亀の甲羅がずらりと並べられていた。統領はそれらを長衣の裾でかすめながら通りすぎ、太陽光が生成したほとんど神聖な物質、琥《こ》珀《はく》[76]の巨大な塊がごろごろ置いてあるのにも目を留めることはなかった。

ある扉の前に着いた。かぐわしい蒸気が洩れ出ていた。

「扉を押せ！」

二人は中に入った。

裸の男たちが、粉を捏《こ》ね、香草を砕いて粉末にし、炭火をかき立て、瓶に油を注ぎ、そして壁の中にぐるりと掘ってあるいくつもの卵形の穴の蓋を、ひっきりなしに開け閉めしていた。壁にあいたその丸い穴はあまりに数多く、そのため部屋はまるで蜜蜂の巣箱のようだった。ミロバロンやブデリウム[77]、そしてサフランやスミレがそこから溢れ出ていた。至るところ、ゴム樹脂や香草の粉や根、ガラスの小瓶、フィリペンデュラ(78)の枝や薔薇の花弁でいっぱいだった。中央の、青銅の三脚台でえごの木(79)がじりじり焼ける煙が渦をまいていたが、それでも部屋の中はあまりに強い様々な匂いで息が詰まりそうだった。

芳香頭《がしら》が、これは青白い顔でひょろりとしたろうそくのような男だったが、ハミルカルの前に歩み寄って、丸い棒状のメトピオン(80)の塊を手にすりつけ、同時に別の二人の男がうずくまって彼の両足の踵をバカリス(81)の葉でこすった。ハミルカルはその男た

(73) 旧約聖書『列王記上』(10—11、12)に言及のある白檀《びゃくだん》の木と想定される。芳香がある。
(74) ロソニアは地中海地方原産の灌木ヘンナの学名。その葉の粉末を詰めた袋。マニキュアなどに用いるヘンナ染料が抽出される。のちにサラムボーもこれを用いる。
(75) エーゲ海の島。前注ロソニア同様、出典はプリニウス『博物誌』。
(76) ギリシャの太陽神アポロンの息子パエトンにまつわる悲しい神話もあり、琥珀は「太陽の石」という別名をもつ。
(77) ともに出典はプリニウス。ミロバロン(ミロバラン)は、葉がヘリオトロープに似た木で、どんぐり状の種子から香料を採り、ブデリウムはバクトリア(注61)の木で、樹皮から芳香性ゴム(粘性液)を採る。
(78) バラ科の多年草。葉と根が薬剤や香料となる。和名は下野草《しもつけそう》。
(79) 原語はstyrax. 和名えごの木。エゴノキ属の数種の樹脂は安息香《あんそくこう》として香料になる。
(80) プリニウスにアフリカの木の樹脂としてこの名が出ている。偽造法の記述もある。

ちをはねのけた。これらは卑しい習俗のキュレネ[82]の人間だったが、様々な香料の製法に通じているがゆえにカルタゴでは重用されていたのである。

用意周到ぶりを見せようと、芳香頭は統領に、エレクトラム[83]の匙《さじ》にすくった少量のマロバトル[84]を味見させ、それから三つのインドの胃石[85]に革通し[86]で穴をあけた。しかしごまかしの手口に心得のあるハミルカルは、バルサム[87]をいっぱいに満たした角《つの》を手にとって炭火に近づけてからそれを自分の長衣の上で傾けた。布地に茶色の染みが現れた。混ぜ物をした証拠だった。彼は芳香頭をじっとにらみ、ものも言わずに、そのガゼルの角を顔に投げつけた。

自分の意に反したバルサムの変造にこれほど腹を立てたハミルカルだが、海外向けに荷造りしているナルド香油の箱を見たときには、アンチモンを混ぜろと命じた。重さを増すためだった。

それから彼は自分専用のプサガス[88]の三つの箱はどこにいったかと尋ねた。芳香頭は白状した。まったく分からない。小刀を持った兵士たちが怒号をあげながら入ってきたのだ。仕方なくプサガスの棚を開けてしまった。

「おまえは、わしよりも傭兵が怖いのだな！」統領は怒鳴った。安息香の煙をとおして、松明の火よりも強くきらめく瞳が、この青白い顔の大男に注がれた。男はすぐにおのれの運命を察した。「アブダロニム！　日暮れ前に、こいつに鞭だ！　八つ裂きにしろ！」

物的被害としては他よりも軽微なこの損失に、彼がこれほど激昂したのは、努めて頭から追い出そう、考えまいとしている傭兵たちのことを、ここでまた思い出させられたからである。蛮人どもの狼藉は、彼のなかでは娘の恥辱と固く結びついていて、それで彼は、家の者たちがみな知っていながら、自分にはひと言も口を開こうとしないことに我慢がならなかった。しかし、自分の不幸の意識に彼をさらに深くのめり込ませる何かがあった。そして、探査と糾問の熱に浮かされたように、商館の背後の、

(81)　プリニウスがナルド香油（を採ることのできる草）の一種としている baccaris あるいは蛇の毒消しに効用ありとしている薬草 bacchar か。

(82)　第二章注31。

(83)　金と銀の天然合金。琥珀金ともいう。

(84)　第一章注24。

(85)　ある種の動物の胃の結石。解毒作用があると信じられていた。

(86)　革に穴をあける錐《きり》。

(87)　樹脂を精油に溶解させた混合物。

(88)　アテナイオス（第五章注10）に香水として言及がある psagdas のことか。フローベールは psagas と綴っている。

ひとつの大きな屋根の下にある貯蔵庫を次々と見てまわった。瀝青《チャン》、木材、錨と綱具、蜜と蠟《ろう》の備蓄、そして布や食糧の倉と、大理石とシルフィウム⁽⁸⁹⁾の倉庫。

続いて庭園の反対側に行き、そこに建ち並ぶ工房や、様々な販売用の品々の製造小屋で働く手飼いの職人たちの仕事ぶりを検分した。仕立て師はマントに縫取りをしていた。他に、網を編む者、クッションに模様をつける者、サンダルを裁つ者がいた。エジプトの職人は貝殻でパピルスを磨いていた。織機の杼《ひ》が走り、そして武具師が鉄床《かなどこ》を打つ音が響いていた。

ハミルカルは武具師たちに言った。

「そうだ、鉄を鍛えて剣を造れ！　どんどん造れ！　いまに必要になるからな」　それから彼は毒に浸した羚羊の皮をふところからとり出した。鉄の刃も炎も寄せつけない、青銅の甲冑よりも堅い鎧《よろい》をそれで造らせるためだった。

統領が職人たちに近づいた当初から、アブダロニムはぼそぼそ呟《つぶや》いて彼らの工作物を貶《けな》し続けた。その怒りの矛先が自分からそれて彼らに向くようにとの魂胆である。「なんたるできばえだ！　まったく、目もあてられない！　お屋形さまはお人がよすぎる」　ハミルカルはそれにには耳を貸さず、その場を離れた。

その歩みは鈍った。すっかり焼け焦げた大木が何本も道を塞いでいたからである。

まるで羊飼いが野営したあとの森のようだった。柵は破られ、溝の水は涸れ、泥のぬかるみにガラスの破片や猿の骨が散らばっていた。茂みのあちこちにぼろ切れがぶら下がり、檸檬の木の下では落ちた花が腐って黄色い堆肥のようになっていた。召使たちは、お屋形さまはもう戻ってこないと思いこんで、荒れ果てた庭をそのまま放置してあったのである。

一歩進むごとに新たな災厄が見つかった。その一つひとつが、彼が知るまいと努めてきたことが確かに起こった証だった。その矢先に、汚物を踏みつけて緋色の編み上げ靴が汚れた。ああ、あいつらが今は野放しなのだ！　目の前にそろっていたら、弩砲で木っ端みじんに吹き飛ばしてやるのに！　前夜モロック神殿で傭兵を擁護したことが悔やまれた。自分は甘かった。これは裏切りだ！　しかし、傭兵にも、百人会にも、サラムボーにも、ほかの誰に対しても今は恨みの晴らしようがなく、その怒りの矛先は奴隷たちに向かった。彼は庭園の奴隷全員を鉱山送りにするように命じた。

アブダロニムは統領が動物の檻の方に向かおうとするたびに身を震わせていたが、ハミルカルはふと粉挽き小屋に達する道に入っていった。そこからは沈うつな、嘆き歌うような声が洩れていた。

(89)　第二章注32。

埃の立ちこめるなかで重い臼が回っていた。それは円錐状の斑岩を二つ積み重ねた臼で、漏斗《じょうご》を付けた上の石に太い棒を通し、それを回して下の石の上で回転させる仕組みになっていた。棒を回す男たちは、腕と胸で押す者と、繋がれて前から引く者とに分かれていた。胸繋《むながい》(90)にこすられ続けた男たちの脇のあたりには、ちょうど驢馬のき甲《こう》(91)に見られるような膿んだかさぶたができていて、そしてよれよれの黒い布きれが腰をわずかに覆って垂れ下がり、尾のように膝の後ろを打っていた。みな一様に目が赤く、音を立てて足の鉄鎖を引きずり、その胸は同じ調子で激しく喘いでいた。轡《くつわ》をはめられた口では挽いたばかりの小麦粉を食べることもできず、また指のない手袋をつけた手では、粉をつかみ取ることもできなかった。

統領が入ってきたときから、木の棒は一段と大きな音を立てて軋《きし》み、それに麦粒が砕ける音が混じっていた。膝からくずおれる者が次々とでたが、男たちはその体を乗り越えて臼を回し続けた。

ハミルカルは奴隷頭《がしら》のギッデネムを呼んだ。現れたその人物は、これ見よがしの豪華な衣装に奴隷頭の尊厳をひけらかした男だった。脇が割れたその上衣は極上の緋の布製、両耳からずしりと重い耳輪を垂らし、そして両脚を覆う布の帯を、踝《くるぶし》から腰まで、金糸の紐を巻きつけて押さえてあって、それが木の幹に巻きついた蛇のようだった。たくさんの指輪をはめた指に、癲癇《てんかん》持ちであることを示す黒玉(92)の粒の首飾りをからめて持っていた。

この男にハミルカルは仕草で命じて、奴隷たちの猿轡を外させた。すると男たちはみな、飢えた獣のような吠え声をあげて小麦粉の山に飛びつき、顔を埋めて貪り食うのだった。

「おまえは奴隷を死ぬほどこき使っているな！」と統領が言った。

こうやって仕込んでいるのだとギッデネムは答えた。

「これでは、おまえをわざわざシラクサの奴隷使いの学校へやった甲斐がないではないか。奴隷を全員集めろ！」

料理人、賄《まかな》い係、馬丁、供の者、輿担《こしかつ》ぎ、蒸し風呂番、そして子供をかかえた女たち、すべての奴隷が集められ、商館からライオンの檻まで、庭の中で一列に並んだ。みな息をひそめていた。巨大な静寂(93)がメガラを埋め尽くした。夕陽が地下墓地の下の

(90)　馬具の名。鞍《くら》から馬の胸側を回して鞍を馬体に固定するベルト。
(91)　「き甲」は馬の体の部位の名。馬の背の前端で盛り上がった部分。
(92)　原語は gagate. 一般にはジェットと呼ばれる、古代の樹木の幹の化石。プリニウスに「燻蒸してその蒸気を嗅がせると癲癇患者および処女を見分けられる」という記述がある。

潟湖に伸び、孔雀が鳴いていた。ハミルカルはゆっくりと進んでいった。

「この年寄りどもはどうにもならん。売りとばせ！　ガリア人が多すぎるぞ、飲んだくれの！　クレタ人もだ、うそつきめら！　カッパドキア人、アジア人、黒人を買え！」

彼は子供の数が少ないことに驚いた。「毎年わが家ではな、ギッデネム、生れる子供がどれほど多くても多すぎということはないのだぞ！　奴隷小屋は夜ごと開け放っておけ。自由に交わることができるようにな」

続いて彼は、盗みをはたらいた者、怠け者、反抗的な者の列に移り、監督のギッデネムを叱りつけながらめいめいに罰を言い渡した。奴隷頭は、牡牛のように、太い眉がひとつながりになった額を低く垂れたままでいた。

その彼が、ひとりの屈強なリビア人を指さして言った。

「バールの目よ、こやつは首に綱を巻きつけておりましたんで」

「ああ？　おまえ、死にたいのか」吐き捨てるように統領は言った。

奴隷はふてぶてしく答えた。

「そうだ！」

するとハミルカルは、それが悪しき例となりうることも、みすみす損をすることをも省みずに、あっさり従僕に言った。

「こいつを連れてゆけ！」

彼にはこの奴隷を犠牲にしようという意図があったのかも知れない。とするとこれは、より大きな被害を回避するために、彼が強いて自らに科した災いだったのだ。ギッデネムは、手足のない奴隷を他の者の後ろに隠れるように並ばせてあった。ハミルカルはそれに気づいた。

「腕をだれが切り落としたのだ？」

「兵士たちです、バールの目よ」

ついで脚を痛めた鷺《さぎ》のようによろめいているサムニウム人(94)に、

「おまえは？　そんな風にだれがした」

奴隷頭だった。鉄の棒で男の脚を打ち砕いたのだ。

(93)　原語は silence énorme.　出版直後の「サラムボー論争」でサント＝ブーヴは、この小説の描写過多(誰にも見えないはずの暗がりの物や遠くにある物の形や色、材質などの、飽くなき細部描写へのこだわり)を指摘しつつ、とくにこの表現は「あまりにもわざとらしい」と批判した。フローベールの反応は、「私はべつに反論しません(もっとも、極度の静寂は大きな騒音に似ていますが)」というものだった。
(94)　第二章注11。

この無意味な残虐行為は統領を憤らせた。彼はギッデネムの手から黒玉の首飾りをもぎ取って言った。

「群の羊にかみつく犬に災いあれ！　奴隷を片輪にするとは！　タニットも許すまいぞ。おまえは主人を破産させる気か！　顔を肥溜めに沈めて息の根をとめてくれる。そもそも数が足りないではないか。ほかの奴隷はどこにいる？　兵士と一緒になって貴様が殺したのか？」

あまりに凄まじいその形相に女たちはみな逃げだした。奴隷たちは後ずさりして遠巻きに大きな輪をつくった。ハミルカルは、狂ったようにサンダル靴に口づけを続けるギッデネムを見下ろして立ち、握り拳を振り上げた。

しかし、どんな激戦のさなかにあっても頭脳の明晰は失わないハミルカルは、このときも、これまでそこから考えを逸らし続けてきた多くの忌まわしい出来事、被った恥辱を一瞬のうちに思い起こした。憤怒が発する稲妻のような閃光のもとに、この度の災厄の全容がはっきりと浮かびあがった。農園の経営を任せていた監督たちは傭兵を恐れてみな逃げたのだ。おそらくは兵士と共謀した者もあっただろう。裏切り者だらけではないか！　抑えに抑えてきた怒りがついに爆発した。

「みなここに引ったててこい！」彼は怒鳴った。「真っ赤な焼きごてで額に裏切り者の烙印を押せ！」

様々な責め具が運ばれてきて、庭の中央に並べられた。足鎖、首かせ、小刀、鉱山送りの者をつなぐ鎖、鉄の脚かせシプス、二枚の板に切込みをつけて両肩ごと首をはめ込むヌメラ、そして三本の革帯の先に青銅の鉤爪がついたサソリ鞭。

罪人たちはまず太陽、すべてを貪り尽くす破壊の神モロックに頭を向けて、うつ伏せあるいは仰向けに寝かせられた。それから立ったまま木にくくり付けられたのは笞刑にされる者で、脇に二人の男がいた。一人が鞭打ち、もう一人は回数を数えるのである。

男は両手で鞭を握って力いっぱい振り下ろした。三本の革帯が空気を切り裂いてプラタナスの樹皮を剝ぎ飛ばし、葉むらに血の雨を降り注がせた。叫びながら身悶えしていた男の体はみるみるうちに真っ赤な肉の塊になっていった。鉄具で締めつけられている者は爪で自分の顔を掻きむしった。木ねじが音を立てて締められ、肉を打つ音が鈍く響くなか、時おり鋭い叫び声(95)が宙を走った。料理場の方では、ずたずたに裂かれた衣服とむしりとられた髪が散らばるなかで、男たちが大きな団扇《うちわ》で炭火を扇ぎ、辺りに肉が焼ける匂いが漂っていた。鞭打たれる者は気絶しかかり、しかし腕を木にくくられているので倒れることなく、ただ目を閉じて頭を揺らすばかりだった。それを見ていた他の奴隷たちは、恐ろしさのあまりに泣き叫び始めた。そして檻のライオンたちは、おそらくあの饗宴の夜を思い出しているのだろう、壕の縁で大きな口を開けて伸びをしていた。

そのとき、テラスにサラムボーの姿が見えた。彼女は身も世もない様子で右に左に歩きまわっていた。ハミルカルがそれに気づいた。娘が自分に向かって、どうぞお許しを、というふうに両腕を差し伸べたような気がした。おぞましげに顔をそむけ、彼は象の囲い地へ向かっていった。

象を持っていることはカルタゴの名家の誇りだった。象は祖先を背に乗せて運び、幾多の戦を勝利に導いた。そしてこの動物は、太陽の寵児としてカルタゴ人に尊ばれてもいた。

とくにここメガラにいたのはカルタゴでも最強の戦象だった。ハミルカルは出征前に、片時も目を離さず象たちの世話をすることを、アブダロニムに固く誓わせてあった。しかし彼らは傭兵たちに無残に切りさいなまれて死に、生き残ったのはただの三頭だった。その三頭が、囲い地の真ん中、餌桶の残骸の前で埃まみれで横たわっていた。

彼らはハミルカルを見て近寄ってきた。

一頭は両耳がひどく大きく裂け、もう一頭は膝に深い傷を穿たれ、三頭目は鼻を切り落とされていた。

象たちは主人を、理性も感情もあるもののような悲しげな目で見つめた。そして鼻を失った象は、大きな頭を低くして前脚を折り、切断された鼻のその無残な傷跡をそっと彼にこすりつけようとするのだった。

その愛撫に、ふた粒の涙が統領の目からこぼれた。彼はアブダロニムに飛びかかった。

「ああ、この人でなし！　はりつけだ！　はりつけだ！」

アブダロニムは気を失って仰向けに倒れた。

そのとき、ゆっくりと空へと昇る青い煙を吐いている緋色染料の工場の後ろから、ジャッカルの吠え声がひとつ聞こえた。ハミルカルはぴたりと動きを止めた。

(95)　フローベールが旅に携行した『旅の手帖』とは別に、各作品執筆のための「読書ノート」や博物館などでの実地調査のメモ書きなどからなる、現存十八冊の「手帖」が『仕事の手帖 *Carnets de Travail*』として公刊されている。『サラムボー』に関するものは Carnet 7 のみで、その内容は（執筆に作者が最も長い時間をかけた）この第七章のためのノートである。その末尾に、シリアでは体刑を加える前に「髪を切る、いや、むしりとる」とあり、やや先に、笞刑の前には「服を切り裂く」とある。

その吠え声は、あたかも神の指がひと押ししたかのように、彼に息子を思い起こさせ、突如その怒りを鎮めた。自分の力をそっくり受け継ぐ息子のなかに、彼には自分の存在の無限の存続が見えていた。奴隷たちにはその鎮静がどこからきたのか分かるよしもなかった。

ただちに染料工場へ向かいながら、彼は地下牢の前を通った。それは四角い堀のなかの黒い石造りの長い建物で、周りを小道が囲み、堀の四隅に階段があった。

ジャッカルの声は三度と言ってあった。イッディバルは夜まで待つだろう。何も急ぐことはない。ハミルカルはそう思って地下牢への階段をおりていった。「お戻りなさい！」と叫ぶ者があった。つき従う勇気のある者はわずかだった。

開け放した扉が風にバタバタ鳴っていた。中に入ると、矢狭間のような穴からわずかに射しこむ夕陽で、壁に垂れ下がっている切れた鎖だけが見えた。

あれほどいた戦争捕虜！　残ったものがこれか！

ハミルカルの顔からさっと血の気が引いた。堀の縁から覗きこんでいる者には、壁に片手をついてかろうじて身を支える姿が見えた。

ここで、三度続けてジャッカルが吠えた。ハミルカルは顔をもたげた。ひと言も発せず、身動きひとつしなかった。すっかり日が沈んだ時、サボテンの生垣のある小道に入ってその姿は消えた。そしてその夜、エシュムーン神殿での大議会で、彼は入るなり言った。

「バールの光よ、傭兵に対するカルタゴ軍の指揮を引き受けよう!」

第八章　マカール河畔の戦い

さっそく翌日、彼はシシート会から金貨二十二万三千キカールを徴発し、大議会議員《リッシュ》全員に十四シェケルの税を課した。女たちからも、また各家庭の子供の分も徴収した。さらに、カルタゴでは前代未聞の由々しいことだったが、聖職者たちにも強制的に戦費を出させた。

市民の所有するすべての馬と騾馬、あらゆる武器を供出させた。富を隠そうとする者に対しては、その全財産を没収して売り払った。ほかにも出し惜しみする者が現れないように、そういう者を威嚇しまた自ら範を示そうと、彼は率先して甲冑六十と千五百ゴモールの小麦粉を供出した。それだけで象牙商団体の拠出額に相当した。

また、リグリア[1]に人をやって傭兵を募らせ、日ごろ熊を相手に戦っている山岳兵三千を得た。日に四ミーヌで六カ月分の俸給を前払いした。

それと同時に、カルタゴ正規軍の組織にとりかかった。彼はハンノーとは違って、市民なら誰でも受け入れるようなことはしなかった。まずは、出歩かない職業、座業の者をはねつけ、ついで腹の出っぱった者および臆病そうな顔つきの者を拒否した。反対に、卑しい身分の者、マルカ地区のならず者たち、蛮人の子や解放奴隷を好んで受け入れ、入隊した新市民(2)には、その見返りに完全な市民権を与えることを約した。

ついで神聖軍団の改革と取り組んだ。あの美丈夫ぞろいの若者たちは、共和国軍の尊厳を一身に担うものと自負し、軍団内での指揮管理は彼ら自身に任されていた。ハミルカルはその彼らから将校の身分を剝奪し、全員に厳しい訓練を課した。彼らを走らせ、跳ばせ、ビルサの丘を一気に駆け上がらせ、槍投げをさせ、互いに格闘させ、そして夜は広場で寝させるのだった。その姿を見に来た家族は不憫なあまりに涙を流した。

彼は、従来のものより短い剣と、より頑丈な軍用長靴の製造を命じ、また従軍させ得る従者の数を定め、行李の分量も制限した。さらに、モロック神殿が保有していたローマの投げ槍三百本を、神官長の抗議をはねつけて押収した。

ウッティカでの戦の生き残りに個人所有の象を加えて、七十二頭からなる戦象隊を

(1)　第一章注5。
(2)　第七章注52。

形成し、おそろしい装備をさせた。そして象使いには槌《つち》と鑿《のみ》を持たせた。乱戦で逆上し制御できなくなった象の脳天をそれで砕くのである。

最高議会が個々の将官を指名する習慣を彼は断固拒否した。法を楯にした議員《アンシャン》の反対にも頑として譲らなかった。あえて異議を唱え続ける者はいなかった。こうして、その軍才に発する強烈な指導力の前にすべては屈伏した。

彼は軍の管理と財政、戦争の全指揮権を一手に握った。そして、専横という非難を招くことへの予防策として、自らの財産の監査役にもうひとりの統領ハンノーが就くことを要請した。

城壁の補強にも抜かりはなかった。そして石材を得るために、今は無用の長物となっている市内の古い城壁の名残をとり壊させた。しかし、人種による階級意識が富の多寡による違いに形を変えて、古《いにしえ》の征服者と被征服者の子孫を今なお隔て続けていた。そこで貴族はその城壁の解体に苛立たしげな目を向け、一方平民は、なぜとも知らず喜びを感じるのだった。

武装兵士の隊列が朝から晩まで通りを行進した。ラッパの音が途切れることはなく、荷車に満載の楯やテントや槍が運ばれていった。家々の中庭は布を裂く作業に余念のない女たちでいっぱいだった。熱意が人から人へ伝染し、ハミルカルの魂はいまや隅々までカルタゴを満たしていた。

部隊は偶数の兵士による編成とし、また縦列には強兵と弱兵を交互に配して、間に挟まれた体力や気力に欠ける者が前後の二人に引きずられて前進できるように配慮した。しかし、リグリア兵三千と選りすぐりのカルタゴ人兵士を合わせて、ようやく四千九十六人の重装歩兵からなるファランクス(3)を編成するのがやっとだった。彼はこれを青銅の兜と長さ七メートル半のトネリコの槍(4)で装備させた。

投石隊はサンダル靴を履いて短刀一本を持つ若年兵二千。これを丸形の楯とローマ風の剣を備えた兵八百で補強した。

重騎兵部隊は神聖軍団生き残りの千九百人の衛兵からなり、これはアッシリアのクリナバール兵(5)さながら、真っ赤なブロンズの小札鎧《こざねよろい》で全身を覆っていた。ほかに、革

(3)　長槍を持ち方形の密集陣形で戦う完全武装の歩兵部隊。十六名の兵を十六列配置した方陣(シンタグマ)を一単位とし、この方陣八個を八列配してファランクスを構成した。四千九十六人ということは、この方陣が四個四列だったことになる。

(4)　原語は sarisse. サリッサ、古代マケドニア重装歩兵の長槍。

(5)　ベルレットル版注によれば、ヘロドトスに「何物も貫くことのできない銅の小札鎧で全身を覆ったアッシリアのクリナバール兵」との記述がある由。また紀元四世紀ローマの歴史家アミアヌス・マルケリヌスは「ペルシャ人がクリバナールと呼ぶ重装騎兵」に言及している(『ローマ史』XVI―X)。

のチュニカと鼬皮《いたち》の丸帽といういでたちで、両刃の斧を持った騎馬の弓兵四百がいた。この弓隊はタラント兵[6]と呼ばれた。そして最後に、隊商地区から徴用された千二百の黒人兵がおり、これはクリナバール隊[7]に組みこまれ、たてがみに手をかけて馬の脇を走ることになっていた。こうして戦の準備は整った。が、ハミルカルは動こうとしなかった。

しばしば、彼は夜中にただひとりカルタゴを抜け出し、潟湖の先、マカールの河口近くまで足をのばした。もしや傭兵軍と手を組むつもりか？ マッパールでは、彼の屋敷を囲んでまるで守備隊のようにリグリア兵が陣を張っているではないか。

富豪《リッシュ》たちのこの懸念は、ある日三百人の傭兵が城壁に近づいて来るのが見えたとき、まさに的中したかに思われた。統領は城門を開けてやっているではないか！ しかし、それはカルタゴに寝返った兵士たちだった。恐れからか忠誠心からか、かつての指揮官のもとへ戻ってきたのである。

ハミルカルの帰還に傭兵たちは少しも驚かなかった。彼らにとってこれは死ぬはずのない男だったのだ。統領は約束を果たすために帰ってきたのではないか。これは彼らとしてはなんら徒な望みではなかった。カルタゴ国と軍との間の溝はそれほど深かったのである。それに、彼らはハミルカルに対して罪を犯したとはまったく思っていなかった。あの饗宴のことは忘れ果てていたのだ。

捕らえたカルタゴの密偵によって彼らのその甘い希望は打ち砕かれた。このことは反カルタゴ急先鋒の者たちにとっての勝利だった。微温的だった者ですら、カルタゴが戦争準備を進めていると知って猛り狂ったからである。それに、うち続く二つの町ウッティカとヒポ＝ザリトゥスの包囲戦に彼らはうんざりしていた。これでは埒があかない、一挙に決戦を挑むほうがましだ！　こうして多くの兵士が隊を離れ野に散っていたのだが、その彼らが、カルタゴが軍備を整えていると知って陣地に戻ってきた。マトーは小躍りして、「やっと！　やっとだ！」と叫んだ。

サラムボーに対して抱いてきた恨みがそっくりハミルカルに向かった。恨みは憎しみに変わり、今や確固たる対象を得た。それによって、復讐を遂げる手段をより容易に構想できるようになったことで、マトーはもう復讐をほとんど果たしたような気になって、すでに歓喜に浸っていた。しかし同時に、より高次の愛情にもとらわれ、よ

（6）　Tarente は南イタリアの町（ラテン語名タレントゥム）。ローマによるイタリア半島統一以前はギリシャ（スパルタ）の植民市だった。

（7）　騎馬の弓兵がタラント兵と呼ばれるように、「アッシリアのクリナバール兵さながら」の元神聖軍団衛兵からなる重騎兵部隊は、これ以後クリナバール隊と呼ばれる。

り激しい欲望に苛まれていた。兵士たちの真ん中で、穂先に統領の首を取りつけた槍を振りかざす自分の姿がありありと目に浮かんだかと思うと、次の想像の中では、彼は緋の寝台のある部屋であの愛しい娘を腕に抱きしめ、豊かな漆黒の髪に指を通してその顔を口づけで覆っているのだった。とうてい叶わぬ夢だと分かっているので、この空想は彼を拷問のように苦しめた。仲間たちからシャリシム(8)に推したてられた身として、彼は先頭に立ってこの戦《いくさ》を戦い抜くことを自らに誓った。後戻りは決してできないという彼の強い思いが、この後、この戦争を苛烈きわまりないものにしていくのである。

　彼はウッティカのスペンディウスのもとへ駆けつけて言った。

「部下をまとめろ！　俺は俺の部隊を率いていく。オータリートにも知らせるんだ！　今ハミルカルに攻められたら俺たちはおわりだぞ！　分かったか。さあ、立て！」

　スペンディウスはこの威厳ある態度に驚いた。これまで、マトーはいつも彼の言いなりで、ときに激情に駆られることがあっても、その昂りはすぐに鎮まるのが常だった。それがどうだろう。今のマトーは、より冷静であると同時により猛々しく見えた。その目は、凄まじいばかりの意志と気力の光を放ち、まるで燃えあがる燔祭の炎のようだった。

相手のギリシャ人は、しかし、マトーの言うとおりにしようとはしなかった。彼は真珠の縁飾りをつけたカルタゴ人のテントのひとつに住み、銀の盃で冷たい飲み物を飲み、コッタボス(9)をし、髪を長く伸ばし、そうしてのんびりとウッティカ包囲を続けていた。そのかたわら、彼はひそかに城内に間諜をつくることに成功していて、それを通じて町がほどなく城門を開くことは確かだと思っており、それで包囲陣を解いて野戦に臨むことに反対だったのである。

ナルハヴァスが、この若いヌミディア王は傭兵軍の三つの陣地の間をうろついていたのだが、このときちょうどその場に居合わせた。彼はスペンディウスに同調し、さらに、リビア人総大将の蛮勇は自分たちの当初の作戦を台無しにするものだと言った。

「戦うのが怖いなら、ここを去れ!」マトーが叫んだ。「おぬしが約束した松脂、硫黄、象、歩兵、馬はどうなった! どこにあるんだ」

落ちのびるハンノーの軍団の後尾を撃滅したのは自分だぞ、とナルハヴァスは言っ

(8) 第六章注7。
(9) 古代ギリシャの占いのゲーム。天秤の一方の皿に乗せた鉢に飲み残しの盃の酒を投げ入れ、重みで下った皿が、あらかじめ下に置いたブロンズの小像に打ち当たる音の大きさで占う。

た。象については、森で象狩りの最中だし、歩兵隊には装備を整えさせているところ、馬はまさに今こちらに向かっている。こう言って、彼は肩に垂れている駝鳥の羽根をなでながら、女のように目をくるくる転がし、人をいらいらさせる薄笑いを浮かべていた。こんな男を前に、マトーには答える言葉もなかった。

見知らぬ男がひとり入ってきた。汗にまみれ、狼狽し、足から血を流し、腰帯はほどけている。荒い息づかいで肋骨が激しく突き上げられ、痩せた脇腹が裂けそうだった。男は目を大きく見開いて理解不能の言葉で何やら話した。[10] どこかで突発した戦闘の報告に違いなかった。ヌミディア王は外に飛び出し、部下の騎兵を呼び集めた。

騎馬隊は平原で彼の前に円陣を作った。ナルハヴァスは馬上で頭を垂れ唇を嚙んでいた。結局、彼は自分の騎馬隊を二分して、一隊にはそこにとどまって待つように指示し、いかにも慌てた態《てい》で別の一隊を率いて全速力で駆けさせ、遥かな山並みに向かい地平のかなたに姿を消した。

「大将」スペンディウスがつぶやくように言った。「どうも気に食わないんですがね、普通じゃないことがこう重なるというのは。統領が帰ってきて、ナルハヴァスは行ってしまった……」

「なに、かまうものか！」マトーは吐き捨てた。

だからすぐにオータリートと合流してハミルカルの機先を制すべし、それだけのことだ。しかし、二つの町の包囲を解けば、町を出てきた住民たちに背後を襲われ、自分たちはカルタゴ軍との挟み打ちになるのではないか。あれこれ論議を尽くした末に、結局次のような策が定められ、それはただちに実行された。

スペンディウスは一万五千の兵とともに、ウッティカから三マイルの距離にある、マカール河にかかる唯一の橋にまで移動し、この橋の四隅に投石器を備えた巨大な櫓を築いた。切り倒した木や大きな岩、厚い茨垣や石を積んだ壁で、山間のあらゆる小道、あらゆる狭道を塞いだ。山の頂きには草を積み上げた。火をつけて狼煙《のろし》にするのだ。そして遠目のきく牧人あがりの兵をあちこちに配置した。

おそらくハミルカルは、ハンノーのように温泉山を迂回するコースをとることはあるまい。この方面の平地を押さえているオータリートに道を阻まれると彼は考えるはずだ。それに野戦では、緒戦での敗北はそのまま破滅につながり、またもし勝利したにしても、傭兵軍の主力はまだ遠くにいるのだから戦いは続くことになる。あるいは、ブドウ岬(11)に上陸してそこから二つの町のいずれかに向かうことも考えられた。しかしその場合、彼は傭兵の二部隊に挟撃されることになり、これは兵力の劣る彼としては

(10)　おそらくこの男は次章で説明されるナルハヴァスの「乳母の息子」である。

とり得ない策だろう。詰まるところ、彼はアリアナ山麓を進み、それからマカール河口を避けて左へ曲がり、真っすぐ橋を目指すに違いない。そこで、まさにこの橋でマトーが待ち受けるのだ。

夜、彼は松明の灯をかかげて工兵隊の仕事を監督した。ヒポ＝ザリトゥスに走り、山間の工作物の検分に駆けつけ、また橋に戻る。まるで休みなしだった。その精力を、スペンディウスは羨むばかりだったが、しかし間諜を放ったり歩哨を選んだりといったこと、攻城機械の操作、そして敵の攻撃に対する防御に関しては、マトーはいつもおとなしく彼の言うことに従った。二人の間でサラムボーのことが話題になることはもはやなかった。ひとりは考えてもいなかったのだし、もうひとりは羞恥心からだった。

マトーはしばしばハミルカルの部隊を見つけようとしてカルタゴの方へでかけた。地平線に目を凝らし、腹這いになって地に耳をつけた。自分の血流のざわめきの中に、押し寄せる軍勢の響きが聞こえるように思った。

もし三日以内にハミルカルが現れなかったら、自分の全部隊を率いてこちらから出向き、決戦を挑むつもりだと彼はスペンディウスに言った。さらに二日が過ぎた。スペンディウスがなんとか彼を引き止めた。六日目の朝、とうとう彼は出撃した。[12]

カルタゴ陣営も、傭兵軍同様に開戦を待ちわびてじりじりしていた。テントの兵士も自宅の市民も、同じ衝動に駆られ、同じ焦燥に耐えていた。ハミルカルはなぜぐずぐずと出陣を延ばしているのか、誰もがいぶかっていた。

時おり、彼はエシュムーン神殿の丸屋根にのぼって月の告知官(13)の傍らに立ち、風の方向を見定めていた。

ある日、それはティビーの月(14)の三日目だったが、アクロポリスの丘を急いでおりる彼の姿があった。マッパールで大きなどよめきが湧き起こり、やがて町じゅうが色めき立った。至るところで兵士たちが武装を始め、女たちはその胸にすがって涙にくれた。それから彼らはカーモン広場に駆けつけて隊列を組んだ。兵士の後について歩く

(11)　マカール河口の北、現ポルト・ファリーナ近くの岬。ウッティカとヒポ＝ザリトゥスのほぼ中間地点。

(12)　このくだりの記述からは、マトーはこのときスペンディウスとともに橋のたもとの陣にいて、そこから出撃したとしか読めないが、しかしそれではこの後のいきさつと辻褄が合わない。彼はヒポ＝ザリトゥスの包囲陣に戻っていて、この日そこから出撃したのであり、その後敗残のスペンディウスと邂逅することになる。

(13)　第七章冒頭参照。

(14)　ヘブライ暦の月名で、一月にあたる。

ことも、話しかけることも許されなかった。城壁に近づくことすら禁じられた。しばらくの間、町全体が静寂に包まれて巨大な墓のようになった。兵士たちは槍にもたれて物思いに沈み、市民は家でため息をついていた。

日没と同時に、軍は西の城門を出た。しかし、チュニスへの道も、ウッティカへ向かう山の道もとることはなかった。海辺を進んだのである。やがて潟湖に着いた。そこでは、塩に覆われた丸い砂地がいくつも湖面に浮いたようになっていて、まるで海辺に置かれて光る巨大な銀の皿のようだった。

その後、水溜まりの数が増え、地面はどんどん柔らかくなって足が沈んだ。ハミルカルは後ろを振り返ることなく先頭を進み続けた。竜のような黄色い斑紋に覆われた彼の馬は、噴いた泡を辺りにまき散らしながら力強く腰を振り、ぬかるみの中を進んでいた。日が暮れた。月のない夜だった。何人かもう駄目だと叫ぶ者がいた。彼はその兵たちから武器を取りあげ、それを従卒に与えた。泥のぬかるみはますます深まり、荷を運ぶ馬の背に乗らなければならなくなった。馬の尾にしがみつく者もいた。強い者が弱い者を引っぱり、リグリア隊は槍先を突き出して歩兵隊を駆った。闇が濃くなった。方向がまるで分からなくなっていた。全隊がそこで止まった。

統領の奴隷たちが闇をついて進んでいった。彼の命令であらかじめ一定の距離をおいて打ちこんであった目印の杭を探した。暗闇の中、遠くで叫ぶ彼らの声が全軍を率いていった。

足もとの地面が固くなった。カーブを描いて伸びる白っぽい線がおぼろに見えた。マカールの河岸に着いたのだ。厳しい寒さだったが火は焚かなかった。真夜中、突風が吹き荒れた。ハミルカルは兵士たちを起こさせた。ラッパはいっさい吹かず、隊長が兵の肩をそっとたたいてまわった。

背の高い男がひとり河に入った。水は腰帯まで届かない。渡河可能だ。統領は戦象隊に命じ、三十二頭の象を百歩ほど上流の川の中で一列に並ばせ、残りの象を川下に並ばせた。流れにさらわれた兵をくい止めようというのである。こうして全兵士が、武器を頭上にかかげ、まるで二つの壁の間を通るようにマカール河を渡った。この辺りでは、西の風に運ばれた砂が積もって横に伸びる浅瀬をつくっている(15)ことを、ハミルカルは知っていたのである。

今や彼は左岸に立っていた。正面にウッティカが見え、その前には平野が広がっている。平地は彼の軍の主力をなす象隊の戦いにとって有利だった。

(15)　プレイヤッド版の原語は dans sa longueur（縦に）であるが、これは dans sa largeur の誤りであるとするベルレットル版に従う。

　この天才的な機略の成功は兵士たちを狂喜させた。彼らはただちに蛮人軍の陣地を襲いたがったが、統領はそれを諌めて二時間の休息をとらせた。太陽が昇り始めたとき、全軍が動いた。三つの隊列が平原を進んだ。先頭は象隊、ついで騎兵部隊を後ろに従えた軽装歩兵隊、最後に重装歩兵部隊が続いた。

　ウッティカ包囲の蛮人軍と、橋だもとの兵一万五千は、遠くの大地が波うつのを見て驚愕した。強風にあおられて砂嵐が湧き起こった。砂は大地から引き剝がされるように舞い上がり、いくつもの大きなブロンドの塊となって空を昇り、やがて細切れになって消えていったが、それが次々と続いて蛮人たちの目からカルタゴ軍の姿を隠した。ある者は、兜に取りつけてある角《つの》のせいで、見えているのは牛の群だと思い、またある者は翻るマントに騙されて、あれは鳥の翼だと言い張った。場数を踏んだ猛者たちは、肩をすくめて、なにあれはただの幻、蜃気楼さと言った。だがその間にも、その何か巨大なものは前進を続けていた。いくつもの小さな蒸気の塊、何か捉えがたい、人の吐く息のようなものが、砂地の上に漂っていた。音を立てて震えているかに思える陽光を注ぐ空はどこまでも高く、目を刺す強い日の光は物を貫き、前進をやめないその巨大なものとの距離を測りがたくしていた。周りは、どちらを向いても見渡すかぎりの平原だった。ほとんど分からないほどわずかな土地の起伏が地平の果てまで続き、その縁に長く青い線が見えるのは海に違いなかった。二つの蛮人部隊の兵士たちはテントを出て遠くに目を凝らし、ウッティカの城壁は見物の住人たちで鈴なりだった。

彼らの目がまず見分けられたのは横に長い何本もの棒のようなもの、それがたくさんの斑点に覆われている。その棒はどんどん太く大きくなった。いくつもの黒い小山が揺れながら動いていた。突然現れたのは四角い茂み、と見えたのは象隊と林立する長槍だった。ただひとつの叫びがあがった。「カルタゴ軍だ！」なんの合図も号令もなしに、ウッティカと橋だもとの兵士たちはわらわらと走りだし、いっせいにハミルカルに襲いかかろうとした。

その名を耳にしてスペンディウスは身震いした。喘ぎながら「ハミルカル！　ハミルカル！」と繰り返した。マトーはいない！　どうしよう？　逃げ出そうにも、その方策がない！　かねていだいてきた統領への恐れに、不意をつかれた驚愕が加わり、そして何よりも、ただちに決断をくださねばならないという事態の切迫が彼を動転させた。いくつもの剣に体を貫かれ、首を切られ、死体になってころがる自分の姿が目に浮かんだ。しかし、彼を呼ぶ声が聞こえていた。率いるべき三万の兵がいるのだ。それ自分自身に対する憤激が彼を捉えた。蒼白な顔色を隠すために頰に朱を塗った。それから臑当てをつけ、鎧を着て、盃一杯の葡萄酒をあおってから、彼はこちらへ向かうウッティカの部隊の方へと急ぐ自分の部隊の後を追った。

傭兵の二つの部隊はたちまち合流した。それがあまりに素早かったので、統領には自軍に戦闘隊形をとらせる時間がなかった。進軍は徐々に速度を落とした。象隊は止まった。象たちは、駝鳥の羽飾りをつけた重い頭を揺らしながら、鼻を肩に打ち当てていた。

象たちの向こうにかいま見えるのは軽装の歩兵部隊、その後ろではクリナバール隊の大きな兜と、日の光にきらめく剣[16]、真っ赤な鎧、羽飾りと旗がうごめいていた。カルタゴ軍は総勢一万一千三百九十六。それが、中央部が密な、脇を絞ったような細長い方形の隊列を組んでいるので、とてもそれだけの兵力があるようには見えなかった。

敵の軍勢がこれほど脆弱そうなのを見て傭兵陣は喜びに沸いた。しかもハミルカルの姿は見えない。カルタゴに残ったのではないか？　どうでもかまうものか！　たかがカルタゴ商人どもの軍隊という日頃の軽蔑の念で勇気百倍、彼らはスペンディウスの号令を待つこともなく、みなが彼の作戦を察して、すでにその意図どおりに動いていた。

彼らはカルタゴ軍を完全に包みこもうと、その両翼を越えて横一線に大きく展開した。ところが、あと三百歩ほどの間隔になったとき、先頭の象隊が突然退却し始めた。ついでクリナバール隊もくるりと向きを変えて後を追うではないか。後ろにいた弓兵もがみな走って後に続くのを見た蛮人たちの驚きは大きかった。カルタゴ軍は恐れをなして逃げだしたした！　傭兵の部隊から凄まじい雄叫《おたけ》びがあがった。スペンディウスは跨がった駱駝の上で大声をあげていた。「こんなことだと思っていたんだ！　進め！進めーー！」

大小の投げ槍と石の弾がいっせいに飛んだ。尻に矢の刺さった象たちは一気に駆けだした。もうもうと舞い上がった土ぼこりに包まれて、雲の中の影のように、たちまちその姿は消えてしまった。

その雲の奥で、騒然とした足音が響き、さらにそれを圧して猛り狂ったように吹き鳴らされる鋭いラッパの音が聞こえた。蛮人たちの目の前の、渦巻きとどよめきに満ちたその空間は、何か深淵のように人を惹きつけた。数人の兵士がそこに飛びこんで

(16)　ハミルカル軍の総数を表すこの数字について、こんな細かな数字を作者はどこからもってきたのか、この端数(三百九十六)は読者を愚弄するもので悪ふざけが過ぎるというサント＝ブーヴの批判に対し、フローベールは、これは少し前にハミルカル軍の各部隊の兵数を示したくだりの数字の総和にほかならず、奇を衒ったものではないと述べている。しかし、このくだり(注3—7)の数字の和は一万三百九十六で千人多過ぎる。計算の間違いだろうか？

いった。歩兵の隊列が現れ、飛びこんだ者たちはたちまちその中にのみ込まれた。残った兵士たちには、押し寄せる歩兵部隊の姿が疾走する騎兵隊とともにはっきり見えていた。

ハミルカルは、重装歩兵部隊にはその密集した隊列を解くように、かたや象隊、軽装歩兵そして騎兵部隊には、その間を通り抜けて素早く両翼へ展開するように命じてあったのである。しかも傭兵軍との隔たりを正確に見定めていたため、彼らが襲ってこようとしたちょうどその時、カルタゴ全軍は太く長い横一列の陣形をなしていた。

中央で槍を林立させているのが、シンタグマすなわち十六名の兵を十六列配置した方陣からなるファランクスだった(17)。各縦列の最後尾の将校が、切っ先の鋭い長槍の間に見えていたが、その槍の長さはまちまちのように見えた。それというのも、前の六列の兵は長槍の柄の中央を持ってその先を隣の兵の槍先と交差させ、後ろの十列はそれぞれ前を行く仲間の兵の肩に槍を乗せていたのである。兵士の顔は兜の眉庇《まびさし》で半ば隠れ、右脚は青銅の臑当てがすっぽりと覆い、ほとんど円筒状の大きな楯が膝まで届いていた。そしてこの恐ろしい四角い塊は、全体がいちどに動いて、まるでひとつの生き物のようにも、また機械のようにも思われた。象の二隊がぴったりとその両脇についている。象たちは体を震わせて、その黒い皮膚から矢のかけらを振り落とした。

インド風の装いの象使いはそのき甲(18)の上、白い羽飾りの房の間でうずくまって鈷の柄で象を御し、櫓(19)の中では、肩まで体を隠した兵が、火縄に火をつけた糸巻棒のような鉄の矢をつがえて大弓を引き絞っていた。象の周りでひらひら飛びまわっているように見えるのは投石兵で、投石具をひとつは腰に巻きつけ、二つ目は頭の上、右手に三つ目を持っていた。それぞれひとりの黒人兵が脇を走るクリナバール隊の騎馬兵は、すべて金ずくめの彼ら同様、金糸織りの馬鎧をつけた馬の耳の間から槍を突き出していた。その隣は互いに間隔をおいて進む軽装歩兵で、大山猫の皮の楯を掲げ、その楯の端から左手に持つ投げ槍の先を覗かせていた。そしてタラント兵、つないだ二頭の馬を御するあの騎馬の弓隊が、この兵士の群の両端にそびえる壁のようだった。

反対に、傭兵軍は隊伍を維持することができなかった。隊列は途方もなく伸びきり、波をうち、いくつもの空隙も生じていた。それに、走り通してきた兵士たちはみな息を切らしていた。

ファランクスが、すべての長槍を突き出し、その巨体を揺るがせ動いた。その重圧

(17)　注3参照。
(18)　第七章注91。
(19)　第六章注18。

に、か細い傭兵の戦列は真ん中で二つに折れたようになってしまった。

カルタゴ軍の両翼はこれを捕捉しようと広く展開した。象の二隊もそれに続いた。長槍歩兵部隊の槍ぶすまで二分された蛮人軍は、それでも兵力は巨大だったが、敵に包みこまれて非常な混乱に陥った。カルタゴ軍の両翼は石の弾と矢の雨を降らせて、これをファランクスへと追い詰めていった。傭兵軍はこの事態から脱するために必要な騎馬部隊を欠いていた。ただヌミディア兵二百からなる騎馬隊のみが、カルタゴ軍右翼のクリナバール隊に立ち向かった。他の兵はみな敵の包囲から抜け出せなかった。全滅の危機を眼前にして即座の決断が迫られていた。

スペンディウスはファランクス両側面の自軍に、左右から同時に突撃してこれを突き抜けろと命じた。しかし、間隔の密な隊列はより長い列の後ろに滑るように動いて元の持ち場に戻り、密集陣はこうしてたちまち傭兵軍の正面を向いたので、側面から攻めても正面攻撃と同様その手強さに変わりはなかった。

それでも彼らは槍ぶすまに立ち向かい、槍の柄を剣で打ち払おうとしたが、カルタゴ騎兵が背後からその攻撃を妨げた。ファランクスは象隊に援護され、収縮したり長く伸びたり、その形を方形から円錐、菱形へ、台形からピラミッド形へと次々と変えた。その内部では、前列から後尾まで、絶えず二つの動きが生じていた。というのも、後ろの列は前へ前へと押しだし、前線の者は疲れ、あるいは傷ついて、後尾に回ったからである。投石と矢に追いたてられた蛮人が周りにひしめき、ファランクス自体いまや動きがとれなかった。それはまるで海のようだった。兜の赤い羽飾りと青銅の鎧のうろこが飛び跳ね、銀色の泡のように楯の波がうねる海。時おり、その端から端まで、大きな潮流が寄せてはまた引くかに見えたが、中央の重々しい塊はじっと動かないのだった。槍ぶすまが、交互に、いっせいに高まりまた低まり、それが繰り返された。その周辺では、激しく打ち合う抜き身の剣の乱舞。あまりに動きが速いために、見えるのは切っ先だけだった。そして、騎馬隊(20)が広げた包囲の輪はみるみる縮まり、渦を巻いて消えていった。

隊長たちの号令、ラッパの響きと竪琴の弦の軋りに混じって、鉛と粘土の弾が鋭く空気を切り裂く音がする、と思う間もなく手から剣が弾き落とされ、頭蓋から脳みそが吹き飛んだ。傷つき倒れた者は片手で楯をもたげて身をかばいながらも、地面に柄《つか》頭《がしら》を当てて剣を突き立てた。血溜まりにうずくまっていた者が身を起こし、振り向き

(20)　原語は turmes de cavalerie で、turme とは共和政期ローマ軍の、三人の将校が率いる三十人の騎馬中隊だとポリュビオスにある。どの辞書にもないこのような語をあえてここで用いた作者の意図は不明。

ざまに敵兵の足に嚙みついた。このおびただしい数の戦士の団塊はあまりに稠密、舞い上がった土ぼこりはあまりに濃く、剣戟の轟音はあまりに凄まじかったので、その中ではっきり見定めることのできるものなど何ひとつなかった。戦意を失った者の降伏の意思表示はなんの意味もなさなかった。武器を失った者同士は組打ちになった。胴鎧の下で胸郭が砕かれたほうは、引きつった両腕の間に頭をのけ反らせる死体と化した。六十名のウンブリア[21]兵の一隊があった。これが、めいめいただ一本の槍を目近に構え、断固、歯を食いしばって敵密集陣に敢然と立ち向かい、二つのシンタグマを同時に後退させた。エペイロス[22]の牧人部隊は左翼のクリナバール隊に襲いかかった。馬のたてがみをひっつかんで棍棒を振り回すと、馬は騎手を仰向けざまに振り落とし平原を逃げ去った。周りに散らばっていたカルタゴの投石兵が呆然とそれを見ていた。ファランクスは揺らぎだしていた。隊長たちが狂ったように走りまわり、押後《おうご》の将校は必死に密集陣を駆りたてた。傭兵軍は今や陣容をたて直し、勢いを盛り返していた。勝敗の帰趨は彼らに傾いたかに思われた。

　しかしその時、咆哮が、苦痛と怒りがあげさせる恐ろしい吼え声が轟いた。七十二頭の象が横二列になって突進してきたのだった。ハミルカルは傭兵が一カ所に密集するのを待って、そこに象隊を放ったのである。象使いが銛の先であまりに強く突いたせいで、耳の上に血が流れていた。赤い顔料(23)を塗った鼻を真っすぐ宙に振り上げていて、それが真っ赤な蛇に見えた。胸部には矛《ほこ》、背には鎧、牙の先にはサーベルのような刃《やいば》が取りつけられていた。さらに、より獰猛にするために、象たちには葡萄酒に胡椒と香を混ぜたものをあらかじめ飲ませてあった。彼らは鈴を付けた首輪を振りながら猛々しく吼え、象使い(24)は櫓からいっせいに飛び始めた火矢を避けて頭を低めた。

これに対抗しようとして、蛮人たちは密集し大きな塊になってぶつかっていった。象はそこへ委細かまわず飛びこんできた。矛を取りつけた胸が、その傭兵の団塊を、船の舳先が波を切るように割り裂き、散り散りになった兵士の群はまるで大きな泡をたてて逆流する海の潮。象は兵士に鼻を巻きつけて窒息させ、あるいは地面から刈りとるように巻き上げて、頭越しに櫓の中に放りこんだ。牙で兵士の腹をえぐってその

(21)　イタリア中部の地方名。

(22)　北ギリシャの地方名。

(23)　原語は minium. ミニウム、鉛丹《えんたん》または赤色酸化鉛。古代から赤色塗料として使われた。

(24)　原語は古代戦象隊の指揮官を指す éléphantarque であるが、ここは単に象の御者、象使いのことであろう。明らかに、作者は聞き慣れない珍奇な語彙をあえて使いたいのだ。Indien(インド人すなわちインド人風の装いの象使い、第六章注19付近の本文参照)という言葉の反復を避ける意図もあったかも知れない。

まま宙に放り上げるので、牙の先には、まるでマストに絡まった綱のように、腸《はらわた》が引っ掛かって長く垂れていた。蛮人兵はなんとか象の目をつぶそう、あるいは脚を断ち切ろうと必死だった。腹の下にもぐり込んで柄《つか》まで通れと剣を差しいれた者は、そのままつぶされて果てた。より勇敢なのは象の体の革帯にしがみついた者たちだ。弾丸や矢が雨と降っても火に焼かれても、剣を鋸《のこぎり》のように使って革を断ち切ることを最後まであきらめず、とうとう櫓は石の塔のように崩れ落ちた。右の端にいた十四頭の象が傷ついて暴れだし、後からくる二列目の象隊に向き直った。インド人はすかさず槌と鑿《のみ》をつかみ、象の脳天に押し当て、力まかせに腕を振った。

巨体がくずおれた。折り重なって倒れた象の山。その死骸と甲冑の山の上で、「バールの怒り」と呼ばれていたひときわ巨大な象が、脚を鎖にからまれ、片目に矢が突き刺さった顔をもたげて、夜まで鳴き続けていた。

しかしほかの象たちは、殺戮に酔いしれた征服者のように、なぎ倒し、踏みつぶし、倒れた者や死骸の上を歩きまわった。密集した縦列隊をつくって四方から押し寄せる傭兵たちを、象は後ろ脚だけでくるりと回って前脚で蹴ちらした。この回転運動を続けながらあくまで前進をやめないのだった。それを見たカルタゴ軍は生気をとり戻した。激しい戦闘がまた始まった。

蛮人軍の勢いはみるみる衰えていった。ギリシャ人重装歩兵部隊は武器を捨てた。乗った駱駝の背にすがり、投げ槍の先で肩を突いて必死に駱駝を駆るスペンディウスの姿が見えた。すると、傭兵たちはいっせいにカルタゴ軍の両翼へと散り、ウッティカの方へ逃走した。

クリナバール隊は、馬が疲れきっていて、それを追おうとはしなかった。リグリア兵たちは、喉が渇いて死にそうだ、河へ行こうとわめきたてた。しかし、密集陣の中央で比較的楽な戦いをしたカルタゴ人だけは、積もりに積もった恨みを晴らす機会が逃げていくのを見て地団駄を踏んだ。傭兵を追って駆けだす者もいた。そこへハミルカルが現れた。

彼は銀色の手綱を引いて、汗みずくの虎斑《とらふ》の馬を制していた。兜の角《つの》に結びつけた細布を風になびかせ、左の腿を楕円の楯の上に乗せている。手にした三つ叉の槍のひと振りで、彼は全軍の動きを止めた。

タラント兵が副馬に飛び移り、二隊に分かれて、河と町の方へ、右左に走り去った。ファランクスは蛮人軍の生き残りを易々と殲滅した。剣が近づいてくると彼らは目を閉じ自ら喉を差しだした。死にもの狂いで暴れる者は遠巻きにして、狂犬のように石で撃ち殺した。ハミルカルは敵兵を努めて捕虜にするよう命じてあったが、これにおとなしく従うには、長槍隊のカルタゴ人が傭兵に抱く恨みはあまりにも深く、その体を剣で貫く悦びはあまりに大きかった。暑くなって、今や彼らは腕まくりして鎌で刈りとるように仕事を続けていた。息をつこうと手を休めたとき、平原を逃げるひとりの兵士を追いかける騎馬兵が見えた。みながそれを目で追った。騎馬兵はとうとう男の髪をひっつかみ、そのまましばらく走った後、斧で首を打ち落とした。

　夜になった。カルタゴ兵も蛮人兵も姿を消していた。逃げた象が、燃える櫓を背負って遠くをさまよっていた。闇の中、そこここで燃える櫓が、夜霧にかすむ灯台の灯のようだった。平原で他に動くものは、大量の死骸で水かさを増し、それを海へと運ぶ河のうねりだけだった。

　二時間後、マトーが着いた。星明かりの下に、地面を這うようにして長く連なっている何かが見えた。

　蛮人部隊だった。マトーは身をかがめた。みんな死んでいた。声をあげて呼んでも、誰も答えなかった。

　その日の朝、彼は部下を率いカルタゴを目指してヒポ＝ザリトゥスを発ったのだった。[25] ウッティカではスペンディウスの部隊が発ったところで、住人たちがもう城攻めの機械に火を放っていた。マトーの軍はよく戦ったが、橋の方から聞こえるどよめきが激化したり鎮まったり、それがあまりに不可解で、不安にかられた彼は山間の近道を通って橋に駆けつけたのだった。それで、平野を逃げ帰ったスペンディウス軍とは遭遇しなかったのだ。

目の前に、何か小さなピラミッドのようなものが闇の中にいくつも立ち並び、それよりも近く、河の手前の地面に、動かぬ光が点々と見えていた。実際、カルタゴ軍は橋を渡り、そして蛮人軍を欺くために統領は河の反対岸に偽の哨所をたくさん設けてあったのだ。

前進を続けるマトーにはカルタゴの旗印が見えたが、じつはそれは夜目には見えない、束ねた竿の先に取りつけた動かぬ馬の首だった。(26) さらに遠くには大きなざわめき、凱歌をあげ祝杯をかわす音すら聞こえた。

自分のいる場所も、どうしたらスペンディウスを見つけだせるかも分からず、胸を締めつける不安に苛まれ、気も動転して闇の中をさまよった末に、マトーは来たとき

(25)　注12参照。
(26)　第二章(注24の付近)に、カルタゴの旗印は「先端に馬の首あるいは松かさを取りつけた青い木の棒」とある。

以上に息せききって同じ道を引き返した。空が白みかけてきたとき、山の上からウッティカの町が見えた。黒焦げの攻城櫓の残骸が、城壁にもたれた巨人の骸骨のようだった。

すべてが異様な疲弊と落魄の気のうちに静まりかえっていた。テントの傍らで、部下の兵士に混じってほとんど裸の男たちが眠っていた。仰向けの者、脱いだ鎧の上に腕枕をした者。血に染まった包帯を脚から剝がしている者もいた。いよいよ死のうとしている者はゆっくりと頭を巡らし、仲間が這って水を汲んできてやっていた。狭い通路を歩哨が歩きまわって体を暖め、あるいは、槍をかつぎ、凶暴な野獣のように突っ立って遠くを見つめる者もあった。

やっと見つけたスペンディウスは、二本の杭にぼろ布を張ったテントの下、膝をかかえてうなだれていた。

二人は長いこと無言でいた。

とうとうマトーがつぶやくように言った。「やられたな」

スペンディウスが暗い声で言った。「そう、やられた」

そのあとは何を聞かれても絶望の身ぶりで答えるのみだった。

深い吐息、瀕死の者の喘ぐ声が聞こえていた。マトーは幕をわずかに開けて外を見た。兵士たちのその光景は、この同じ場所で喫した敗北、あの惨事を思い起こさせ、彼は歯ぎしりしつつ声を絞り出した。

「なんと情けない！　前にも一度……」

相手は最後まで言わせなかった。

「あの時もあなたはいなかった！」

「これは神の呪いだ！」マトーは叫ぶように言った。「しかし、いつか必ず俺はやつを仕留めるぞ！　やつを打ち負かす！　殺してやる！　ああ、もし俺がいたら！……」この度の敗北そのものよりも、またもや戦闘の場に居合わせなかったことが、いたたまれないほど悔しかった。彼は剣を引き抜いて地面に投げ捨てた。「カルタゴ軍はどんなふうにおまえたちを破ったんだ」

元奴隷は双方がとった作戦を語った。戦闘のもようが手にとるように分かり、マトーは地団駄を踏んで悔しがった。ウッティカの部隊は、橋に駆けつけるよりも、ハミルカル軍の背後をついて挟み打ちにすればよかった。

「そう、分かってますよ！」とスペンディウスが言った。

「こっちの隊形は二倍の縦深が必要だった。ファランクスに軽装歩兵を突っかけるのは無茶だし、象隊には密集するのではなくて、間隔をあけて向かうべきだった。最後に挽回することだって充分できたんだ。なにも逃げることはない」

スペンディウスは答えた。

「あの赤いマントを着た統領が、舞い上がった砂塵より高く腕を挙げて歩兵隊の脇をくるのが見えたんです。まるで鷲が飛ぶようだった。彼の頭のひと振りで、長槍隊の密集陣はさらに収縮したり膨張して突進したり。戦ううちにわれわれ二人は近づいていった。彼はわたしをじっと見るんです。心臓を剣で貫かれたようで寒けがしましたよ」

「やつは日を選んだのかも知れん」とマトーはつぶやいた。

統領は何故、こちらにとって最も不利な状況、一番都合の悪い日に現れたのか。その理由を二人はともに考えたが、答は見つからない。自分の過失の重みを少しでも減ずるためか、あるいは気持を再び奮い立たせようとしてか、まだ希望は残っているとスペンディウスが言った。

「希望なんぞ残っていようがいまいが、かまわん！」マトーが言った。「ひとりででも俺は戦い続けるぞ！」

「わたしだって！」飛び跳ねるように立ち上がってギリシャ人が叫んだ。それから大股で歩きまわった。瞳をぎらぎら輝かせ、浮かべた奇妙な笑みが、ジャッカルに似たその顔に皺を刻んでいた。

「また一から始めましょう！　もうわたしのそばを離れないでください。太陽の光の下で戦うようにはわたしはできていないんです。白刃が日にきらめくのを見ると目がくらくらする。これは病気みたいなもの。長いこと地下牢で暮らしたもんでね。でも、夜中に壁をよじ登らせてごらんなさい。どんな城砦にだって入りこみますよ。見張りの死体は一番鶏が鳴く前に冷たくなっていますから！　誰か、なんでもいい、敵でも、宝でも、女でも、そう、女だ！　たとえそれが王の娘でも、その欲望の対象をたちまち足もとに運んできて見せましょう。ハンノーとの戦に破れたとわたしを責めましたね。でもあのあと結局は勝ったじゃありませんか。そうでしょう！　わたしの放った豚の群はスパルタ式ファランクスよりも大きな働きをした」そして、自分の価値を高く見せて失敗の埋め合わせをしたいという欲求にかられて、彼はこれまで傭兵軍のためにしてきたことすべてを数えあげた。「統領の館の庭で、あのガリア人をけしかけたのはわたしだ！　そのあとシッカで、わたしはカルタゴへの不信をかき立て、傭兵みんなを怒りで燃え上がらせてやった！　ジスコーは傭兵を国に送り返そうと急いでいた。それを阻止するには、通訳たちの口を封じる必要があった。ああ、みんなだらりと舌を出して死んでいたの、見たでしょう！　それから、覚えてますよね。

カルタゴの中に連れていってあげた。わたしがザインフを奪った。わたしが彼女のところに連れていってあげたんだ。もっともっと、わたしはやりますよ。見ていてください！」こう言って彼は狂ったように笑いだした。

マトーはその彼をまじまじと見つめた。これほど臆病なくせにもの凄まじく凶暴なこの男の前で、どこか居心地の悪い気分にもなるのだった。

相手はしかし指を鳴らし、陽気にしゃべり続けた。

「エヴォエ[27]！ 雨のあとは晴れときまったもんだ！ 採石場の徒刑囚だったわたしが、その後船主になって、その自分の船の上、金《きん》の日覆いの下でマッシコワイン[28]を飲んだものですよ。プトレマイオス王のようにね。今度の不幸はわれわれをより戦上手にしてくれるはずだ。遮二無二がんばれば運命の女神もついにはなびきますよ。策略が好きですからね、あの女神は。勝利はこっちのものです！」

彼はマトーに駆け寄り腕をつかんで言った。

「大将、今カルタゴ軍はもう勝ったと思っています。しかし、こっちにはまだ戦っていないあなたの部隊がある。みなあなたに従いますよ、あなたになら！ 彼らを前面にたてましょう。わたしの兵も、雪辱戦です、死にもの狂いでやるでしょう。わたしにはまだ三千のカリア兵、千二百の投石兵と弓兵、それに歩兵も充分残っています！　ファランクスだってできますよ！　さあ、出直しです！」

今度の大敗北に呆然として、どうやってこの窮地を脱するかまったく考えることができないでいたマトーは、口をあんぐりと開けて聞いていた。心臓の高鳴りとともに、胴を覆う青銅の薄板が飛び跳ねるようだった。剣を拾いあげるなり彼は叫んだ。

「俺についてこい！　戦うぞ！」

斥候が戻ってきて報告した。カルタゴ兵の死骸はきれいに運びさられ、橋は破壊され、ハミルカルは忽然と姿を消していた。

(27)　ギリシャの酒神ディオニュソスを讃える秘儀で巫女たちが発する叫び声。

(28)　イタリア南部カンパニア地方の銘酒。

地図

古代地中海世界
スキティア
コルキス
黒海
パフラゴニア
ビチュニア
サモトラケ島
マケドニア
レムノス島
テッサリア
エペイロス
エーゲ海
リディア
フリギア
コンマゲネ
カッパドキア
エフェソス
ブルティウム
アカルナニア
アテナイ
カリア
テーバイ
コリントス
サモス島
スパルタ
アイギナ島
ビブロス
シドン
チュロス
クレタ
ルト湾
エルサレム
キュレネ
アレクサンドリア
ペトラ
シドラ湾
アカバ湾
キレナイカ
エジプト
リビア
紅海

シリー諸島
ガリア
キサルピナ
リグリア
エトルリア
ウンブリア
サムニウム
カンタブリア
ケルト・イベリア
ルシタニア
コルシカ
ローマ
バレアレス諸島
サルディニア
タルテッスス
ガデス
メルカルト(ヘラクレス)の柱
ウッティカ
カルタゴ
アンナバ
シッカ
キルタ
ハドゥルメトゥム
マウレタニア
ヌミディア
テヴェステ
ビザキウム
ゴゾ島
ガベス湾
レプティス
ゲトゥリア
シチリア・南イタリア
メタポント
タラント
ヘラクレア
タラント湾
アエガテス群島
ブルティウム
エリックス
メッシーナ
パレルモ
ロクリ
ドレパヌム
レッギウム
エトナ山
リリバエム
シラクサ

カルタゴ近郊
（　）内は現在の地名
地　中　海
ヘルマエム（ボン）岬
チュニス湾
タフィティス岬
クリペア（ケリビア）
▲コビュス（コルブス）山
▲鉛の山
=斧の峡道
▲銀の山
ザグワン山塊

ヒポ＝ザリトゥス
(ビゼルト)
(ビゼルト湖)
(イシュクル湖)
ブドウ岬
ウッティカ湾
現在の海岸
古代の海岸
ウッティカ
現在のメジェルダ河
古代のマカール河
アリアナ山
橋
カルタゴ
チュニス湖
テブルバ
チュニス
ラデス
温泉山
マカール(メジェルダ)河
ツッガ(ドゥッガ)
シッカ(エル・ケフ)へ至る

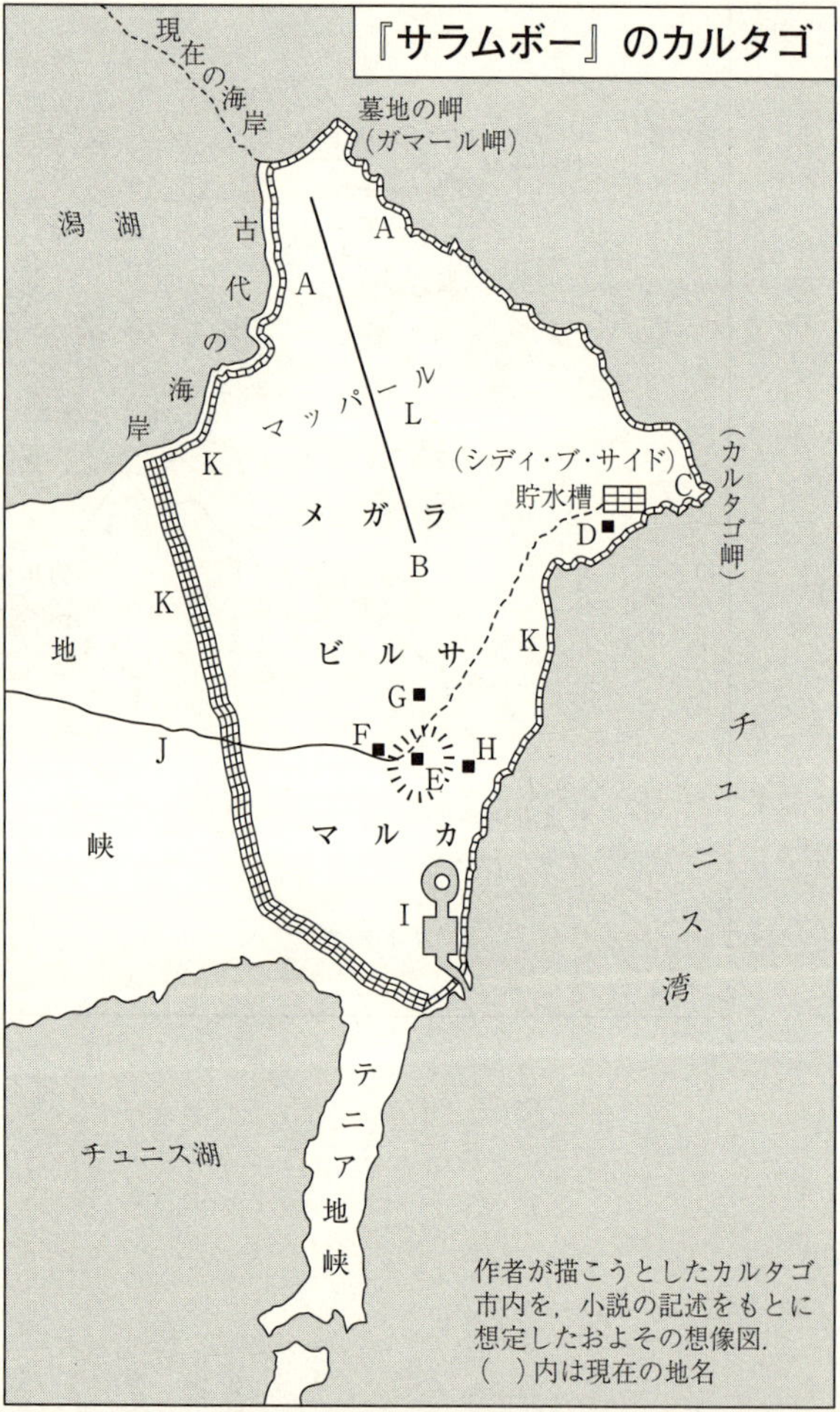
『サラムボー』のカルタゴ
現在の海岸
墓地の岬
（ガマール岬）
潟湖
古代の海岸
A
A
マッパール
L
K
(シディ・ブ・サイド)
貯水槽
C
(カルタゴ岬)
D
メガラ
B
K
地
ビルサ
K
G
F
H
E
J
峡
マルカ
チュニス湾
I
テニア地峡
チュニス湖
作者が描こうとしたカルタゴ市内を，小説の記述をもとに想定したおよその想像図.
（　）内は現在の地名

A 地下墓地のある海岸

B マッパールの道(メガラ地区を貫いて「地下墓地のある海岸」から、「墓が並ぶ」土地の中をビルサの丘の方へ「真っすぐに伸びる」道)

C 岬の灯台(現シディ・ブ・サイドのこの岬を「説明の章」はモロック岬と名付けている)

D モロック神殿(「岬の灯台の近く、大きな貯水槽の並ぶ高台の下」)

E ビルサの丘(アクロポリス)とその上にあるエシュムーン神殿

F メルカルト神殿(マルカから見て「エシュムーンの左」)

G タニット神殿(ビルサの丘の「向こう」(北)の椰子の林の中、また「ビルサの丘のふもとに長く伸びる黒々とした塊」)

H カーモン神殿(ビルサの丘の「六十段の階段」の下。前に「カーモン広場」城壁には「カーモン城門」がある)

I 円形の軍港と長方形の商港(第七章冒頭、ハミルカルの三段櫂船は「突堤の先端」を回って商港に入り、その奥の水門を通って軍港に入る。軍港の中央には海の統領の公邸のある島がある)

J 水道橋(「地峡を斜めに貫いて」城壁に達し、「アクロポリスの西斜面」で「町の下(地下)に潜った末にメガラの貯水槽に川ひとつもの(大量の)水を吐き出していた」)

K 城壁(「大陸側の地峡の幅いっぱい」は三重、海側は一重)

L ハミルカルの邸宅(下記参照)

【L(ハミルカルの邸宅)とJ(水道橋)について】

第五章、タニット神殿でザインフを盗んだマトーとスペンディウスがハミルカル邸の庭園に着いたとき、「背後の断崖にそびえる灯台の火」がサラムボーの館の「巨大な影を庭園の上に投げかけ」また静寂のなかで「灯台で大きな炎をあげるアロエの木がぱちぱちとはぜる音」が聞こえたとある。館は岬の灯台のごく近くにあることになる。しかし第七章、「岬の灯台の近く」にあるモロック神殿での百人会のあと、ハミルカルが自分の二輪馬車で「マッパールの道を全速力で駆け上がって」館へ急いだときの沿道の描写は、ハミルカルの馬車がかなりの距離を走った印象を与える。「マトーは、ハミルカルの館へはたぶん左へ、マッパールを突っきって行くのだと言った」(第四章)ほかに、ハミルカル邸は「メガラの奥」とも「マッパールの奥」ともある小説中の記述から、実際の邸宅はこのLのあたりと想定した。水道橋については「地峡を斜めに貫いて」が分かりにくい。「説明の章」には「下の(おそらくビルサの丘のふもとの意)、港の脇に、チュニスの山々から発した水道橋が斜めに届いていた」という記述がある。また、第十二章でカーモン城門の外にひしめく傭兵たちに、カルタゴ兵は「水道橋の上」から大石や丸太を投げ落とす。フローベールは、この架空の水道橋が(西のアリアナ山方面からではなく)南から市内に入って「港の脇」を通り、ビルサの丘の西斜面で地下に潜ってそのまま灯台近くの貯水場に達するものと想定していた可能性が高い。

サラムボー（上）〔全２冊〕
フローベール作

2019年10月16日　第1刷発行

訳　者　中條屋進《ちゅうじょうやすすむ》

発行者　岡本　厚

発行所　株式会社　岩波書店
〒101-8002 東京都千代田区一ツ橋 2-5-5

案内 03-5210-4000　営業部 03-5210-4111
文庫編集部 03-5210-4051
https://www.iwanami.co.jp/

印刷・理想社　カバー・精興社　製本・中永製本

ISBN 978-4-00-375089-6　Printed in Japan

読書子に寄す

——岩波文庫発刊に際して——

岩波茂雄

真理は万人によって求められることを自ら欲し、芸術は万人によって愛されることを自ら望む。かつては民を愚昧ならしめるために学芸が最も狭き堂宇に閉鎖されたことがあった。今や知識と美とを特権階級の独占より奪い返すことはつねに進取的なる民衆の切実なる要求である。岩波文庫はこの要求に応じそれに励まされて生まれた。それは生命ある不朽の書を少数者の書斎と研究室とより解放して街頭にくまなく立たしめ民衆に伍せしめるであろう。近時大量生産予約出版の流行を見る。その広告宣伝の狂態はしばらくおくも、後代にのこすと誇称する全集がその編集に万全の用意をなしたるか。千古の典籍の翻訳企図に敬虔の態度を欠かざりしか。さらに分売を許さず読者を繋縛して数十冊を強うるがごとき、はたしてその揚言する学芸解放のゆえんなりや。吾人は天下の名士の声に和してこれを推挙するに躊躇するものである。このときにあたって、岩波書店は自己の責務のいよいよ重大なるを思い、従来の方針の徹底を期するため、すでに十数年以前より志して来た計画を慎重審議この際断然実行することにした。吾人は範をかのレクラム文庫にとり、古今東西にわたって文芸・哲学・社会科学・自然科学等種類のいかんを問わず、いやしくも万人の必読すべき真に古典的価値ある書をきわめて簡易なる形式において逐次刊行し、あらゆる人間に須要なる生活向上の資料、生活批判の原理を提供せんと欲する。この文庫は予約出版の方法を排したるがゆえに、読者は自己の欲する時に自己の欲する書物を各個に自由に選択することができる。携帯に便にして価格の低きを最主とするがゆえに、外観を顧みざるも内容に至っては厳選最も力を尽くし、従来の岩波出版物の特色をますます発揮せしめようとする。この計画たるや世間の一時の投機的なるものと異なり、永遠の事業として吾人は微力を傾倒し、あらゆる犠牲を忍んで今後永久に継続発展せしめ、もって文庫の使命を遺憾なく果たさしめることを期する。芸術を愛し知識を求むる士の自ら進んでこの挙に参加し、希望と忠言とを寄せられることは吾人の熱望するところである。その性質上経済的には最も困難多きこの事業にあえて当たらんとする吾人の志を諒として、その達成のため世の読書子とのうるわしき共同を期待する。

昭和二年七月

《ドイツ文学》〔赤〕

- ニーベルンゲンの歌 全二冊 — 相良守峯訳
- 若きウェルテルの悩み — ゲーテ／竹山道雄訳
- ヴィルヘルム・マイスターの修業時代 全三冊 — ゲーテ／山崎章甫訳
- イタリア紀行 全三冊 — ゲーテ／相良守峯訳
- ファウスト 全二冊 — ゲーテ／相良守峯訳
- ゲーテとの対話 全三冊 — エッカーマン／山下肇訳
- ヴィルヘルム・テル — シラー／桜井政隆・桜井国隆訳
- スペインの太子 ドン・カルロス — シルレル／佐藤通次訳
- 青い花 — ノヴァーリス／青山隆夫訳
- 夜の讃歌・サイスの弟子たち 他一篇 — ノヴァーリス／今泉文子訳
- 完訳 グリム童話集 全五冊 — 金田鬼一訳
- ホフマン短篇集 — 池内紀編訳
- 水妖記（ウンディーネ） — フーケー／柴田治三郎訳
- O侯爵夫人 他六篇 — クライスト／相良守峯訳
- 影をなくした男 — シャミッソー／池内紀訳
- 流刑の神々・精霊物語 — ハイネ／小沢俊夫訳

- 冬物語 —ドイツ— — ハイネ／井汲越次訳
- ユーディット 他一篇 — ヘッベル／吹田順助訳
- 芸術と革命 他四篇 — ワーグナー／北村義男訳
- ブリギッタ・森の泉 他一篇 — シュティフター／宇多五郎・高安国世訳
- みずうみ 他四篇 — シュトルム／関泰祐訳
- 聖ユルゲンにて・後見人カルステン 他一篇 — シュトルム／国松孝二訳
- 村のロメオとユリア — ケラー／草間平作訳
- 沈鐘 — ハウプトマン／阿部六郎訳
- 地霊・パンドラの箱 ルル二部作 — F・ヴェデキント／岩淵達治訳
- 春のめざめ — F・ヴェデキント／酒寄進一訳
- 夢小説・闇への逃走 他一篇 — シュニッツラー／池内紀・武村知子訳
- 花・死人に口なし 他七篇 — シュニッツラー／番匠谷英一・山本有三訳
- リルケ詩集 — 高安国世訳
- ドゥイノの悲歌 — リルケ／手塚富雄訳
- ブッデンブローク家の人びと 全三冊 — トーマス・マン／望月市恵訳
- トオマス・マン短篇集 — 実吉捷郎訳
- 魔の山 全二冊 — トーマス・マン／関泰祐・望月市恵訳

- トニオ・クレエゲル — トオマス・マン／実吉捷郎訳
- ヴェニスに死す — トオマス・マン／実吉捷郎訳
- 車輪の下 — ヘルマン・ヘッセ／実吉捷郎訳
- 漂泊《クヌルプ》の魂 — ヘルマン・ヘッセ／相良守峯訳
- デミアン — ヘルマン・ヘッセ／実吉捷郎訳
- シッダルタ — ヘッセ／手塚富雄訳
- ルーマニア日記 — カロッサ／高橋健二訳
- 美しき惑いの年 — カロッサ／手塚富雄訳
- 若き日の変転 — カロッサ／斎藤栄治訳
- 幼年時代 — カロッサ／斎藤栄治訳
- 指導と信従 — カロッサ／国松孝二訳
- ジョゼフ・フーシェ —ある政治的人間の肖像 — シュテファン・ツワイク／高橋禎二・秋山英夫訳
- 変身・断食芸人 — カフカ／山下肇・山下萬里訳
- 審判 — カフカ／辻瑆訳
- カフカ短篇集 — 池内紀編訳
- カフカ寓話集 — 池内紀編訳
- 三文オペラ — ブレヒト／岩淵達治訳

肝っ玉おっ母とその子どもたち　ブレヒト　岩淵達治訳
ドイツ炉辺ばなし集 —カレンダーゲシヒテン　ヘーベル　木下康光編訳
憂愁夫人　ズーデルマン　相良守峯訳
悪童物語　ルウドキヒ・トオマ　実吉捷郎訳
ティル・オイレンシュピーゲルの愉快ないたずら　阿部謹也訳
大理石像・デュランデ城悲歌　アイヒェンドルフ　関泰祐訳
改訳 愉しき放浪児　アイヒェンドルフ　関泰祐訳
ホフマンスタール詩集　川村二郎訳
陽気なヴッツ先生 他一篇　ジャン・パウル　岩田行一訳
インド紀行 全二冊　ボンゼルス　実吉捷郎訳
ドイツ名詩選　生野幸吉　檜山哲彦編
蝶の生活　シュナック　岡田朝雄訳
聖なる酔っぱらいの伝説 他四篇　ヨーゼフ・ロート　池内紀訳
ラデツキー行進曲 全二冊　ヨーゼフ・ロート　平田達治訳
人生処方詩集　エーリヒ・ケストナー　小松太郎訳
三十歳　インゲボルク・バッハマン　松永美穂訳
第七の十字架 全二冊　アンナ・ゼーガース　山下肇　新村浩訳

《フランス文学》〔赤〕

ロランの歌　有永弘人訳
ラブレー第一之書 ガルガンチュワ物語　渡辺一夫訳
ラブレー第二之書 パンタグリュエル物語　渡辺一夫訳
ラブレー第三之書 パンタグリュエル物語　渡辺一夫訳
ラブレー第四之書 パンタグリュエル物語　渡辺一夫訳
ラブレー第五之書 パンタグリュエル物語　渡辺一夫訳
ピエール・パトラン先生　渡辺一夫訳
日月両世界旅行記　シラノ・ド・ベルジュラック　赤木昭三訳
ロンサール詩集　ロンサール　井上究一郎訳
エセー 全六冊　モンテーニュ　原二郎訳
ラ・ロシュフコー箴言集　二宮フサ訳
ブリタニキュス ベレニス　ラシーヌ　渡辺守章訳
ドン・ジュアン —石像の宴　モリエール　鈴木力衛訳
完訳 ペロー童話集　新倉朗子訳
偽りの告白　マリヴォー　鈴木力衛訳
贋の侍女・愛の勝利　マリヴォー　佐藤実枝　井村順一訳

カンディード 他五篇　ヴォルテール　植田祐次訳
哲学書簡　ヴォルテール　林達夫訳
孤独な散歩者の夢想　ルソー　今野一雄訳
フィガロの結婚　ボオマルシェエ　辰野隆訳
危険な関係 全二冊　ラクロ　伊吹武彦訳
美味礼讃 全二冊　ブリア-サヴァラン　関根秀雄　戸部松実訳
恋愛論 全二冊　スタンダール　杉本圭子訳
赤と黒 全二冊　スタンダール　桑原武夫　生島遼一訳
ヴァニナ・ヴァニニ 他四篇　スタンダール　生島遼一訳
ゴプセック・毬打つ猫の店　バルザック　芳川泰久訳
サラジーヌ 他三篇　バルザック　芳川泰久訳
艶笑滑稽譚 全三冊　バルザック　石井晴一訳
レ・ミゼラブル 全四冊　ユーゴー　豊島与志雄訳
死刑囚最後の日　ユーゴー　豊島与志雄訳
ライン河幻想紀行　ユーゴー　榊原晃三編訳
ノートル＝ダム・ド・パリ 全二冊　ユーゴー　辻昶　松下和則訳
モンテ・クリスト伯 全七冊　アレクサンドル・デュマ　山内義雄訳

三銃士 全二冊　デュマ　生島遼一訳
エトルリヤの壺 他五篇　メリメ　杉捷夫訳
カルメン　メリメ　杉捷夫訳
愛の妖精（プチット・ファデット）　ジョルジュ・サンド　宮崎嶺雄訳
ボオドレール 悪の華　鈴木信太郎訳
ボヴァリー夫人 全二冊　フローベール　伊吹武彦訳
感情教育 全二冊　フローベール　生島遼一訳
紋切型辞典　フローベール　小倉孝誠訳
風車小屋だより　ドーデー　桜田佐訳
月曜物語　ドーデー　桜田佐訳
パリ風俗 サフォ　ドーデー　朝倉季雄訳
プチ・ショーズ —ある少年の物語　ドーデー　原千代海訳
神々は渇く　アナトール・フランス　大塚幸男訳
テレーズ・ラカン 全二冊　エミール・ゾラ　小林正訳
ジェルミナール 全三冊　エミール・ゾラ　安士正夫訳
獣人 全二冊　エミール・ゾラ　川口篤訳
制作 全二冊　エミール・ゾラ　清水正和訳

水車小屋攻撃 他七篇　エミール・ゾラ　朝比奈弘治訳
氷島の漁夫　ピエール・ロチ　吉氷清訳
マラルメ詩集　渡辺守章訳
脂肪のかたまり　モーパッサン　高山鉄男訳
女の一生　モーパッサン　杉捷夫訳
モーパッサン短篇選　高山鉄男編訳
地獄の季節　ランボオ　小林秀雄訳
にんじん　ルナアル　岸田国士訳
ぶどう畑のぶどう作り　ルナアル　岸田国士訳
博物誌　ルナール　辻昶訳
ジャン・クリストフ 全四冊　ロマン・ローラン　豊島与志雄訳
ベートーヴェンの生涯　ロマン・ロラン　片山敏彦訳
ミケランジェロの生涯　ロマン・ロラン　高田博厚訳
フランシス・ジャム詩集　手塚伸一訳
三人の乙女たち　フランシス・ジャム　手塚伸一訳
背徳者　アンドレ・ジイド　川口篤訳
続コンゴ紀行 —チャド湖より還る　アンドレ・ジイド　杉捷夫訳

レオナルド・ダ・ヴィンチの方法　ポール・ヴァレリー　山田九朗訳
精神の危機 他十五篇　ポール・ヴァレリー　恒川邦夫訳
若き日の手紙　フィリップ　外山楢夫訳
朝のコント　フィリップ　淀野隆三訳
海の沈黙・星への歩み　ヴェルコール　河野与一・加藤周一訳
地底旅行　ジュール・ヴェルヌ　朝比奈弘治訳
八十日間世界一周　ジュール・ヴェルヌ　鈴木啓二訳
海底二万里 全二冊　ジュール・ヴェルヌ　朝比奈美知子訳
プロヴァンスの少女（ミレイユ）　ミストラル　杉冨士雄訳
結婚十五の歓び　新倉俊一訳
パリの夜 —革命下の民衆　レチフ・ド・ラ・ブルトンヌ　植田祐次編訳
シェリ　コレット　工藤庸子訳
シェリの最後　コレット　工藤庸子訳
生きている過去　レニエ　窪田般彌訳
ノディエ幻想短篇集　ノディエ　篠田知和基編訳
フランス短篇傑作選　山田稔編訳
シュルレアリスム宣言・溶ける魚　アンドレ・ブルトン　巖谷國士訳

《イギリス文学》〔赤〕

ユートピア　トマス・モア　平井正穂訳
完訳カンタベリー物語　全三冊　チョーサー　桝井迪夫訳
ヴェニスの商人　シェイクスピア　中野好夫訳
ジュリアス・シーザー　シェイクスピア　中野好夫訳
十二夜　シェイクスピア　小津次郎訳
ハムレット　シェイクスピア　野島秀勝訳
オセロウ　シェイクスピア　菅泰男訳
リア王　シェイクスピア　野島秀勝訳
マクベス　シェイクスピア　木下順二訳
ソネット集　シェイクスピア　高松雄一訳
ロミオとジューリエット　シェイクスピア　平井正穂訳
対訳シェイクスピア詩集 ―イギリス詩人選(1)　柴田稔彦編
失楽園　全二冊　ミルトン　平井正穂訳
ロビンソン・クルーソー　全二冊　デフォー　平井正穂訳
ガリヴァー旅行記　スウィフト　平井正穂訳
ジョウゼフ・アンドルーズ　全二冊　フィールディング　朱牟田夏雄訳
ウェイクフィールドの牧師 ―むだばなし　ゴールドスミス　小野寺健訳
幸福の探求 ―アビシニアの王子ラセラスの物語　サミュエル・ジョンソン　朱牟田夏雄訳
マンフレッド　バイロン　小川和夫訳
ワーズワース詩集　田部重治選訳
対訳ワーズワス詩集 ―イギリス詩人選(3)　山内久明編
湖の麗人　スコット　入江直祐訳
キプリング短篇集　橋本槙矩編訳
対訳コウルリッジ詩集 ―イギリス詩人選(7)　上島建吉編
高慢と偏見　全二冊　ジェーン・オースティン　富田彬訳
説きふせられて　ジェーン・オースティン　富田彬訳
エマ　全二冊　ジェーン・オースティン　工藤政司訳
対訳テニスン詩集 ―イギリス詩人選(5)　西前美巳編
虚栄の市　全四冊　サッカリー　中島賢二訳
床屋コックスの日記・馬丁粋語録　サッカレ　平井呈一訳
デイヴィッド・コパフィールド　全五冊　ディケンズ　石塚裕子訳
ディケンズ短篇集　小池滋　石塚裕子訳
炉辺のこほろぎ　ディケンズ　本多顕彰訳
ボズのスケッチ 短篇小説篇　全二冊　ディケンズ　藤岡啓介訳
アメリカ紀行　全二冊　ディケンズ　伊藤弘之・下笠徳次・隈元貞広訳
イタリアのおもかげ　ディケンズ　伊藤弘之・下笠徳次・隈元貞広訳
大いなる遺産　全二冊　ディケンズ　石塚裕子訳
荒涼館　全四冊　ディケンズ　佐々木徹訳
鎖を解かれたプロメテウス　シェリー　石川重俊訳
ジェイン・エア　全二冊　シャーロット・ブロンテ　河島弘美訳
嵐が丘　全二冊　エミリー・ブロンテ　河島弘美訳
教養と無秩序　マシュー・アーノルド　多田英次訳
アンデス登攀記　全二冊　ウィンパー　大貫良夫訳
ハーディ テス　全二冊　井上宗次・石田英二訳
緑の木蔭 和蘭派田園画　トマス・ハーディ　阿部知二訳
緑の館 ―熱帯林のロマンス　ハドソン　柏倉俊三訳
ジーキル博士とハイド氏　スティーヴンスン　海保眞夫訳
プリンス・オットー　スティーヴンスン　小川和夫訳
新アラビヤ夜話　スティーヴンスン　佐藤緑葉訳
南海千一夜物語　スティーヴンスン　中村徳三郎訳

若い人々のために 他十一篇　スティーヴンスン　岩田良吉訳
マーカイム・壜の小鬼 他五篇　スティーヴンソン　高松雄一・高松禎子訳
怪談 —不思議なことの物語と研究　ラフカディオ・ハーン　平井呈一訳
心 —日本の内面生活の暗示と影響　ラフカディオ・ハーン　平井呈一訳
サロメ　ワイルド　福田恆存訳
嘘から出た誠　ワイルド　岸本一郎訳
人と超人　バーナド・ショー　市川又彦訳
分らぬもんですよ　バァナード・ショウ　市川又彦訳
ヘンリ・ライクロフトの私記　ギッシング　平井正穂訳
南イタリア周遊記　ギッシング　小池滋訳
闇の奥　コンラッド　中野好夫訳
コンラッド短篇集　中島賢二編訳
対訳イエイツ詩集　高松雄一編
月と六ペンス　モーム　行方昭夫訳
読書案内 —世界文学　W・S・モーム　西川正身訳
人間の絆 全三冊　モーム　行方昭夫訳
夫が多すぎて　モーム　海保眞夫訳

サミング・アップ　モーム　行方昭夫訳
モーム短篇選 全二冊　行方昭夫編訳
アシェンデン —英国情報部員のファイル　モーム　中島賢二・岡田久雄訳
お菓子とビール　モーム　行方昭夫訳
荒地　T・S・エリオット　岩崎宗治訳
悪口学校　シェリダン　菅泰男訳
パリ・ロンドン放浪記　ジョージ・オーウェル　小野寺健訳
カタロニア讃歌　ジョージ・オーウェル　都築忠七訳
動物農場 —おとぎばなし　ジョージ・オーウェル　川端康雄訳
対訳キーツ詩集 —イギリス詩人選(10)　宮崎雄行編
キーツ詩集　中村健二訳
阿片常用者の告白　ド・クインシー　野島秀勝訳
20世紀イギリス短篇選 全二冊　小野寺健編訳
イギリス名詩選　平井正穂編
タイム・マシン 他九篇　H・G・ウエルズ　橋本槇矩訳
透明人間　H・G・ウエルズ　橋本槇矩訳
トーノ・バンゲイ 全二冊　ウェルズ　中西信太郎訳

愛されたもの　イーヴリン・ウォー　中村健二・出淵博訳
イギリス民話集　河野一郎編訳
フォースター評論集　小野寺健編訳
白衣の女 全三冊　ウィルキー・コリンズ　中島賢二訳
対訳英米童謡集　河野一郎編訳
灯台へ　ヴァージニア・ウルフ　御輿哲也訳
船出 全二冊　ヴァージニア・ウルフ　川西進訳
夜の来訪者　プリーストリー　安藤貞雄訳
イングランド紀行 全二冊　プリーストリー　橋本槇矩訳
アーネスト・ダウスン作品集　南條竹則編訳
スコットランド紀行　エドウィン・ミュア　橋本槇矩訳
ヘリック詩鈔　森亮訳
たいした問題じゃないが —イギリス・コラム傑作選　行方昭夫編訳
英国ルネサンス恋愛ソネット集　岩崎宗治編訳
文学とは何か —現代批評理論への招待 全二冊　テリー・イーグルトン　大橋洋一訳
D・G・ロセッティ作品集　南條竹則・松村伸一編訳

《アメリカ文学》〔赤〕

ギリシア・ローマ神話 付インド・北欧神話　ブルフィンチ 野上弥生子訳
中世騎士物語　ブルフィンチ 野上弥生子訳
フランクリン自伝　松本慎一・西川正身訳
フランクリンの手紙　蕗沢忠枝編訳
スケッチ・ブック 全二冊　アーヴィング 齊藤昇訳
アルハンブラ物語 全二冊　アーヴィング 平沼孝之訳
ウォルター・スコット邸訪問記　アーヴィング 齊藤昇訳
ブレイスブリッジ邸　アーヴィング 齊藤昇訳
完訳 緋文字　ホーソーン 八木敏雄訳
哀詩 エヴァンジェリン　ロングフェロー 斎藤悦子訳
黒猫・モルグ街の殺人事件 他五篇　ポオ 中野好夫訳
対訳 ポー詩集 ―アメリカ詩人選(1)　加島祥造編
ユリイカ　ポオ 八木敏雄訳
ポオ評論集　八木敏雄編訳
森の生活（ウォールデン） 全二冊　ソロー 飯田実訳
市民の反抗 他五篇　H・D・ソロー 飯田実訳
白鯨 全三冊　メルヴィル 八木敏雄訳
ビリー・バッド　メルヴィル 坂下昇訳
幽霊船 他一篇　ハーマン・メルヴィル 坂下昇訳
対訳 ホイットマン詩集 ―アメリカ詩人選(2)　木島始編
対訳 ディキンソン詩集 ―アメリカ詩人選(3)　亀井俊介編
不思議な少年　マーク・トウェイン 中野好夫訳
王子と乞食　マーク・トウェーン 村岡花子訳
人間とは何か　マーク・トウェイン 中野好夫訳
ハックルベリー・フィンの冒険 全二冊　マーク・トウェイン 西田実訳
いのちの半ばに　ビアス 西川正身訳
新編 悪魔の辞典　ビアス 西川正身編訳
ビアス短篇集　大津栄一郎編訳
ヘンリー・ジェイムズ短篇集　大津栄一郎編訳
あしながおじさん　ジーン・ウェブスター 遠藤寿子訳
赤い武功章 他三篇　クレイン 西田実訳
シカゴ詩集　サンドバーグ 安藤一郎訳
熊 他三篇　フォークナー 加島祥造訳
響きと怒り 全二冊　フォークナー 平石貴樹・新納卓也訳
アブサロム、アブサロム！ 全二冊　フォークナー 藤平育子訳
八月の光 全二冊　フォークナー 諏訪部浩一訳
ブラック・ボーイ ―ある幼少期の記録 全二冊　リチャード・ライト 野崎孝訳
オー・ヘンリー傑作選　大津栄一郎訳
小公子　バアネット 若松賤子訳
黒人のたましい　W・E・B・デュボイス 木島始・鮫島重俊・黄寅秀訳
アメリカ名詩選　亀井俊介・川本皓嗣編
魔法の樽 他十二篇　マラマッド 阿部公彦訳
青白い炎　ナボコフ 富士川義之訳
風と共に去りぬ 全六冊　マーガレット・ミッチェル 荒このみ訳
対訳 フロスト詩集 ―アメリカ詩人選(4)　川本皓嗣編

岩波文庫の最新刊

森まゆみ編
伊藤野枝集
一七歳で故郷を出奔、雑誌『青鞜』に参加。二八歳で大杉栄と共に憲兵隊に虐殺されるまで、短い生を嵐の様に駆け抜けた野枝の力強い文章を一冊に編む。
〔青N一二八-一〕　本体一一三〇円

久保田淳・平田喜信校注
後拾遺和歌集
平安最盛期の代表的な歌を網羅した第四番目の勅撰集。和泉式部を始めとする女流歌人の活躍など、大きく転換する時代の歌壇の変化を反映している。
〔黄二九-一〕　本体一六八〇円

オスカー・ワイルド作、富士川義之訳
ドリアン・グレイの肖像
無垢な美青年ドリアン・グレイが快楽に耽って堕落し、悪行の末に破滅するまで。代表作にして、作者唯一の長篇小説。無削除オリジナル版より訳出した決定版新訳。
〔赤二四五-一〕　本体一一四〇円

モーパッサン作、笠間直穂子訳
わたしたちの心
自由と支配を愛するパリ社交界の女王ビュルヌ夫人と、彼女に恋する繊細な趣味人マリオル。すれ違うふたりの心を、死期の迫った文豪が陰影豊かに描く。
〔赤五五一-四〕　本体八四〇円

岡義武著
山県有朋
―明治日本の象徴―
自らの派閥を背景に、明治・大正時代の政界に君臨しつづけた元老・山県有朋。権力意志に貫かれたその生涯を端正な筆致で描いた評伝の傑作。（解説＝空井護）
〔青N一二六-四〕　本体八四〇円

……今月の重版再開……

松永昌三編
中江兆民評論集
〔青一一〇-二〕　本体一〇七〇円

小林登美枝・米田佐代子編
平塚らいてう評論集
〔青一七二-一〕　本体九七〇円

旧事諮問会編／進士慶幹校注
旧事諮問録（上）（下）
―江戸幕府役人の証言―
〔青四三八-一・二〕　本体各九〇〇円

定価は表示価格に消費税が加算されます　2019.9

岩波文庫の最新刊

小泉三申著
明智光秀
織田信長に叛逆、たちまちに敗死に追込まれた悲劇の人・明智光秀を描いた明治史伝物の名作。橋川文三による「小泉三申論」を併載。(解説＝宗像和重)
〔緑二二三－一〕 本体五四〇円

セアラ・オーン・ジュエット作／河島弘美訳
とんがりモミの木の郷 他五篇
メイン州の静かな町を舞台に、人びとのささやかな日常と美しい自然が繊細な陰影をもって描かれる。アメリカ文学史上に名を残す傑作、初の邦訳。
〔赤三四四－一〕 本体九二〇円

ジョン・ロック著／加藤節訳
キリスト教の合理性
「啓示」宗教としてのキリスト教がもつ「理性」との適合性や両立可能性といった合－理性的性格(「合理性」)を論じる、ロック晩年の重要作。一六九五年刊。
〔白七－九〕 本体一〇一〇円

フローベール作／中條屋進訳
サラムボー(上)
カルタゴの統領の娘にして女神に仕えるサラムボーと、反乱軍の指導者との許されぬ恋。前三世紀の傭兵叛乱に想を得た、豪奢で残忍な古代の夢。(全二冊)
〔赤五三八－一一〕 本体八四〇円

岡義武著
近代日本の政治家
伊藤博文、大隈重信、原敬、犬養毅、そして西園寺公望。五人の政治家の性格を踏まえて、その行動と役割を描いた伝記的エッセイの名著。(解説＝松浦正孝)
〔青Ｎ一二六－五〕 本体一〇七〇円

今月の重版再開

コンラッド作／土岐恒二訳
密偵
本体一〇七〇円
〔赤二四八－二〕

袁枚著／青木正児訳註
随園食単
本体各八四〇円
〔青二六二－一〕

池内紀編訳
ウィーン世紀末文学選
本体九二〇円
〔赤四五四－一〕